이효석
문학상
수상작품집 2021

이효석
문학상

수상작품집 2021

생각정거장

일러두기

단행본은 《 》, 단편소설과 시 등은 〈 〉로 표기했습니다.

차례

미조의 시대

—

이서수

©김서해

1983년 서울에서 태어났다. 단국대학교 법학과 졸업. 2014년 동아일보 신춘문예에 당선되며 작품 활동을 시작했다. 2020년 장편소설 《당신의 4분 33초》로 제6회 황산벌청년문학상을 수상했다.

나에게 그 회사를 추천해준 사람은 수영 언니였다. 언니는 구로
공단역이 구로디지털단지역으로 바뀌기 전부터 구로에 살았고, 직장
도 그곳에서만 구했다. 대학 시절 매일 산책하던 천변을 지금까지도
매일 걸었다. 언니의 꿈은 웹툰 작가였지만 회사에서 요구하는 그림
을 그리는 어시스턴트가 될 수밖에 없었는데, 다소 수위가 높은 성인
웹툰을 그려야 했다. 언니는 그 일을 시작한 지 반년 만에 탈모 약을
먹기 시작했다.

　　내가 경리직으로 지원한 회사 역시 웹툰과 웹소설을 제작하는
회사였다. 구로디지털단지역에서 도보로 10분 거리였고, 언니 말로
는 동종 업계에서 다섯 손가락 안에 드는 회사라고 했다. 역에서 회
사로 걸어가는 길에 테크노타워, 포스트, 밸리 등의 이름이 붙은 거
대한 건물들이 잇따라 보였다. 그리 삭막한 풍경은 아니어서 짧게 안
도했다.

관리팀 차장은 사십대 후반의 남자였다. 그는 내 이력서를 들여다보며 고심하더니 이직과 퇴사가 잦은 이유를 상세히 설명해보라고 했다. 그것부터 묻는 것을 보니 이번에도 떨어질 게 분명하다고 직감했다.

첫 번째 직장에 다닐 때 엄마가 수술을 하셨는데 제가 간호할 수밖에 없는 상황이었습니다.

차장은 곧바로 다른 가족은 없는지 물었다. 없다고 답하려다가 흠칫 놀랐다. 실은 없는 게 아니지 않은가. 이력서에도 적혀 있듯 충조는 분명히 존재하는 인물이었다. 가족으로 볼 수 있는지가 의심스럽긴 하지만.

오빠가 있는데 멀리 살아요.

차장은 그러면 간병인을 쓰지 그랬느냐고 집요하게 물었다. 첫 질문부터 파고드는 것을 보니 여간 깐깐한 사람이 아닌 것 같았고, 벌써부터 그와 함께 일하기가 싫어졌다. 차장은 두 번째 직장에선 왜 이런 거냐고 물었다.

6개월 근무하고 경영 악화로 퇴사를 권고받았는데, 그 뒤에 아르바이트생으로 다시 일해줄 수 있겠느냐는 부탁을 받아서 반년 동안 아르바이트생으로 일했습니다.

잘라놓고 알바로 썼다고요?

차장은 나를 멍청한 여자애로 보는 듯한 눈길을 던지더니, 세 번째 직장에선 왜 이런 거냐고 물었다.

통근 시간만 네 시간 가까이 걸려서 어쩔 수 없이 퇴사했습니다.

차장은 이렇게 먼 회사를 생각 없이 들어간 것부터가 잘못이라고 했다. 합격한 곳이 그곳밖에 없어서였다고 말하고 싶었지만 참았다. 그러자 차장은 네 번째 직장에선 또 왜 이런 거냐고 물었다. 이력서에 쓰여 있는 그대로였다. 더 설명할 것도 없었다.

경영 악화로 퇴사를 권고받았습니다. 대답을 마치고 곧바로 짤막한 손톱만 내려다보았다. 그러고 있는 동안 내가 누군지, 이곳은 어디인지 순간적으로 현재를 상실했다. 이게 말로만 듣던 압박 면접인 걸까? 그건 시대의 유물로 사라졌다고 들었는데 눈앞의 저 남자는 그런 소식을 혼자서만 듣지 못한 것 같았다.

세 달 만에 그랬다고요? 마지막 직장도 경영 악화로 퇴사했다고 되어 있는데?

나는 그렇다고 답했다. 회사가 망한 것이 내 잘못은 아니지 않은가. 요즘엔 그런 회사가 많다고 덧붙이려다가 말았다. 차장은 침통한 표정으로 고개를 숙이고 있다가 희망 연봉을 물었다. 그러나 내가 입을 열기도 전에 먼저 말했다. 우리가 원하는 사람은 같은 업무를 오랫동안 해줄 사람인데, 알고 오셨죠?

물론 알고 왔다. 이제껏 모든 걸 직설적으로 물어놓곤 자기에게 불리한 상황이 오니 예의를 차리며 우회적으로 묻고 있었다. 나는 잘 알고 왔노라고 답했다. 이젠 놀라지도 않는다. 업무의 난도가 높지 않고, 10년이 지나도 똑같은 업무를 해야 한다. 그러므로 많은 돈을 줄 수 없다. 연차가 쌓이면 승진은 가능하지만 그걸 바라면 위험해지게 될 것이다. 너를 자르고 신입을 뽑아도 급여 정산 정도는 충분히 맡길 수 있다. 너는 그걸 알고 있어야 한다. 거의 모든 회사에서 들어온 말이었다.

차장은 다시 압박 면접으로 돌아가, 더존 프로그램은 당연히 쓸 줄 알죠,라고 물었다. 예상하지 못한 말은 아니었으나 예상하지 못한 자신감 하락이 찾아왔다. 나는 떳떳하지 못한 목소리로 말했다. 예전에 다녔던 회사들은 세무사 사무소에 자료를 넘기는 방식이었습니다.

차장은 긴 한숨을 내쉬었다. 그의 얼굴은 여긴 왜 왔느냐고 묻고 있었고, 나의 얼굴은 나를 왜 불렀느냐고 묻고 있었다. 우리는 서로가 원하는 답을 듣지 못한 채 헤어졌다. 두 번 다시 만날 일이 없을 거라는 강렬하고도 반가운 예감이 들었다.

텅 빈 복도를 걸어 엘리베이터로 향하는데 엄마에게서 전화가 걸려왔다. 엄마의 전화는 시간대를 가리지 않고 석양처럼 슬픈 기운을 몰고 왔다.

—미조야, 조금 전에 집주인이 찾아왔어.

나는 알겠다고 답한 뒤 전화를 끊었다. 엘리베이터 벽면 거울에 비친 얼굴을 보니 유적지에 돋아난 누런 잡초 같은 안색이었다. 이런 몰골로 잘도 면접을 봤다. 아니면 면접을 봐서 이런 몰골이 되었나. 어쨌든 지금은 집 문제가 우선이므로 그것에 대해 생각해야 한다. 작년부터 골목에 현수막이 걸리기 시작하면서 각오는 했다. 재건축이 시작되면 주인에게서 무슨 말이 있을 거라고 미리 귀띔을 해두었는데도 엄마는 몹시 당황한 목소리였다. 이곳을 떠나면 반지하로 가야 한다는 걸 엄마도 알고 있는 것이다.

　5천만 원으로 서울에서 전셋집을 구하겠다고? 수영 언니는 내 잔에 소주를 따라주다가 놀란 어조로 물었다. 오늘도 성인 웹툰을 그리다가 온 언니는 지난번 보았을 때보다 낯빛이 더욱 어두웠다. 새로 시작한 작업이 이전에 맡았던 것보다 더 심각한 내용이라고 했다. 변태적이고 가학적인 성행위를 즐기는 남성이 주인공으로 등장하는 웹툰이었고, 그걸 그리며 언니는 매일 힘들어했다. 사장은 대박이 확실한 작품이라고 어시들을 독려했지만 거의 모든 어시가 여성이었기에 분위기는 언제나 좋지 않았다. 다들 힘들어했다. 작업을 하다가 엎드려 우는 동료도 있었고, 우울증 약을 먹는 동료도 있었다.
　받아들여. 어딜 가든 마찬가지야. 어머니께도 그렇게 말씀드리고.
언니는 언니다운 해결책을 내놓았고, 나는 대답 없이 고개만 저었다. 그게 가능하면 고민도 안 했겠지. 엄마가 어떤 사람인지는 언니도 알았다. 충조의 잘못도 있었고, 엄마의 잘못도 있었지만 결론적으론 내가 잘해야 되는 문제로 귀결되었던 지난날을 언니도 다 알았다.
　언니는 좋겠다. 언니 엄마는 어딜 가든 혼자서도 잘 사시잖아.
　언니는 손을 내저었다. 우리 엄마는 너희 엄마보다 나이가 훨씬 많잖아. 혼자 사는 노인한텐 집주인들이 집을 잘 안 주려고 해.
　왜?
　언니는 잠깐 머뭇거리다가 말했다. 고독사할까 봐.
　나는 언니가 있는데 왜 고독사를 하겠느냐고 묻지 못했다. 언니 역시 어묵 국물을 휘저으며 생각에 잠겼다. 우리는 우리의 엄마들이 고독사할 가능성을 점쳐보고 있었다. 언젠가 우리는 K-장녀로서의 의무를 저버리고 캐리어를 끌고서 훌쩍 떠나버릴지도 모른다. 취하면 가끔 그런 얘기를 했다. 내가 아는 섬이 있는데, 거기 가서 같이 살자. 물고기나 잡아먹으면서. 언니가 그렇게 말하면 나는 우리가 그 비린 것들을 매일 먹을 수 있을 리가 없다고 반박했다. 언니는 지금도 밤 9시만 되면 KFC 1+1 치킨을 먹기 위해 집을 나서지 않느냐고 덧붙이면서. 그런 말을 하며 우리는 함께 웃었다. 편의점 맥주와 스낵 봉지를 부려 놓고. 우리의 낙이 네 개의 맥주를 기막히게 잘 조합해 골라오는 것뿐일지라도 함께 있는 자리에선 자주 웃었다. 마주 보고 웃다보면 더 많이 웃게 되었다. 그런 밤이면 언니는 취한 목소리로 말했다. 너만 있으면 괜찮을 거 같아. 외딴 섬이어도, 와이파이가 없어도.

어묵탕은 점점 식어갔고, 부탄가스도 다 소진되었는지 불을 붙여도 다시 붙지 않았다. 우리는 탕이 차가워질 때까지 말없이 앉아만 있었다.

술자리는 맥없이 끝났다. 가게 안에 가득 들어찬 사람들을 보며 별세계구나, 자꾸 그런 생각이 들었고 언니 역시 같은 생각이 든다고 했다. 자리에 앉자마자 QR코드 인증부터 마쳐야 했는데, 이렇게 많은 사람들이 붙어 앉아 술을 마시고 있으니 과연 안전할까 싶었다. 마스크를 쓰고 밖으로 나와 미니스톱으로 걸어갔다. 언니와 깔깔거리에서 술을 마실 때마다 습관처럼 레종프렌치블랙을 사곤 했다. 언니는 3년 전에 담배를 끊었는데 탈모 약을 복용하면서 다시 흡연자가 되었고, 나는 술집—레종 루틴을 몇 번 반복하다가 결국 흡연자가 되어버렸다.

나란히 서서 담배 연기를 피워 올리고 있는 동안 눈앞으로 마스크를 쓴 회사원들이 무리 지어 지나갔다. 다들 술집으로 들어가는 중이거나, 나오는 중이거나 했다. 바닥엔 '오피돌 2만원'이라고 크게 적힌 전단지가 수십 장 깔려 있었다. 셔츠만 입은 리얼돌의 얼굴을 사람들이 밟고 지나갔다. 그걸 보고 있으려니 언니가 옆구리를 쿡 찔렀다. 야, 저기 좀 봐.

언니가 가리킨 여자는 복장부터 기묘했다. 캉캉치마처럼 겹겹이 단을 댄 짧은 치마에 머리를 양 갈래로 높게 묶고 리본 장식이 달린 무릎 양말을 신고 있었는데, 그런 차림새로 돌아서는 여자의 얼굴은 사십대 후반에 가까웠다. 여자는 회사원 무리를 기웃거리며 끊임없이 말을 걸었다. 야, 마약이라도 파는 거 같다. 수상해. 언니가 그쪽으로 걸어가더니 핸드폰을 들여다보는 척하며 여자의 등 뒤에 섰다. 나는 언니가 그러고 있는 게 웃겨서 혼자 계속 웃었다. 다시 곁으로 돌아온 언니가 말했다. 계속 같은 말만 하네. 언니는 내가 무슨 말이냐고 물어도 대답을 않더니 지하철역으로 걸어가는 길에 알려주었다. 전단지를 찔러주면서, 다 됩니다, 다 돼요, 계속 이 말만 했어. 언니는 짧고 날카롭게 웃었다.

그게 무슨 뜻인데? 뒤미처 무슨 뜻인지 깨닫고 인상을 찡그렸다. 언니는 뭘 그런 걸로 심각해지냐고 말했다. 난 이제 아무렇지도 않

아. 넌 내가 온종일 어떤 걸 그리는지 알면 기절할걸.

나는 오래전부터 입속에 굴러다니던 말을 결국 꺼내놓았다. 언니는 그런 일을 왜 계속해?

미조야, 너도 오늘 면접 본 회사에 들어가면 알게 될 텐데, 성인 웹툰은 오너의 최후의 방패 같은 거야. 매출 100억 정도 올리는 건 쉽거든. 그러므로 어느 회사를 가든지 간에 어시는 마음의 준비를 하고 있어야 돼. 어딜 가나 똑같다는 거야. 다 마찬가지야.

또 저 말버릇. 다 마찬가지라는 말. 그러니 마음의 준비나 단단히 해야 한다는 말. 언니는 그 말을 하면 자기가 되게 어른스러워 보이는 줄 아는 모양인데 사춘기 소녀처럼 보일 때가 더 많았다. 언니의 말을 곧이곧대로 믿기도 힘들었다. 오너의 최후의 방패라기보다 언니의 최후의 방패 같았다.

정말로 다 똑같다고?

언니는 선뜻 대답하지 못하고 내 눈길을 피했다.

나는 그런 회사 다니기 싫은데.

넌 장부 정리만 하면 되는데 무슨 상관이니?

나는 언니를 그만 보내고 싶었다. 그리고 구로엔 두 번 다시 오고 싶지 않다는 생각도 했다. 어차피 면접 본 회사에서 연락 올 가능성은 없었고, 원래 다니던 회사들이 좀 영세하고 사양산업인 제조업이 많긴 해도 그런 회사가 더 나을 것 같았다. 언니는 내 말에 눈을 동그랗게 떴다.

너 취했니? 우리 회사 영업 이익률이 얼마나 높은데. 매출도 앞으로 올라갈 일만 남았어. 이런 회사는 앞으로 10년은 탄탄하지. IT회사잖아. 안 그래?

나는 그게 왜 IT회사냐고 물으려다가 말았다. 언니를 두 번 다시 안 볼 것도 아니고, 엄마와 집 얘기도 해야 했다. 아직도 하루가 끝나지 않았고 어쩌면 지금부터 시작인지도 몰랐다. 언니는 내 표정을 살피더니 어깨를 어루만졌다.

잘 들어가. 집도 잘 구해보고. 언니는 어림도 없을 거라는 어투로 말했다. 만일 서울에서 구할 수 없으면 부천이나 인천에도 가봐. 이부망천이라는 말도 있잖아.

그런 말은 처음 들어봤다. 삼도천과 비슷한 뜻인가? 집 못 구하고 죽기 전에 어딜 건너가라는 뜻인가? 언니는 그런 뜻이 아니라고 했다.

근데 그것도 다 옛말이야. 이젠 아파트도 많이 올라가고 달라졌어. 청약통장은 있니?

없어.

우리는 그런 것도 안 하고 여태 뭐 했을까?

언니는 깔깔거리며 웃었다. 뒤늦게 술기운이 올랐는지 자꾸만 웃더니 역사에서 담배를 빼어 물고 손을 흔들며 다급히 돌아섰다. 천변을 걸으며 담배를 피우려는 거겠지. 언니는 밤마다 물가를 걷고, 그런 지가 벌써 10년째다.

엄마는 침대 끝에 걸터앉아 노트북을 들여다보고 있었다. 저걸 언제 주었더라. 수영 언니가 쓰던 것을 받아서 준 거였다. 화면이 크다는 것을 제외하면 배터리 상태도 그렇고 쓸 만한 물건이 아니었는데도 엄마는 그 노트북을 사랑했다. 거의 유일한 친구였다. 포털 사이트에서 온갖 가십거리를 읽고 기억해두었다가 귀가한 나를 따라다니며 말해주는 낙도 있었지만 더 중요한 건, 그 노트북으로 시를 쓰고 있다는 거였다.

중증 우울증 판정을 받았을 때 엄마에게 노트북을 가져다주며 뭐든 써보라고 했다. 일기를 쓰면서 마음을 다독이는 습관이 있었기에 엄마도 그렇게 해보길 바라서였다. 그러나 엄마는 긴 글은 쓰기 싫어했고, 단상 같은 것을 기록하기 시작하다가 나중엔 시를 썼다. 그게 시라고 생각하는 사람은 나밖에 없을 거라고 엄마는 말했다.

정말 너밖에 없을 거다. 너는 이게 시로 보이니?

응, 아무리 봐도 시로 보여.

그때부터 엄마는 거의 매일 한 편씩 시를 썼다.

주인이 빨리 나가라는데 우리 이제 어쩌니. 그렇게 말하는 엄마의 얼굴은 다행히도 그리 어두워 보이지 않았다. 눈길이 모니터에 고정되어 있는 걸 보니 오늘 쓴 시를 읽어주고 싶은 눈치였다. 나는 재킷을 벗어 옷장 안에 걸면서 물었다. 오늘도 시 썼어?

주인 여자가 왔다 가고 마음이 뒤숭숭해서 동네를 걷는데 시가 막 떠오르는 거야. 이젠 걸을 때도 떠올라. 왜 이런지 모르겠어.

읽어줘 봐.

나는 잘 닫히지 않는 옷장 문을 손바닥으로 꾹꾹 누르며 말했다.

내 방은 작아서 옷장이 들어가지 않았고 엄마 방이 조금 더 커서 옷장이며 책장이 다 들어갔다. 대학 시절 읽은 책들을 한 권도 버리지 못하고 모아놓은 책장도 있었는데 나보다 엄마가 더 아꼈다.

들어볼래? 엄마는 목소리를 가다듬었다. 자작시를 낭송할 때마다 엄마의 어조는 비극적인 대서사시를 읽는 것처럼 웅장해졌다. 그런 목소리로 엄마는 오늘 저녁에 쓴 시를 읽었다. 부대찌개를 앞에 둔 시무룩한 체코인 종이컵에 꼬인 100마리의 개미 버려진 네 짝의 장롱 중 두 짝은 돌아서 있는 것과 열차 안에 나와 갇힌 사람들 수족관 속 겹겹이 쌓여 있는 게와 같다면 집게발로 너를 쿡 찌를까. 거기까지 읽더니 엄마는 말이 없었다.

끝이야?

떡집에서 못 팔고 버린 떡 같은 하루.

나는 엄마를 돌아보았다. 엄마의 눈길은 여전히 모니터에 고정되어 있었다. 떡집에서 못 팔고 버린 떡 같은 하루라…… 나는 나의 하루와 엄마의 하루가 얇은 유리창을 사이에 두고 겹쳐지는 광경을 떠올렸다.

너는 이게 시 같니?

응. 시 같은데.

그러니. 너는 시를 잘 아는구나.

아니야. 잘 몰라.

아니야. 너는 시를 잘 알아. 엄마는 강조하듯 그렇게 말하더니 노트북을 덮으며 어서 씻으라고 했다. 엄마의 가장 중요한 일과가 끝난 것이다.

세수를 하며 엄마의 시를 떠올렸다. 체코인과 돌아선 장롱과 버려진 떡 그리고 또 뭐였더라. 나머지는 생각나지 않았다. 엄마는 왜 그런 시를 쓰는 걸까. 목격한 것들을 나열하는 것뿐인지도 모르지만 엄마가 부대찌갯집에서 체코인을 봤을 리 없고, 그 전에 이 동네에 체코인이 왔을 리도 없다. 왔다고 하더라도 체코인이라는 걸 어떻게 단박에 알아볼 수가 있나. 버스를 탔을 리도 없다. 마스크를 꼭 써야 하는 세상이 된 뒤로 엄마는 동네를 벗어난 적이 없었다. 마을버스 종점까지였던 엄마의 생활 반경은 이제 집 근처를 거의 벗어나지 않았다. 종점에 가본 것도 용기를 내서 한 일이었다. 아무런 목적 없이 종점에서 내려 조금 걷다가 다시 버스를 타고 돌아왔지만, 엄마는 바다를 보러가는 것처럼 들뜬 마음이었다고 했다. 종점이 바다 같았어. 나는 엄마를 도무지 이해할 수 없었지만 그걸 시로 써보라고 대꾸했다.

어쩌면 나는 엄마에 대한 몰이해의 장벽에 시를 세우고 있는 건지도 모른다. 첫째 딸은 나이지만 둘째 딸은 시인 것이고, 그렇게 존재하지도 않는 둘째 딸에게 내 역할의 일부를 떠넘기고 있는 건지도. 엄마가 입버릇처럼 말하는, 이럴 줄 알았으면 딸 하나 더 낳을걸 그랬다는 후회를 시로 해결해보라고 등 떠미는 건지도.

세수를 마치고 나서야 충조를 까맣게 잊고 있었다는 걸 깨달았다. 정신머리 없는 놈. 아빠는 충조를 볼 때마다 그렇게 말했다. 아빠의 가게에 가서도 일을 돕기는커녕 생생정보통을 넋 놓고 보는 충조를 가리키며 아빠는 이렇게 말하곤 했다. 저 놈 지금 또 정신이 나갔다. 나갔어. 충조는 그런 말을 들어도 아무런 반응도 보이지 않았다.

방으로 들어오자마자 언니에게 잘 들어갔느냐고 톡을 보냈다. 답장은 오지 않았다. 읽었음에도 답장이 없는 걸 보니 아직 도림천을 걷고 있는 중인 듯했다. 자려고 누우니 뒤늦게 답장이 왔다. 언니의 답장을 읽다가 문득 엄마와 언니를 만나게 해줘야 하나, 그런 생각이 들었다.

미조야, 나는 글도 잘 쓰고 그림도 잘 그려서 뭐라도 될 줄 알았는데 지금 이렇게 레종과 도림천에 버려져 있다. 미조야, 나는 예쁘지도 않고 날씬하지도 않은데 그게 한 번도 걱정된 적은 없는데 지금 담배가 다 떨어져 가고 있는 게 너무 걱정된다. 이게 돛대야. 잘 자라.

나는 피식 웃다가 모로 누웠다. 언니는 뜬금없는 말을 종종 했고, 엄마가 시를 쓰고 있다고 말할 때마다 "멋지다, 정말 멋진 분이시다" 라고 말해주었다. 엄마와 언니가 모녀였다면 어땠을까. 아주 재미난 풍경이었겠다고 생각하며 눈을 감았다가 흠칫 놀라며 다시 떴다. 충조에게 전화하기로 했지. 그런데 충조에게 전화하는 건 너무나 싫은 일이었다. 그래도 나는 이불을 걷고 일어나 앉았다. 충조에게 전화를 하자. 집이 이렇게 되어버렸다고 알리자. 장남인데 설마 또 정신머리 없이 굴지는 않겠지.

결국 충조에게 전화를 걸었다. 신호음이 울렸고, 계속 울렸다. 끊고 다시 걸었다. 신호음이 울렸고, 계속 울렸다. 끊고 다시 걸려다가, 말았다. 오늘은 포기다. 어쩌면 충조는 나의 전화에서 일몰처럼 불길하고 슬픈 기운을 느끼는지도 모른다. 우리 가족은 이런 기운으로 서로를 그늘지게 하는 건지도. 그래, 충조야. 전화받지 마. 받으면 너도 뭔가를 해야 될 테니까.

걱정과 달리 놀랄 정도로 푹 잤다.

*

낙성대역 인근 전셋집이 눈에 들어왔다. 가격이 얼추 맞았고, 위치도 좋았다. 물론 반지하였지만. 언니 말대로 5천만 원으론 지상의 집을 구할 수 없었다. 곁에서 함께 부동산 사이트를 들여다보고 있던 엄마는 바닥에 누워버렸다. 이제 빨래를 어떻게 말린다니. 엄마는 빨래 때문에 걱정이 태산이었다. 고작 빨래 문제만 걱정하는 게 이상하게도 안심이 됐다.

빨래방 가서 건조기로 말리면 되니까 걱정 마. 어딜 가든 살아. 다 마찬가지야. 나는 수영 언니나 할 법한 말을 엄마에게 해주었다. 엄마에게 맡겨놓으면 또 집에 와서 버려진 떡 같다는 시나 쓸지도 모르니 내가 적극적으로 움직여야 했다.

사이트에 올라온 낙성대 집은 꽤 널찍하고 깨끗해 보였다. 사진으로 보니 싱크대며 창호가 새것처럼 깨끗했다. 반지하여도 밝아 보

22

인다. 새집 같네. 엄마도 연신 그렇게 말했다. 곧바로 부동산에 전화를 걸었다. 전화를 받은 남자는 일단 사무실로 나오셔야 한다고 정중하게 말했다. 지나치게 정중해서 사기를 치려는 게 아닐까 의심스럽기까지 했다. 하긴, 사기도 돈이 있는 사람이나 당하는 거지.

부동산은 역에서 멀지 않았다. 비좁은 공간에 여덟 명의 남자들이 책상을 마주 붙여놓고 이열횡대로 앉아 있었다. 이렇게 직원이 많은 부동산은 처음이었다. 엄마도 놀란 눈치였다. 좌방석이 푹 꺼진 소파도 없었고, 동네 사랑방처럼 차나 한잔하고 가라는 분위기도 아니었다. 누가 사장인지 알 수 없을 정도로 죄다 젊었다. 낙성대 집 물건을 보러 왔다고 말하자마자 젊은 남자가 의자에서 일어나더니 옆에 놓인 두 개의 맹꽁이의자를 가리켰다. 문득 교무실로 불려가 성적 때문에 꾸지람을 들었던 순간이 떠올랐다. 그때도 이렇게 불편한 자세로 앉아 담임이 가리키는 모니터를 들여다봤는데. 엄마는 이런 상황이 신기한 듯 통화 중인 다른 남자들을 대놓고 쳐다보았다. 콜센터라고 해도 믿을 수 있는 풍경이었다.

남자는 모니터에 부동산 사이트를 중복해서 띄우더니 매물을 급하게 보여주었다. 뒤에서 누가 쫓아오기라도 할 것처럼 설명이 무척 빨랐다. 젊어서 그런가. 나도 젊으면서 그런 생각을 했다. 금액이 맞는 곳은 한 군데밖에 찾을 수 없었다. 낙성대 집, 오로지 그 매물밖에 없었다. 남자가 말했다. 이거 하나만 보시겠어요, 아니면 금액을 좀 더 올려볼까요.

엄마는 마스크를 눈 아래까지 끌어올리고 대답 없이 허공만 쳐다보았다. 절반 가까이 되는 남자들이 마스크를 내리고 통화에 열중하고 있었다. 엄마가 걱정되어 먼저 나가 있으라고 했더니, 기다렸다는 듯 얼른 밖으로 나갔다.

나는 다른 물건도 더 보겠다고 말했다. 남자는 5천만 원에서 7천만 원 사이의 전셋집을 일일이 클릭하더니 볼 것인지, 패스할 것인지 빠르게 물었다. 스피드 퀴즈처럼 휙휙 지나가는 사진을 보며 결정 내리는 건 여간 힘든 게 아니었다. 조금만 뜸들여도 남자는 마우스를 톡톡 두드렸다. 사진만 봐선 죄다 멀쩡해 보였다. 뭐가 뭔지 구별할 수 없을 정도로 많은 집을 본 뒤에야 겨우 네 군데를 골랐다. 남자와 함께 밖으로 나오니 엄마는 모퉁이에 서서 두 손을 맞잡은 채 고개를 숙이고 있었다. 남자는 SUV를 가리키며 말했다. 걸어서 보긴 힘드실 거예요.

남자는 거칠게 운전했다. 차에 오른 지 3분 만에 첫 번째 원룸에 도착했다. 우리가 마음에 들어 했던 집이었다. 남자를 따라 계단을 내려가는데 센서등이 켜지지 않아 어둡고 긴 동굴 속으로 들어가는 것 같았다. 매일 이 복도를 오가야 한다고 생각하니 모든 게 꿈만 같았다. 내가 살 집을 구하는 게 아니라, 꿈속의 내가 집을 구하고 있는 광경을 훔쳐보는 기분이었다.

남자가 문을 열자마자, 벽이 보였다. 사진으로 본 것과 달랐다. 둘러볼 것도 없이 문가에 서서 한눈에 확인할 수 있는 집을 두고 나는 자세히 둘러보는 척했다. 광각으로 찍은 사진이었구나. 당했다.

곁에 서 있는 엄마가 떠올랐다. 엄마는 그림자처럼 아무런 소리

없이 신발장 앞에 가만히 서 있었다. 엄마도 이 모든 게 꿈 같다고 생각하려나. 아니면, 버려진 떡 같다고.

방은 비어 있었고, 몇 걸음 가지 않아 벽이었고 창이었는데, 창문을 여니 행인들의 발이 눈높이에서 보였다. 밖으로 고개를 내밀었다간 그들의 발길에 차일 것 같았다. 신기하게도 내가 걱정했던 건 차이는 내가 아니라 나를 차는 그들이었다. 걷다가 다른 사람의 머리를 차면 얼마나 당황스러울까.

남자는 내 눈치를 살피다가 물었다. 어떠세요?

어떨 거 같으냐? 나는 입을 열 기분이 아니었지만 뭐라도 말해야 할 것 같아서 관리비가 얼마인지 물었다. 지성 있는 여성처럼 행동하자.

남자는 관리비가 있는데 조금 저렴한 편이라고 했다.

얼만데요.

아, 지성 없는 목소리잖아. 나는 재빨리 미소를 덧붙였다.

8만 원이요.

나는 미소를 지웠다. 우리가 내고 있는 관리비는 수도세 1만 5천 원이 전부였다. 갑자기 아무 것도 하기 싫어졌다. 눕고 싶었다. 바닥에 그냥 눕고 싶었다.

엄마는 관리비가 왜 그렇게 비싸냐고 참지 못하고 물었다.

근방에선 저렴한 편이에요. 10만 원 넘는 곳도 많아요.

이게 무슨 냄새지? 엄마는 남자의 말은 듣지도 않더니 갑자기 감자조림 냄새가 난다고 말했다. 그 말을 기쁜 듯이 해서 나뿐만 아니라 남자도 어리둥절한 표정이 되었다. 엄마의 말대로 감자조림 냄새가 나긴 했다. 처음엔 미미했지만 점차 진해졌다. 확실히 감자조림 냄새였다. 때마침 옆방에서 달그락거리는 소리가 들려왔다. 환기 장치를 타고 음식 냄새가 고스란히 넘어오는 것 같았다. 나는 밖으로 먼저 나갔다. 냄새의 침입이 공간의 섞임으로 연결되는 상황이 더럽고 치사한 종류의 범죄처럼 느껴졌다.

침해하지 말라고. 이게 어렵나?

각자 그 자리에서, 독립적으로. 이게 어렵나?

머리 차일 일 없이. 네가 먹는 반찬 내가 알 일도 없이. 이게 어렵나?

고작 한 군데를 보았을 뿐인데 피로감이 엄습했다.

남자의 차를 타고 두 번째 집으로 향했다. 남자는 룸미러로 내 표정을 살피며 말했다. 여긴 반지하는 아니에요.

그는 나에게 집을 소개해주며 점차 자신을 장물아비로 느끼는 것 같았다. 떳떳하지 못한 물건을 보여주며 사라고 권유하는.

두 번째 집은 오늘 보기로 한 집들 가운데 가장 비싼 집이었다. 어차피 계약할 수도 없는 집이었지만 궁금한 마음이 들었다. 엄마도 보지 말자는 말이 없었다. 감자조림 냄새를 맡은 뒤론 약간 들떠 보이기까지 했다. 오늘은 어떤 시를 쓸지 벌써부터 궁금했다. 옆집에서 못 먹고 버린 쉰 감자 같은 하루였다고, 그렇게 쓰려나.

남자를 따라 계단을 올랐다. 계단을 오르는 것만으로도 마음이 점차 안정되는 신기한 체험을 했다. 이 집을 설계한 사람에 대한 인간적인 면모마저 떠올리게 되었다. 이타주의자. 휴머니스트. 누군가 나를 쉬게 해주기 위해 만든 집인지, 금전적 가치로 환산한 만큼의 공간에 욱여넣기 위해 만든 집인지 명확하게 느껴졌다.

기다란 복도 양쪽에 각각 네 개의 문이 있었다. 남자가 문을 열자 이번에도 벽이며 창이 곧바로 보였다. 그래도 여긴 책상이 있었고, 변기 위쪽에 샤워기가 있는 구조도 아니었다. 그러나 이번에도 엄마와 함께 살 수 있는 크기는 도무지 아니었다. 남자가 내 눈치를 살피더니 말했다. 책상은 빼셔도 돼요. 그럼 좀 넓어져요. 곧바로 엄마가 제지하듯이 말했다. 내가 써요.

남자는 깜짝 놀라며, 어머님과 같이 사실 집이냐고 뒤늦게 물었다. 나는 그런 걸 먼저 설명할 필요는 없다고 생각했는데 어쩌면 창피해서 그랬던 건지도 몰라서 대답 없이 고개를 돌려버렸다. 남자는 방이 좀 작을 수도 있지만 그래도 볕이 드는 방이어서 괜찮을 거라고 말했다. 태도가 눈에 띄게 조심스러워졌다.

지성 있는 여성인 척도 더 이상 못 하게 됐다. 지금은 지성이 아니라 생활력을 보여줘야 할 때였다. 관리비를 좀 깎는다거나, 보증금을 조정한다거나.

그때 엄마가 갑자기 스위치를 내렸다. 이내 방은 어둠 속에 잠겼다. 엄마가 당황하며 말했다. 이상하네. 왜 어둡지?

나는 볕이 드는 방이어서 괜찮을 거라고 말했던 남자를 돌아보는 대신 곧바로 창문을 열어보았다. 높다란 회색 벽이 눈앞에 우뚝 서 있었다. 앞쪽 길에선 2층으로 보이지만, 뒤쪽 길에선 반지층인 집이었다. 남자는 헛기침을 했다.

거짓말까지 하는 장물아비가 되다니. 나는 남자를 짧게 노려보았다.

집으로 돌아오는 내내 우리는 말이 없었다. 엄마는 지친 듯 눈을 내리깔았고 나는 그제야 엄마의 속눈썹에 맺힌 감정을 보았다. 우리는 가난해도 너무 가난했다. 하지만 둘 다 그걸 인정할 수 없었는데 자존심 때문만은 아니었다. 서울에서 우리가 함께 살 집을 구하기에 턱없이 부족한 5천만 원은 아버지가 평생 동안 모은 재산이었다. 우리는 그걸 너무나 잘 알았기에 절대로 기죽지 않겠다고 다짐했는지도 모른다. 하지만 서울의 집값은 아버지의 유산을 하찮은 것으로 만들어버렸다. 어느새 아버지는 6평 남짓한 반지하방의 전세금만 남겨준 사람이 되어 있었다.

자려고 누웠는데 엄마 방에서 음악 소리가 흘러나왔다. 안 자고 뭐하나 싶어 살며시 문을 열어보았더니, 코끝에 안경을 걸치고 노트북 앞에 앉아 있는 엄마가 보였다. 〈사랑 그 쓸쓸함에 대하여〉가 나직하게 흘러나오고 있었다.

노랫소리 때문에 깼니?

아직 안 잤어.

시 썼어. 들어볼래?

아니, 피곤해.

엄마는 그럼 어서 자라고 말했지만 나는 문설주에 기대어 서서 미적거렸다. 마지막 문장만 읽어줘 봐.

엄마는 마우스 스크롤을 한참 동안 내리다가 다시 올리길 반복하더니, 잠깐의 틈을 두었다가 낭송을 시작했다. 예의 그리스 비극을 읊는 듯한 어조로.

도시의 주인이 나의 발끝에 불을 놓았다.

나는 아무런 감상평도 덧붙이지 않았다. 엄마도 매번 그랬듯 시같으냐고 묻지 않았다. 물었다면 나는 뭐라고 답했을까. 시 같다고 하면 우리의 하루가 시적으로 변하는지, 시 같지 않다고 하면 우리의 하루는 어떻게 되는지. 그러나 엄마는 묻지 않았고, 그러므로 이건 시가 아니라 일기인지도 몰랐다.

미조야, 5천만 원은 참 큰돈이야.

대꾸 없이 문을 닫으려다가, 엄마가 수경재배로 키우고 있는 고구마 줄기가 눈에 들어왔다. 그것은 거의 내 키만큼 자랐고 줄기 끝에 끈을 매달아 천장에 연결해놓은 상태였다. 평소엔 인지조차 못했던 그것이 오늘따라 너무 커 보였다. 몹시 거추장스러워 보였다. 1평은 족히 차지할 것처럼 보였다. 맙소사, 1평이라니! 고구마에게 선의를 베풀 재력이 우리에게 있던가.

이사 갈 때 저거 가져갈 거야?

엄마는 그제야 고구마 줄기를 돌아보았고 표정이 흐려졌다.

너무 커. 자르든지 해.

나는 차마 죽여버리라고 말하진 못하고 자르라고만 했다.

자르라고? 엄마는 뜻밖이라는 듯, 어떻게 그런 말을 할 수 있냐는 듯 나를 길게 쳐다보다가 다시 노트북 모니터를 보더니, 갑자기 타자를 빠르게 치기 시작했다. 내 욕을 쓰는 건가? 물론 엄마는 시를 쓰고 있을 것이다. 그렇게 믿기로 했다.

내 방으로 돌아와 곧바로 불을 껐다. 안 그래도 짐이 많은데, 원룸에 이 짐을 다 넣을 수는 없을 텐데 고구마 줄기는 지나치게 잘 자라 천장에 닿을 듯했다. 쑥쑥 자라며 내게 자기 방을 달라고 외치는 듯했다. 나는 옆방의 고구마 줄기가 미웠다. 있는 줄도 몰랐던 조용한 식물까지 미워하는 나의 마음은 도대체 얼마나 작아진 걸까. 6평짜리 반지하방만큼?

이불을 덮고 누웠다가 벌떡 일어나 불을 켜고 일기장을 꺼내왔다. 어떤 말이든 써야지. 이게 시인지 일기인지 잡념의 배설인지 그런 건 중요하지 않다. 마음속에 소용돌이치는 단어들을 꺼내놓지 않으면 영원히 속에 박혀버릴 것 같았다. 그게 내가 되어버릴 것 같았다. 그러나 막상 일기장을 펼치자, 볼펜을 쥐고 있는 손은 도무지 움직이려 들지 않았고 단어들은 제자리를 찾지 못했다. 우리가 우리의 집을 찾지 못하는 것처럼.

심호흡을 하고 단어를 적어 내려가기 시작했다.

고구마 줄기.

써놓고 보니, 무해한 단어였다. 차분하게 나를 올려다보고 있는 느낌이었다.

종이에 앉는 단어도 이렇듯 제자리가 있는데 우리는 왜 아무 곳에도 앉지 못할까. 어쩌면 엄마는 민들레 꽃씨처럼 날아다니다 어딘가 안착할 거라고, 반세기 넘게 살아오면서 늘 그랬듯 지금도 그럴 거라고 생각하는지도 모른다. 그러지 않고서야 5천만 원이 큰돈이라고 말할 수는 없다. 나 역시 그게 아주 큰돈이라고 생각했었다. 7년 전, 아버지가 그것을 우리에게 남겼을 땐.

하지만 엄마, 우리는 민들레 꽃씨가 아니고 우리에겐 집이 필요해.

*

대륭포스트타워 앞에서 수영 언니를 만났다. 반차를 쓰고 일찍 퇴근한 언니는 근처 편의점으로 나를 데리고 가더니 유자맛 꿀물을 사서 건넸다. 따뜻했다. 이걸 왜 마시라고 하는지는 도무지 몰랐지만 묻지 않고 끝까지 마셨다. 그리고 언니를 따라 다시 대륭포스트타워 앞으로 걸어갔다.

미조야, 너 이게 뭔지 알아? 언니는 건물 앞쪽에 등신대 높이로 세워 놓은 타일 벽을 가리키며 물었다. 그 벽에 구로의 역사가 흑백 사진으로 커다랗게 프린트되어 있었다. 산업단지가 조성되기 전 구로동 일대의 한적한 풍경과 60년대 가발공장의 여공들, 70년대 공업 단지공장, 80년대 한국수출산업공단, 2000년대 G밸리의 밤 풍경이 그곳에 있었다. 나는 언니가 뜬금없이 이걸 왜 보라고 하는 건지 알 수 없었지만 꿀물을 먹고 나선 좀 느긋해졌기에 잠자코 있었다.

미조야, 여기 이 여자 좀 봐.

언니가 가리킨 사진 속 인물은 가발을 만들고 있는 단발머리의 젊은 여성이었다.

언니랑 닮았어.

우리는 함께 웃었고, 손을 잡고 걸었다. 어쩜 머리 모양까지 똑같을까. 우리는 한참 동안 그 여성에 대해 얘기했다. 반세기 전 언니와 머리 모양이 똑같고, 얼굴도 닮은 여성이 이곳에서 가발을 만들고 있었다는 것에 대해. 짓궂은 운명의 수레바퀴 운운하는 촌스러운 말은 주로 언니가 했고, 나는 그 시절의 헤어스타일이 지금 봐도 어색하지 않은 것을 놀라워했다. 그 시절의 힙스터였을까? 주로 어디에서 놀았을까? 언니는, 모르지, 모르는 일이야, 계속 그렇게만 말하더니 횡단보도 앞에 멈추어 섰을 때 떨리는 음성으로 말했다. 미조야, 난 저 사진을 보고 더 이상 내 탓을 안 하게 됐다.

무슨 탓?

넌 내가 나쁜 일을 한다고 생각하지?

나는 대답하지 않았다. 언니가 하는 일은 세상을 조금 더 나쁘게 만드는 일인지도 모른다고, 그렇게 생각한 적은 있다고 말하려다가 하지 않았다.

네가 무슨 생각 하는지 알아. 하지만 나는 저 여자처럼 시대가 요구하는 걸 만들고 있는 거야. 시대가 가발을 만들어야 돈을 주겠다고 하면 가발을 만드는 거고, 시대가 성인 웹툰을 만들어야 돈을 주겠다고 하면 그걸 만드는 거야. 그렇게 단순한 거야. 마찬가지인 거야.

나는 별다른 대꾸를 하지 않았다. 꿀물을 마셔서 그런지 입을 열 때마다 단내가 났다. 언니도 별다른 말이 없었다. 어느새 우리는 손을 놓고 걸었다. 나는 언니의 말을 생각했다. 언니는 결국 그런 사람이구나. 몰랐던 게 아니다. 그러나 처음엔 언니가 그런 사람인 줄 몰랐다. 언니에게 그렇게 말했더니 그럼 어떤 사람인 줄 안 거냐고 따지듯 물었다.

언니가 우리 집에 처음 놀러왔을 때 계속 방바닥에 누워 있었잖아. 왜 그러냐고 물었더니 언니가 뭐라고 했는지 알아?

언니는 안다고 고개를 끄덕였다. 기억하고 있다고. 그때 언니는 이렇게 말했다. 나는 친해지고 싶은 사람이 있으면 그 사람 집에 가서 가만히 누워 있어봐. 그러는 동안에도 마음이 계속 편안하면 그 사람과 마음 놓고 친해질 준비를 해.

그러나 언니에게 하지 않은 말이 있었는데, 나는 그때 별로 친하지도 않은 사이인데 자꾸 방바닥에 눕는 언니가 마음에 들지 않았다고. 많이 불편했다고. 이제와 그런 말을 하니, 언니는 가려던 술집으로 가지 말고 만원의행복 실내포차로 가자고 말했다. 우리가 가장 우울할 때 가는 술집이었다.

언니는 소주를 연거푸 두 잔 마시더니 잔을 내려놓으며 말했다. 미조야, 너 그거 아니? 인간을 육체적으로 학살하는 것은 시간이지만, 정신적으로 학살하는 것은 시대야.

뭐라고? 나는 내가 무슨 말을 들은 건가 되짚어보았다.

나의 정신을 죽이고 있는 건 시대라고. 이 시대. 사람들이 좋은 웹툰보다 나쁜 웹툰에 더 많은 돈을 쓰는 이 시대가 내 머리카락을 빠지게 하고 있어.

저절로 언니의 정수리로 시선이 갔다. 원형탈모증이 진행 중인 그곳의 공백은 더욱 커져 있었다.

그만두고 다른 일 하면 안 돼?

아직 1년도 못 버텼는데 퇴직금은 타야지.

그러다 대머리 돼.

언니는 한참 대답이 없다가 말했다. 말이 좀 심하다. 네 걱정이나 해.

나는 잠자코 소주를 따라 마셨다. 말이 너무 심했나. 별로 심했던 것 같지는 않은데. 어쩌면 언니는 정말로 대머리가 될까봐 내내 두려워하고 있었던 건지도 모른다. 내가 그 두려움을 모르고 함부로 말한 건지도. 언니는 입을 꾹 다문 채 오이 스틱만 바라보았다. 초장에 초파리가 빠져 있었다. 나는 젓가락으로 작은 생명체를 건져내고 다시 언니의 눈치를 살폈다. 그러나 언니는 끝까지 나를 보지 않았고, 그런 방식으로 내게 계속 항의했다. 대머리가 될지도 모른다고 말했던 게 너무나 큰 상처였나보다. 나는 언니에게 사과했다. 언니는 고개를 푹 숙이고 있다가 대뜸 자기 집으로 들어오라고 말했다. 엄마랑 원룸에 사는 것보다 나랑 원룸에 사는 게 덜 비참하지 않을까? 언니는 그 말을 하면서 조금도 웃지 않았다. 농담인 줄 알고 웃던 나도 점점 심각해졌다.

다른 사람이랑 같이 못 잔다며.

맞다. 나 그래.

그냥 한번 해본 말이라는 걸 알았기에 더 이상 묻지 않았다. 언니는 그냥 한번 해보는 말이 많았고, 어쩌면 거의 모든 말이 그냥 한번 해보는 말에 가까웠다.

면접 본 데서 연락 없니?

없다고 말하며 자리에서 일어나 소주를 가져왔다. 뒤늦게 사무실 풍경이 세세하게 떠올랐다. 십수 명의 여자들이 책상 앞에 앉아 태블릿으로 그림을 그리고 있었다. 그리고 사무실 구석에 누워 있는 여자들이 있었다. 층간소음 방지용 매트 같은 곳에 누워서 두 손을 배 위에 포개고 조용히 눈을 감고 있던 여자들. 언니에게 물었더니 아 그거, 하더니 자세히 말해주었다. 아파서 누워 있는 거야. 목이랑 손, 허리. 다들 환자야. 그렇게 안 쉬면 일을 할 수가 없어. 우리 회사도 휴게실 있어. 누워 있는 휴게실.

그렇구나. 회사이자 병원이구나. 나는 고개를 끄덕이다가 물었다. 언니는 나중에 늙으면 요양원 갈 거야?

언니는 머나먼 곳으로 날아가는 비행기를 바라보는 눈빛으로 나를 보다가 말했다. 미조야, 나는 내가 몇 살까지 살 수 있을지 그것도 자신할 수 없어. 나는 아마 그림을 그리다가 디스크로 요절할걸. 허리 디스크, 목 디스크, 손목 디스크로.

나는 언니에게 분명하게 말했다. 언니, 디스크로 죽는 사람은 없어.

언니는 내 말에 크게 공감하는 얼굴로 바로 그게 문제라고 했다. 평생 고통받을 게 확실하다는 표정이었다. 웹툰 작가들은 다 이래. 근데 미조야, 여긴 여전히 뭔가를 만들어내는 젊은 여성들로 가득한 거 같다. 미싱도 가발도 실은 그대로인 거야. 내가 아무런 대꾸도 안 하자 언니는 소주 두 잔을 연거푸 비우고 말했다. 아무리 생각해도 나는 그림을 잘 그려서 망한 거 같다.

언니의 눈가가 점점 붉어졌다. 걱정되어 무슨 일인지 물었더니, 갑자기 오늘 회사에서 그린 웹툰이 얼마나 말도 안 되는 내용이었는지 말해주기 시작했다. 반지하방에 여자를 가둬놓고는…… 나는 분개했다. 다른 곳에 가둬도 분개했을 테지만, 반지하방이라서 더더욱 분개했다. 그러자 언니는 더더욱 상세히 말해주었는데, 나는 귀를 막으며 그만 좀 하라고 외쳤지만 언니는 더더욱 열렬히 설명해주었고…… 나는 결국 언니를 그곳에 내버려두고 밖으로 뛰쳐나왔다.

한자 간판이 걸려 있는 인력사무소 거리를 하염없이 걷다가 계단 난간에 붙어 있는 구인 공고를 발견했다. 그 옆으로 수십 장의 구인 공고가 나붙어 있었다. 양돈장 남 구함, 월급 180~200만, 비자무, 불법됩니다, 연락주세요. 배추작업, 남녀 부부 구함, 일당 10만 원, 전라도 해남, 비자 C-38, C-39. 모텔 남녀 부부 환영. 고물상 남녀 부부 환영. 굴 까기 작업 공장, 연령 제한 없음, 1개월 후 300만 원 이상됩니다. 꽃게 배 타실 5명 구함, 건강한 남자, 비자 F-4.

구인 공고를 전부 다 사진으로 찍어 두었다. 나 같은 사람을 구하는 일이 아니라는 걸 알았지만 그냥 찍어두었다. 인력사무소에서 나오던 남자가 담뱃불을 붙이며 쳐다보았지만 말을 걸어오지는 않았다. 나는 핸드폰을 주머니에 넣고 대림역 방향으로 걸었다.

집으로 돌아가는 열차를 타고 나서야 언니에게 미안한 마음이 들었다. 그러나 전화를 걸어도 받지 않았고, 톡을 남겨도 확인하지 않았다. 미안한데 언니, 그 얘긴 진짜 듣기 싫었어. 마지막으로 그런 톡을 남기고 핸드폰을 주머니에 넣었다. 빈손으로 멍하니 앉아 있으면서, 핸드폰을 보지 않으면 열차 안에선 할 게 아무것도 없다는 걸 깨달았다. 하도 심심해 핸드폰을 들여다보고 있는 다른 사람들의 정수리를 보며 언니처럼 원형탈모증에 걸린 사람이 있나 찾아보았지만 그런 사람은 없었고, 그렇다면 저들은 무슨 일을 해서 돈을 벌고 있는지 새삼 궁금했다. 저토록 풍성한 머리숱을 유지하고도 돈을 벌 수 있는 일은 무엇인지 어깨를 흔들며 묻고 싶을 정도로 궁금했다. 핸드폰이 진동했고 당연히 언니인 줄 알고 메시지를 확인했지만, 언니가 아니었다.

충조, 나의 오빠, 정신머리 없는 놈이 나를 향해 걸어오고 있었다. 내 앞에 털썩 앉더니 키오스크를 가리키며 쉰 목소리로 말했다. 주문 안 해?

나는 대답 없이 팔짱을 낀 채로 충조를 노려보았고, 충조는 결국 들고 온 쇼핑백을 발치에 내려두고 키오스크로 걸어갔다. 잠시 후 충조는 콜라를 들고 자리로 돌아왔다. 그러더니 말없이 콜라만 마셨다.

나는 최대한 간결하게 상황을 설명해주었다. 5천만 원이 전부다. 집 같지도 않은 집들을 보러 다니느라 얼마나 힘든지 모른다. 충조는 내내 콜라만 마셨다. 나는 그런 충조의 얼굴을 물끄러미 보다가 아버지가 했던 말을 떠올렸다. 저 놈 지금 또 정신이 나갔다. 나갔어.

괜찮다. 충조에게서 반응이 돌아올 거라는 기대는 하지 않았다. 충조는 그런 사람이니까. 나는 마음을 가라앉히고, 요즘 어떻게 살고 있느냐고 물었다. 그러자 충조는 금세 활기를 되찾았다. 눈에도 초점이 돌아왔다. 사실 나는 충조가 어떻게 살고 있는지 알았지만 설마 지금도 그렇게 살고 있을까 싶어서 물은 거였다. 아니나 다를까 충조는 요즘에도 지방 맛집을 찾아다니느라 바쁘다고 했다. 지난주엔 나주에 가서 곰탕을 먹었고, 매끼마다 먹느라 고역이었는데 그래도 맛이 좋아 남기지는 않았고, '생생정보'도 여전히 열심히 보고 있다고.

생생정보통이겠지.

아니야. 2015년부터 생생정보로 바뀌었는데 몰랐구나.

충조는 그 말을 아주 즐거운 듯이 했다. 충조는 10년째 공시생으로 살고 있었는데, 7년 전 아버지가 돌아가시자 갑자기 고시원으로 들어가 버렸다. 도망치듯 사라져서 엄마와 나는 정말로 황당했고, 두들겨 패야 정신을 차릴 거라고 말하면서도 그렇게 하진 않고 진득하게 기다렸는데, 7일이 지나면 돌아올 줄 알았던 충조는 7년이 지난 지금까지도 돌아오지 않고 있었다. 충조는 그사이 생생정보에 나온 전국의 맛집을 열심히 방문했고 별점을 매겼으며, 자신의 블로그에 방문일지를 올렸다. 나는 블로그에 올라온 국제시장 분식집 사진을 보다가 충조를 고문하고 싶은 충동을 느꼈다. 그러나 그것도 이젠 다 지나간 일이었고, 엄마와 나는 충조가 정상이 아니라는 것을 받아들였다.

충조는 단기 아르바이트생으로 살았고, 맛집을 찾아다니는 것 외에 다른 일은 하지 않았다. 전혀. 아무것도. 그런데 그런 충조의 쇼핑 백에서 나온 물건은 아주 뜻밖이었다.

이게 뭔지 알아?

나는 모른다고, 이게 대체 뭐냐고 물었다. 크고 두꺼운 사진집으로 보였다. 《조춘만의 중공업》. 충조는 제목을 가리키며 말했다. 여기 쓰여 있잖아.

나는 다시 사진집의 제목을 보았고, 여전히 아무것도 이해하지 못했다. 충조가 말했다. 눈빛에 열기를 피어 올리며. 나 요즘 공단 보러 다녀. 맛집도 여전히 다니는데, 이젠 그 지역의 가장 큰 공단도 꼭 찾아가. 단양에 가면 성신양회가 있어. 본 적 있어? 없을 거야. 그 건물 정말 멋져. 〈매드맥스〉에 나오는 포스트 아포칼립스 시대의 건물처럼 생겼어. 여수에 가면 말이야, 밤에 차를 타고 들어가면 번쩍거리는 공단을 볼 수 있어. 연기가 펑펑 피어오르고, 크롬처럼 번쩍번쩍하다니까. 스팀펑크라는 단어 알아? 그런 장르가 있어. 딱 그 느낌이야. 울산에 가면 현대중공업이 있어. 울산대교 전망대에 올라가면 아주 잘 보여. 밤에 보면 얼마나 멋있는지 몰라. 엄청나게 크고 거대해. 이 사진집은 현대중공업 공단 내부를 찍은 거야. 〈트랜스포머〉보다 멋있어. 안 그래? 충조는 페이지를 휘릭 넘기다가 손가락으로 어딘가를 가리켜 보였다. 나는 충조가 무슨 말을 하는 건지 조금도 이해하지 못했다. 충조는 내 반응을 신경 쓰지 않았다. 나는 뒤늦게 정신이 들어 충조에게 물었다. 안에 들어가 본 적 있어?

없는데?

그냥 구경만 하려고 간다는 거야?

충조는 고개를 끄덕였다.

도대체 왜?

왜라니. 멋지니까.

충조는 완전히 돌았다. 낙성대 반지하방 창문에 머리통을 내밀게 한 뒤 지나가는 행인의 발길에 차이게 하면 정신을 좀 차릴까. 나는 충조에게 말했다. 이런 공단이 어떤 의미인지 알고나 좋아하라고. 그런 곳에서 일하는 노동자들은 힘들 거 아니야. 오빠보다 훨씬 힘들게 일할 거 아니야. 멋지다니. 그냥 멋져서 구경만 하고 온다니. 그게 말이나 되는 소리야? 오빠는 그런 말도 못 들어봤어? 그 첫물 쓰지 마라.

충조는 두 눈을 크게 떴다. 처음 들어본다는 표정이었다. 정말이지 지성을 찾아보려야 찾을 수 없는 남성이다, 충조는.

헤어지기 전 충조는 한참 동안 머뭇거리더니 내게 돈을 빌려달라고 말했고, 나는 충조의 정강이를 걷어찼다. 이제부터 내 전화 받지 마. 씩씩거리며 횡단보도를 건너고 난 뒤에야 그 말이 이상하다는 걸 깨달았다. 이제부터 연락 안 해,라고 말해야 할 것을 내 전화 받지 말라고 하다니. 그건 다시 전화를 걸겠다는 의미인데.

머리가 아팠다. 터질 듯이 아파서 횡단보도를 다 건너면 나오는 타코야키 트럭 앞에 멈추어 섰다. 타코야키를 굽고 있던 아저씨가 무심히 나를 쳐다보았다. 타코야키를 사려는 건가. 아저씨의 눈빛에 떠오르는 질문이 훤히 보였다. 나는 일부러 타코야키 트럭 옆 호두과자

40

리어카로 걸어가서 호두과자를 샀다. 그렇게 엉뚱한 사람을 실망시켰다.

방문을 여니 엄마가 나를 돌아보았다. 손에 가위를 들고 있었다.

뭐하는 거야?

엄마는 대답 없이 고구마 줄기를 싹둑 잘랐다. 들어갈 자리가 없잖아. 가지고 가려면 잘라야지.

이발을 마친 고구마 줄기는 30센티미터 정도로 아주 작아져 있었다. 조금 심하다 싶을 정도로 많이 잘라냈다. 엄마는 자른 줄기를 선뜻 버리지 못하고 바닥에 수북이 쌓아놓은 채 한동안 바라보았다. 저걸 언니의 정수리에 옮겨 심을 수 있다면 좋을 텐데. 문득 그런 생각이 들었다. 아주 잘 자랄 것 같았다. 나는 엄마의 얼굴을 돌아보며 물었다. 오늘도 시 썼어?

이제 안 쓰려고.

왜?

나가서 폐지를 줍는 게 낫지.

계속 써.

왜 쓰라는 건데?

잘 쓰잖아.

내가 잘 쓰니?

엄마는 참아보려 했으나 결국 웃고 말았다. 그런 엄마의 얼굴을 보며 그림을 잘 그려서 망했다던 언니의 얼굴이 떠올랐다. 엄마는 시를 잘 써서 망한 건가. 잘 쓰지 않았으면 폐지라도 주웠으려나. 그러나 그렇게 해서 장만한 집은 지상의 집일지 아니면 한 뼘 정도 더 커진 반지하 원룸일지. 문 열고 엎어지면 벽인 그런 집.

주인이 언제까지 빼달래?

엄마는 잘라낸 고구마 줄기를 주물럭거리며 말했다. 코로나 때문에 자기도 걱정이라고, 천천히 빼도 된다는데 그 말을 들으니까 빨리 빼주고 싶더라.

엄마가 착해서 그래.

나 안 착해. 착하면 내가 이렇게 됐겠니?

방으로 돌아와 인력사무소 거리에서 찍은 구인 공고를 들여다보았다. 비자 무. 불법됩니다. 두 문장이 유독 눈에 들어왔다. 충조에게 이걸 좀 보여줄걸 그랬다. 비자가 없어도 되고 불법체류자여도 된다고 하니 오빠도 될 거라고. 괜찮을 거라고. 어딜 가든 마찬가지라고. 다 하게 되어 있다고. 그렇게 중얼거리다가 습관처럼 구직 사이트에 접속했다. 언제쯤 나도 퇴근 열차에 타볼 수 있을까. 집게발로 서로를 쿡 찔러가며 회사에 다녀볼 수 있을까.

핸드폰이 진동했다. 수영 언니였다.

미조야, 내가 가발 공장을 다녔더라면 내 정수리가 이러지
않았을 거라는 생각이 든다. 만약 정수리가 이랬어도 가발
을 직원 할인가에 살 수 있었겠지. 그런데 미조야, 내가 지

금 레종이랑 도림천에 버려져 있는데, 여기 온통 중국말만 들린다. 미조야, 나는 내가 예쁘지 않고 날씬하지도 않은 건 한 번도 걱정한 적이 없는데 그림을 잘 그리는 게 너무 걱정이다. 아직도 나는 너무 잘 그리거든. 네가 이 얘기 싫어하는 거 알지만 마지막으로 딱 한 번만 할게. 내가 그린 웹툰 진짜 잘 팔려. 오늘은 팀장한테 불려가서 칭찬도 들었다. 잘 자라. 이게 돛대다.

나는 답장을 보내지 않았다. 대신 일기장을 펴 들었다. 벽 너머에서 키보드 두드리는 소리가 들려왔다. 우리는 동시에 문장을 쓰고, 언니는 아마도 걷고 있을 것이다. 내일은 멀고, 우리의 집은 더 멀고, 민들레 꽃씨가 날아와 우리 머리 위에 내려앉는 꿈은 가까운 그런 밤이었다.

제22회 이효석문학상
대상 수상작가 자선작

나의 방광 나의 지구

|

이서수

이대로라면 그들에겐 영원히 기회가 오지 않을 것 같았다. 집을 살 수 있는 기회가.

그들은 밤새 궁리했다. 어떻게 해야 집을 살 수 있을까.

은행 대출금에 그들이 모아 놓은 돈을 합쳐도 직장과 가까운 지역에선 아파트를 살 수 없었다. 그들이 결혼하고 나서 5년 동안 아파트 시세가 두 배 가까이 올랐기 때문이다. 그들은 부동산 관련 기사를 보며 거의 매일 소화불량에 시달렸다. 가끔은 이 모든 게 그들 탓인 것만 같았다.

"그때 그 집을 살걸 그랬어."

그들은 신혼집을 매수하지 않은 걸 뒤늦게 후회했다. 당시 집주인은 세입자인 그들에게 급매 가격으로 집을 팔아치우고 싶어 했다. 그러나 그들은 위층 이웃이 밤새 쿵쾅거리며 돌아다니는 통에 도무지 잠을 잘 수 없었고, 극심한 수면 부족으로 회사 업무에 지장이 생기자 계약을 중도 해지하고 이사를 해버렸던 것이다.

아내는 술만 마시면 그 집에 대해 말했고, 그런 날이면 그들은 짧게 말다툼을 했다. 그 집은 그들이 살고 있는 빌라에서 그리 멀지 않았다. 그들은 동네를 산책할 때마다 신혼집을 먼발치에서 보았고, 자연스레 두 배나 뛰어버린 가격을 떠올렸지만 어쨌든 그들에게 그런 행운은 오지 않았다.

아파트 시세가 하루가 다르게 치솟는 상황에서 그들처럼 불안을 느끼는 무주택자들이 많았다. 때마침 관련 기사가 쏟아져 나왔다. 그는 다리를 달달 떨며 아내가 톡으로 공유해준 기사를 읽었다. 이미 늦었다는 생각뿐이었다. 서울에선 아파트를 장만할 수 없었다. 수도권 외곽 지역으로 눈을 돌려야 할 때였다. 그것도 놓친다면 영원히 집을 살 수 없을 것 같았다. 등줄기가 오싹했다.

"내년 봄엔 무조건 사자. 고점이고 나발이고 간에 무조건 사자고."

전날 밤, 그의 아내는 맥주 캔을 우그러뜨리며 비장한 어투로 말했다. 그 역시 때가 되었다는 것을 직감했다. 더 이상 물러설 데가 없었다. 결혼한 친구들을 떠올려 보니 그만 집이 없었다. 다들 신혼 시절에 무리하게 대출을 받아 아파트를 샀다. 그 당시엔 친구들이 어리석다고 생각했다. 사치가 심하다고 아내와 흉도 봤다. 그러나 어리석었던 사람은 친구들이 아니라 그들이었다.

불운하게도 아내 역시 그처럼 저축을 맹신하고 빚을 경계하는 부류의 사람이었다. 그들의 부모는 부동산 투기와 거리가 먼 사람들이었고, 은행 이자율이 20퍼센트를 넘나들던 시절에 착실하게 은행을 드나들며 적금 통장을 하나씩 늘려가던 사람들이었다. 그들 역시 돈을 아끼고 부지런히 저축하면 부자가 될 수 있다는 말을 듣고 자랐다. 학교에서도 그런 교육을 받았다. 21세기엔 맞지 않는 경제 교육이라는 것을 지금에서야 깨달았지만 이미 늦어도 한참 늦었다. 그는 십 대 시절부터 주식 투자를 가르친다는 부모들에 관한 기사를 볼 때마다 억울한 마음이 치솟았다. 만일 그가 그런 교육을 받았더라면 지금쯤 부자가 되어 있을 게 분명하기 때문이다. 그러나 그의 아내는 이렇게 말했다. "금융 자산을 불리는 방법이 시대에 맞게 변한 것뿐이야. 우린 80년대생이잖아. 후진 경제 교육을 받았지."

그는 아내의 말에 조금도 동의할 수 없었는데, 무리한 대출로 신혼집을 장만해 자산을 크게 불린 그의 친구들도 모두 80년대생이었기 때문이다. 그러므로 그들이 멍청했다는 결론밖에 나오지 않았다. 그의 말에 아내는 고심하는 얼굴이더니 갑자기 엉뚱한 말을 했다. "이해찬 세대 중 우리처럼 아직까지도 집을 장만하지 못한 사람들이 있을까?"

그는 여기서 이해찬 세대라는 말이 왜 나오느냐고 물었다. 이해찬 세대라니. 정말이지 기억 저편으로 사라지고 있었던 단어였다. 그러자 그의 아내는 별 뜻이 없다고, 만일 그들처럼 집을 장만하지 못한 이해찬 세대가 있으면 그 인생은 참으로 고달프겠구나 싶어서 물은 거라고 했다. 대학 입학과 내 집 장만이라는 인생의 중요한 과제에서 좌절을 맛보고 있는 것이다.

"이제부터 우리도 남들처럼 과감하게 살아보자."

그들은 수도권 외곽의 아파트를 목표로 삼았다. 청약은 가점이 낮았고, 경쟁이 워낙 치열해 기대하기가 힘들었다. 포기해야겠다는 결심이 쉽게 섰다. 가점을 보지 않는 추첨제를 넣더라도 불안하긴 마찬가지였다. 언제 될지 모르는 추첨을 기다리다가 지금도 조금씩 오르고 있는 아파트 시세가 더더욱 많이 올라 어디로도 갈 수 없는 상황이 되어버린다면, 누가 책임질 것인가. 아무도 책임지지 않는다.

마음을 굳게 먹은 그는 무언가를 새로 시작할 때마다 늘 그랬듯 관련 유튜브 채널을 검색한 뒤 십수 개의 방송을 구독해 놓았다. 점심을 먹고 나선 은행으로 달려가 좀 더 이자가 높은 금융 상품을 알아보았고, 그 자리에서 단기 신탁 상품을 추천받았다. 은행원은 원금을 손실할 가능성은 조금도 없으며 만일 그런 사태가 발생하더라도 보증사가 대기업인 만큼 걱정하지 않아도 된다고 누차 말했다. 그는 그 상품에 가입하기로 결정했고, 상품 판매가 개시되는 날 연락을 주겠노라는 은행원의 말에 고개를 끄덕이고 의자에서 일어났다. 은행원은 떠나려는 그의 옷자락을 얼른 붙잡더니, 아파트 담보 대출을 대비해 신용 등급을 높이기 위한 방책으로 신용카드 발급을 권했다. 그는 선뜻 그렇게 했고, 주거래 은행을 회사 앞 A은행으로 바꾸었다. 내 집 마련이라는 꿈에 한 발자국 다가간 기분이 들어 뿌듯함을 느낀 하루였다.

아내와 저녁 식사를 하며 은행에 다녀온 얘기를 했더니, 아내의 얼굴에 갑자기 그늘이 졌다.

"내가 정규직 회사원이었으면 대출을 받을 수 있었을 텐데." 아내는 숟가락을 힘없이 내려놓더니 말했다. "하고 싶은 일을 하면 행복할 줄 알았는데, 이제 와서 보니 집도 장만하지 못하는 처지네, 내가." 아내는 눈물까지 살짝 내비쳤다.

그녀는 책을 좋아했고, 이십 대 시절엔 열심히 습작도 하고, 출판사에 투고도 했으나 결국 책을 내는 대신 도서관에서 계약직 직원으로 근무하게 되었다. 독서 인구가 줄어들고 있는 실정이었으므로 그녀에겐 독서 인구를 확보하라는 특명이 떨어졌고, 그녀는 잠까지 줄여가며 도서관 블로그 운영과 각종 모임 기획에 매달렸다. 그러나 도서관 이용자 수와 대출 권수는 여전히 제자리를 유지하고 있었다. 아내는 계약서에 명시된 기간이 끝날 경우, 어디에서 무엇을 하게 될지 알 수 없어 매일 밤 혼란스러워했고, 그런 와중에도 블로그에 댓글을 달았다. '와, 정말 다독가이시네요. 훌륭하십니다.' '모임에서 그런 불미스러운 일을 겪으셨다니 죄송합니다. 추후 그런 일이 재발하지 않도록 노력하겠습니다'라고 쓰다가 '죄송합니다'를 지웠다 쓰길 반복하며. 아내는 요즘 들어 죄송하다는 말을 하는 것에 부쩍 예민해졌다. 죄송하다고 말하는 순간 책임져야 할 범위를 벗어난 일들에 대한 힐난까지 자기에게로 돌아온다고 했다.

"도대체 내가 뭘 그렇게 잘못했는데?" 일을 마치고 돌아온 아내는 분하다는 듯이 숄더백을 던지며 외쳤다. 그의 귀에는 그 말이 꼭 이렇게 들렸다. 도대체 우리가 뭘 잘못해서 집이 없는데?

마흔을 앞둔 그들은 변하고 있었다. 아내처럼 그에게도 한때 꿈이 있었고, 그 꿈은 가끔 그의 마음을 저릿하게 만들지만 그는 매일 회사에 출근해 세무사와 통화하고 엑셀에 매달려야 할 의무가 있었다. 그러나 어찌된 일인지 성실히 살아온 그들에겐 집이 없었다. 그건 아마도 그들이 이제껏 집을 사려는 노력을 하지 않았기 때문일 것이다. 오로지 그 이유 때문일 것이다.

돈을 모은다고 집을 살 수 있는 건 아니다. 집을 사겠다는 마음을 단단히 먹고, 투자 정보를 모으고, 대출 상품을 알아보고, 은행원과 마치 알몸으로 앉아 있는 것 같은 불편한 마음을 억누르며 상담을 하고, 집을 자세히 살펴보기 위해 임장을 나가고, 매도인과 가격을 협상하고, 마침내 매수하여 그때부터 빚을 갚는 일에 전력을 다하는 것. 이러한 과정을 거쳐야 집을 가질 수 있다. 만일 마흔을 코앞에 두고 있지 않았더라면, 이 모든 복잡한 과정을 견뎌내지 못했을 것이다. 집을 사겠다는 마음을 먹었다가도, 평생 전세로 사는 것도 나쁘지 않고 오히려 홀가분한 일인지도 모르지, 투자 정보를 모으다가도, 이건 광고일 뿐이니 선동당하지 않는 게 낫지, 대출 상품을 알아보려다가도, 평생 따라다닐 족쇄를 스스로 차려는 것이나 다름없으니 내가 정신이 나간 게 아닐까, 가격 협상을 하는 일련의 과정을 밟으려다가도, 내가 지금 안 속고 있는 걸까 아니면 완전히 속고 있는 걸까, 하는 생각들이 연달아 들었을 것이다. 그리고 마침내 집을 매수했다면, 어쨌든 그때부턴 그 집을 사랑해야만 한다. 그 집에 앉아 있는 매 순간마다 그 집이 그의 집이라는 것을 느껴야 하고, 그것에서 마음의 평화를 얻어야 하는데 그는 벌써부터 왜 이렇게 피곤할까.

집을 사더라도 문제는 남아 있다. 지역 신문을 들춰보다가 아파트 시세가 꼼짝도 않는 것을 발견하면 그의 심장은 쿵 내려앉을 것이고, 은근하던 부동산 붕괴 소식이 뚜렷한 기세로 들려오면 원자 폭탄이 그의 집에 투하된 것처럼 절망할 것이다. 그렇게 새가슴으로 살다가 결국 노년에 다다라 그는 여전히 그 집에서 살고 있을까. 만일 그렇다면 그 집의 재건축은 어떻게 되었을까. 통과가, 되었을까. 안전진단에서 더 이상 사람이 살 수 없다고 판정되었을까. 초과이익환수제는 그때쯤 어떻게, 공사 비용 대출은 얼마의 이자로……. 그렇게 그가 받은 새 아파트에서 그는 과연 몇 살까지 살 수 있을까.

다행한 것은 이 지난한 과정을 마흔을 앞둔 그가 예상하고 있고, 마찬가지로 마흔을 앞두고 있는 그의 아내가 예상하고 있으며, 그들은 함께 감내하고 인내하고 나아가고 쟁취하겠다고 결심했다는 것이다. 그들은 철이 들어버렸다. 영원히 집을 살 수 없을지도 모른다는 것을 갑자기 깨달아버려서.

어쩌면 나이 때문인지도 모른다. 마흔 살이 될 만큼 늙어버려서.

*

증상이 처음 나타난 때는 신도시 아파트 값이 무서울 정도로 상승하고 있다는 유튜브 방송을 보던 날이었다. 처음엔 그저 커피를 많이 마신 탓이려니 했다. 그러나 곰곰 생각해보니 그는 그날 단 한 잔의 카페라테만 마셨고, 오히려 평소보다 한두 잔 덜 마신 정도였다. 하지만 그는 끊임없이 화장실을 들락거렸고, 앉자마자 다시 요의를 느끼는 자신의 방광 상태를 알아채고 당황했다.

왜 이러지?

그는 불편한 자세로 의자 끝에 걸터앉아 아랫배에 힘을 주었다가 다시 풀었다가 하면서 생각했다. 정말로 왜 이러지, 내가?

이상할 정도로 오줌이 심하게 마려웠다. 문제는 그가 직전에 방광을 비우고 돌아왔다는 것이다. 그는 몹시 당황했고, 얼굴이 창백해질 정도로 고민했다. 도무지 의자에 앉아 있을 수가 없을 정도로 오줌이 마려웠다. 달려가서 소변기 앞에 서면 지퍼를 내리기도 전에 알았다. 이건 십 밀리리터도 안 되는 소량이라는 걸. 그래도 희망을 품고 지퍼를 내린 뒤 아랫배에 힘을 주면 예상에 정확히 부합하는 양이 나왔다. 찔끔. 찔끔. 찔끔. 찔끔. 그렇게 서너 번을 들락거린 뒤 그는 힘없이 의자에 쓰러지듯 앉았고, 비뇨기과에 예약해야 하는 시기가 도래했음을 깨달았다.

과민성 방광. 그의 병명은 정확히 과민성 방광이었다. 문제는 방광'염'이 아니라 '방광'에서 끝난다는 것에 있었다. 그의 방광은 염증이 생긴 것이 아니라 단지 지나치게 과민했고, 스트레스를 받거나 컨디션이 좋지 않으면 더욱 요란하게 요의를 표명했다. 그의 방광을 주먹으로 쾅쾅 두드리며 항의하다가 그가 모른 척하고 있으면 방광을 힘껏 비틀어 꼬집는 느낌이었다. 그러면 그는 갑작스런 통증에 복부를 구부러뜨렸고, 그렇게 접힌 자세로 앉아서 자신의 방광을 탓했다.

도대체 이 방광은 누구의 것일까. 그의 것이라면 집을 사야 하는 중요한 시기에 그를 괴롭힐 리가 없는데…….

그는 절망적인 마음으로 이태 전에 다녀왔던 비뇨기과를 다시 찾았다. 의사는 차트를 확인한 뒤 그가 만성 과민성 방광 환자임을 금세 알아챘고, 기계적으로 같은 말만 반복했다. 술, 커피, 맵거나 자극적인 음식, 수분 함량이 높은 수박이나 참외는 금지였다. 자기 전엔 더욱 철저하게 지켜야 했고, 되도록 소변을 참았다가 누기를 권했다. 그는 도무지 참지 못하겠을 땐 어떻게 해야 하느냐고 물었고, 의사는 잠깐 동안 침묵하다가 답했다.

"그럴 땐 누시고요."

"그럼 잘 안 낫게 되지 않요?" 의사는 한숨을 내쉬며 말했다. "환자 분 마음가짐에 달린 일이라서요. 심각하게 생각하시면 심각한 문제가 되고, 그렇게 생각하지 않으시면 그렇지가 않고요."

그는 이게 말이야 오줌이야 생각했지만 아무런 반박도 하지 않았다.

약을 처방받았으나 먹지 않을 생각이었다. 염증이 있는 것도 아니니 약은 필요하지 않았다. 차라리 신경안정제를 처방받는 편이 더 효과적이라는 걸 알았다. 그러나 그가 처방받은 약은 그런 약이 아니었다. 자세히 보지도 않았지만 항생제를 소화제와 함께 처방했을 확률이 높았다. 그 의사는 늘 그랬다. 그러면서 증상이 심할 때만 먹으라고 덧붙였다. 그는 집으로 돌아와 약봉투를 신경질적으로 꺼내서 식탁 위에 던져두었다. 아내가 그의 안색을 살피며 물었다.

"많이 안 좋아?"

"어. 안 좋아." 그는 서 있는 것조차 피로해 식탁 의자에 무너지듯 앉으며 말했다.

결혼 생활을 하는 동안 아내는 그의 방광을 자신의 방광처럼 염려했다. 그는 스트레스에 매우 취약했고, 희생양은 언제나 방광이었다. 그녀는 방광이라는 장기를 그와 결혼한 이후에나 인식했을 정도로 방광에 아무런 문제가 없는 삶을 살았기에 처음엔 그를 이해하지 못했다. 그가 자다가 이불에 소변을 보는 실수를 하기 전까진. 그날, 그녀는 충격에서 벗어나지 못하고 멍하니 서 있는 그에게 분주히 지시를 내렸다. 침대 커버를 벗겨서 세탁기에 넣고, 매트리스를 끌어내려서 가루 세제를 부은 뒤 스펀지에 물을 적셔서 반복적으로 꾹꾹 눌렀다. 물기가 다 마르고 나자 다행히 얼룩도 냄새도 남지 않아서 매트리스를 교체하는 사태에 이르지는 않았지만, 그 일을 계기로 그녀는 그의 방광을 세심하게 살펴야 하는 의무를 아로새긴 사람으로 변했다. 매트리스 교체 비용은 상당했기에 그녀는 그의 방광에 이상이 생길 때마다 신경을 곤두세웠던 것이다.

"혹시 집 때문에 그런 거야?"

그는 단호하게 고개를 저었지만 그의 표정이 이미 답변을 대신해 주고 있었다.

"그렇게 스트레스가 심했던 거야?"

"알아봐야 할 게 워낙 많아. 그리고 알아볼수록 자꾸 화가 나잖아."

"왜 화가 나는데?"

"내가 알아보고 있는 순간에도 집값이 오르고 있으니까!"

그는 분노한 얼굴로 말했고, 그녀는 흠칫 놀랐다.

"왜 그렇게 예민해진 건데? 우리 이제까지 집이 없어도 잘만 살았잖아."

"이젠 마흔이잖아. 이러다가 영원히 집이 없으면 어떡해."

"집이 없으면 어때서 그래?" 아내는 그렇게 물었지만 정작 자기 얼굴에 떠오른 난감한 기색은 숨기지 못했다. 아내 역시 알고 있는 것이다. 집이 없으면 그들의 미래가 어떻게 될지.

그는 아내가 그날 오후에 톡으로 공유해준 기사를 떠올렸다.

오후 1시 10분에 아내는 노인에게 집을 빌려주지 않으려는 집주인들에 관한 기사를 공유해주었다.

─우리 집에서 고독사라도 하면 어떡해요? 그거 냄새가 아주 지독하대요.

기사를 읽고 나서 그는 큰 충격을 받았다. 노인이 되는 일은 머나먼 일이라고 생각했는데 그 기사를 읽는 순간 순식간에 80세가 되어버렸다. 아내 역시 똑같은 기분을 느꼈다고 말하며 오후 1시 45분에 그에게 전화를 걸어왔다.

"내가 집 없는 80세 할머니가 되면, 나는 길바닥에서 죽어야 할지도 몰라. 아무도 나에게 집을 빌려주려고 하지 않을 테니까. 그 생각을 하니까 눈물이 날 것 같아."

아내는 점심에 먹은 도시락이 체한 것 같다며 전화를 끊고 약국에 다녀와야 할 것 같다고 말했다. 그는 아내를 위로하고 전화를 끊었다. 사무실로 돌아가며, 그는 혼자가 된 늙은 아내에게 집을 빌려주지 않으려 하는 미래의 집주인을 벌써부터 미워했다.

오후 3시 40분에 아내는 다른 기사를 톡으로 공유해주었다.

-풍선 효과로 비규제지역 집값 빠르게 상승

아내가 캡처해서 보내준 매수 현황 지도를 보니, 도심 곳곳에 붉은 색 동그라미가 보였다. 비교적 집값이 낮은 지역에서 성급한 매수 현상이 관찰되고 있었다. 그 지도를 보는 동안 그는 폭동이 일어난 과거 어느 도시의 지도를 떠올렸다.

오후 4시 20분에 아내는 또 다른 기사를 톡으로 공유해주었다. 아내는 그날 업무에 거의 집중하지 못한 눈치였다. 정말이지 쉴 새 없이 기사를 보냈다.

-비혼 여성들이 모여 사는 유럽의 공동체

이번에는 결이 조금 다른 기사였다. 그는 흥미로운 표정으로 링크를 열어보았다. 선진국으로 명명되는 그곳에선 나이든 여성들이 빌라 형태의 집에 모여 사는데, 공동 거실에선 소통하는 삶을 영위하다가도 자기 집으로 들어가면 완벽한 프라이버시를 보호받는다고 했다. 그렇게 만남과 고독의 경계를 명확하게 지켜가며 살아가는 여성 공동체에 관한 기사였다. 그러나 그들 모두 비혼 여성들이었고, 결혼한 여성은 그곳에 없었다. 아내는 아무래도 그와 사별한 이후의 삶을 생각하는 듯했다.

벌써부터 내가 죽고 난 다음을 생각하다니…….

그는 하루 종일 우울했다. 아내는 아마도 동병상련의 마음으로 그에게 그런 기사들을 보내주었겠지만, 그는 마음이 몹시 좋지 않았고 급기야 그의 방광은 그에게 거칠게 항의하기 시작했다. 거 좀 쉽시다!

그는 편안하게 쉬고 싶은 방광을 무시할 수밖에 없었다. 그의 방광이 쉬기에 현 부동산 상황은 좋지 않았다. 매우 좋지 않았다.

힘없이 식탁 앞에 앉아 있는 그에게 아내는 방광이 괜찮아질 때까지만 집 문제를 보류하자고 말했다. 그는 고개를 저었다. "고작 방광 때문에 집 사는 걸 포기할 수는 없어."

그는 이십 년 동안 카페인 중독자로 살았지만 단박에 커피를 끊기로 결심했다. 화가 나서였다. 집을 사려는 중요한 순간에 그의 방광이 고장나버린 게 화가 났다. 집을 사고 싶은 절박한 마음이 절박뇨로 나타나는 현실에 화가 났다.

아내와의 채팅창이 종일 잠잠했던 오후, 그는 근무 시간에 한 통의 다급한 전화를 받았다.

"지금 빨리 오세요. 신탁 상품 판매 개시했습니다. 선착순입니다."

선착순이라는 말에 그는 순간적으로 과민한 방광도 잊고 전속력으로 은행을 향해 달려갔다.

종로 한복판에 지어질 빌딩의 건설비를 모집하기 위한 신탁 상품이었다. 건설사와 상품 판매사, 보증사가 모두 달랐다. 그는 4퍼센트에 가까운 수익률을 보장받고 오랫동안 모아둔 목돈을 넣기로 했다. 은행원은 그가 가입한 상품은 위험도가 전혀 높지 않다며 그를 안심시켰다. 그 방법은 꽤 효과가 있었고, 그는 신탁 상품의 안전성에 대해 조금도 걱정하지 않았다. 그날 퇴근 시간 전까진.

어쩌면 그가 품는 모든 불안과 화의 근원은 유튜브인지도 모른다.

그는 퇴근길에 참지 못하고 신탁 상품에 대해 검색했다. 그러자 그가 미처 모르고 있었던 문제점들이 주르륵 쏟아져 나왔다. 그는 떨리는 손가락으로 영상 하나하나를 클릭해보다가 결국 두 눈을 질끈 감고 말았다. 안 좋은 말들이 많았다. 좋은 말들도 있었지만 어찌된 일인지 유튜브 알고리즘이 점차 그를 부정적인 의견으로 이끌고 갔다. 정신을 차려보니, 그는 전 세계 금융 자산이 붕괴하며 대공황이 찾아올 거라는 영상을 시청하며 패닉 상태에 빠져들고 있었다.

황급히 영상을 껐다.

만약 신탁 상품에서 손해를 본다면 아파트를 장만하겠다는 목표는 산산이 부서질 것이다. 그 생각만으로도 두통이 몰려왔고, 덩달아 요의가 찾아왔다. 신탁 상품에 정신이 팔려서 깜빡 잊고 있었던 그의 방광 상태가 다시금 부각되었다. 그는 지하철 손잡이를 붙잡고 서서 두 다리를 번갈아 꼬아보면서 참으려고 노력했다. 분노와 요의를 동시에 참으려고 노력했다. 그러나 그 두 가지는 상당히 참기 힘든 것이었다.

그는 집으로 돌아와 현관문을 열자마자 화장실로 돌진했다. 변기 커버를 서둘러 올리고 소변을 보는 동안 하마터면 눈물이 날 뻔했다. 정말이지, 양이 너무 적었다. 형편없었다. 이런 양을 저장하지 못하고 그를 괴롭힌 방광을 때려주고 싶을 정도로. 그러나 미움도 지나치면 지치는 법이다. 그는 지쳤다. 그런 상태로 화장실에서 터덜터덜 걸어 나오니, 식탁 의자에 앉아 무언가를 열심히 쓰고 있는 아내의 둥근 등이 보였다.

아내는 좋아하는 소설책을 펴두고 종종 필사를 했다. 그는 소설을 읽지 않았지만 아내가 필사하는 모습을 보는 건 좋아했다. 꿈을 간직하고 있는 누군가를 볼 때 저절로 미소가 지어지는 것과 비슷했다. 그는 마음이 차분하게 가라앉는 걸 느꼈다. 어디선가 풍경 소리 같은 고요하고 청아한 기운이 몰아쳤다.

그래, 신탁 상품이란 게 원래 리스크가 있는 법이지.

그는 이제부터 리스크를 껴안는 법을 배워야 할 것 같았다. 무얼 배울지 안다면 희망은 보이는 법이다.

"당신 뭐해?" 그는 아내에게 다가가며 살갑게 물었다.

아내는 노트에 고개를 처박고 문장을 적고 있다가 그를 올려다보았다. 그는 아내의 맞은편에 앉아 아내가 펼쳐놓고 있는 책을 보았다. 그 책은 소설책이 아니었다.

"이게 뭐야?"

"부동산 투자 비법 책."

"이걸 필사하는 거야?"

"필사는 무슨. 그냥 잊으면 안 되는 거 적어놓고 있어."

그는 실망했지만 내색하지 않았다. 아내는 다시 필기를 시작하며 말했다.

"우리가 부동산 투자에 대해 얼마나 아는 게 없었는지 알면 놀랄 거야. 이 책에서 뭐라고 하는 줄 알아?"

"뭐라고 하는데?"

"집을 보면 안 되고 땅을 봐야 한대. 그리고 그 지역의 인구 구성 비율도 찾아봐야 하고, 기반 시설도 봐야 하고."

"그건 기본이지."

"맞아. 기본이야. 그런데 우리가 어디 이런 생각으로 집을 본 적이 있어?"

그는 입을 다물었다. 그들은 내부가 깨끗한 집을 좋아하는 경향이 있었다. 창호가 새것이고, 욕실 타일과 신발장이 깨끗한 집을 선호했다. 말하자면 허울에 쉽게 속는 타입이었다. 아내가 말했다.

"이제부터 집을 살 때 이렇게 하자. 우리가 사려는 집을 다 부수고, 텅 빈 땅을 상상하는 거야. 그러면 그 땅이 가치 있는 땅인지 아닌지 금방 알 수 있대. 정말 좋은 방법이야. 결국 부동산은 땅이잖아. 안 그래?"

아내는 그렇게 묻더니 다시 펜을 움직이기 시작했다. 그와 동시에 그의 아랫배가 묵직해지기 시작했다.

그는 의자에서 슬그머니 일어나 쓰레기통을 뒤적거렸다. 그리고 버렸던 약 봉투를 찾아낸 뒤 알약을 꺼내 물과 함께 삼켰다. 아내는 그가 약 봉투를 부스럭거려도 한 번도 돌아보지 않았다. 부동산 투자 비법 책에서 뿜어져 나오는 광채 혹은 광기에 단단히 사로잡혀 있었다.

침대에 눕자마자 그는 다시 유튜브에 접속했다. 이번엔 다른 걸 검색해보고 싶었다. 과민한 방광을 가진 사람들의 이야기가 궁금했다. 〈그것이 알고 싶다〉에선 절대로 다루어주지 않을 테니 그가 직접

이 미스터리를 파고들어야 했다.

예상했던 대로 그와 비슷한 고통을 겪고 있는 사람들의 이야기가 많았다. 그는 그들의 이야기를 찬찬히 살펴보았다. 참혹한 마음이 들 정도로 슬픈 이야기들이었다. 그는 그들의 고통을 매우 잘 알았다. 그들도 그의 고통을 잘 알 것이다. 때와 장소를 가리지 않고 요의를 표명하는 야박한 방광이 직장 생활은 물론이거니와 가정 생활까지 엉망으로 만들고 있다는 것을.

그들은 이대로 질 수 없다며, 과민한 방광을 가진 사람들이 어떻게 이 난관을 헤쳐 나가야 할지 머리를 맞대고 지혜를 모았다. 그리하여 나온 해결책은 굉장히 현실적이지만 동시에 비현실적이기도 했다. 그는 고심했다. 이렇게까지 해야 할까? 그러나 상황이 더 심각해진다면 방법이 없을 것 같았다.

성인용 기저귀.

그것은 방광이 극도로 과민한 사람들을 구원해줄 유일한 해법이었다.

*

그녀의 남편은 업무 회의 시간에 바지에 실금을 하고 말았다. 우려했던 일이 벌어지고 만 것이다.

그는 바닥 친 자존감을 어쩌지 못하고 침대에 누워 이불을 뒤집어썼다. 그렇게 소중한 연차가 하루 사라졌다. 그녀는 남편에게 다가가 말했다. "이제부터 당신은 좀 쉬어. 내가 해볼게."

내 집 장만 전투에서 패배한 뒤 성인용 기저귀를 차고 출근하기 시작한 남편은 실존주의를 고민하는 철학자처럼 얼굴에 짙게 그늘이 졌다. 그로부터 얼마 지나지 않아 그들이 투자한 신탁 상품에서 큰 손실이 났다. 은행원의 보증은 허황된 말뿐이었고, 아무도 손실에 대해 책임지려 하지 않았다. 그들이 한탄하는 사이, 신도시 아파트의 시세가 갑자기 큰 폭으로 상승해버렸다. 수십 개의 기사가 쏟아져 나왔고, 그들은 경악했다. 이젠 정말 살 수 있는 아파트가 없었다. 모든 아파트가 최고점에 진입했다.

결국 그녀는 아파트를 포기할 수밖에 없었다. 그러나 아파트가 아니더라도 노인이 된 미래의 그들이 의탁할 집이 필요했다. 고독사가 두려운 게 아니었다. 고독사를 하더라도 자신의 집에서 한다면 미안해할 사람은 없다. 남의 집에서 고독사 할 때 집주인에게 욕을 얻어먹는 것이다. 죽어서도 욕을 얻어먹고, 사회의 값싼 동정을 사는 것이다. 그녀는 그렇게 되고 싶지 않았다.

그녀는 부동산 투자 비법이 담긴 책을 종일 들여다보았다. 그러나 동시성이 약간 부족했다. 부동산 투자는 다른 사람보다 한 발 빨라야 하고, 이미 지나가버린 유행에 빠져드는 실수를 범해선 안 된다. 부동산도 패션만큼이나 변화가 빠른 것이다. 그녀는 결국 책을 덮고, 유튜브의 세계 속으로 빠져들었다. 그곳에 그녀가 찾던 동시성이 있었다. 동시대, 같은 시각을 맞이하고 있는 이들이 부동산 관련 정보를 실시간으로 알려주고 있었다. 그녀는 총알 배송으로 성인용

기저귀 두 세트를 구매하는 동시에 투자 방송에 귀를 기울였다. 이제껏 오직 아파트만 바라보고 있었는데, 영상 속 유튜버는 땅에 집중하고 있었다. 서울 안이라면 어디든, 언젠가는 오르게 되어 있다며 손바닥만 한 땅이라도 사두어야 한다고 구독자들을 열렬히 설득했다. 그 순간 그녀의 귀는 밀대로 수차례 밀어낸 밀가루 반죽처럼 얇아졌다.

그래, 다시 원점으로 돌아가서 땅을 보자.

그녀는 그날부터 매물로 나와 있는 빌라와 다가구 주택을 적극적으로 찾아보았다. 단독 주택은 넘볼 수가 없을 정도로 비쌌다. 다가구 주택은 세입자와 함께 살아야 하지만 그만큼 투자금이 줄어들었다. 만일 다가구 주택을 사서 지상 층은 세입자에게 전세로 내어주고, 그들은 반지하 방에 입주한다면 갭 투자 효과로 투자금은 더욱 줄어들었다. 빌라를 매수하는 것에 대해선 부정적 의견이 많았다. 특히 그녀의 어머니가 적극적으로 뜯어말렸다. "옛날 사람들이 그래. 빌라는 결국 애물단지 된다고."

이젠 아파트가 오르면 빌라도 뒤따라 오르는 시대였다. 그녀는 그런 믿음으로 빌라 몇 군데를 후보 리스트에 올려놓았다. 그리고 부동산에 전화를 돌렸다. 대다수 물건이 그대로 남아 있었다. 그녀는 아파트를 포기한 순간부터 어깨가 조금 가벼워진 기분이 들었다. 욕심을 줄이면 대출을 조금만 받고 살 수 있는 빌라가 있었다. 그러나 그녀의 남편이 거세게 반대했다.

"당신은 투자 공부를 다시 해야 해. 첫 집 투자가 실패하면 그다음은 없다는 거 몰라? 그러니까 무조건 아파트여야 해. 왜 우리나라 사람들이 아파트를 사랑하는지 생각해 봐."

그는 좀 더 기다리면 집값이 하락할 것이라며 그때 아파트를 사자고 설득했다. 그러나 그녀는 반대했다.

"기다렸다가 집값이 올라서 빌라도 못 사면 그땐 어쩔 건데?"

그는 아무런 대답도 하지 못했다. 그녀는 지분이 높은 빌라를 그에게 보여주며 마음을 돌리려고 노력했다. 그러나 그들은 결국 그런 문제로 다툴 필요가 없다는 걸 얼마 지나지 않아 깨달았다. 물건이 조금 괜찮다 싶으면 집주인이 물건을 다시 거둬들였기 때문이다. 모두가 집값 상승을 전망하고 있었다. 몇 번 그런 일을 겪은 뒤 그녀는 이런 식으로 부동산 가격에 거품이 낀다는 걸 깨달았다. 그녀는 분개했고, 그즈음 어찌된 일인지 점점 해탈한 얼굴로 변해가는 남편 옆에 앉아 한탄했다.

"결국 집값을 올리려는 수작에 내가 동원된 거였어. 집을 사겠다고 하니까 주인이 냉큼 물건을 거뒀어. 그러고는 한 달 뒤에 더 오른 가격으로 부동산에 내놓는 거야. 그런 짓을 계속 반복하고 있는 거야."

"그들한텐 그게 현명한 자산 관리 방법이니까."

"어떻게 같은 나라 국민끼리 이럴 수가 있어?"

"같은 나라 국민끼리?"

그녀의 남편은 허리를 꺾고 한참 동안 웃었다.

그즈음 그는 그녀가 무슨 말을 하더라도 화를 내지 않았다. 다들 각자 나름의 사정이 있는 법이고, 정연한 논리가 있는 법이라고 말하며 허공만 쳐다보았다. 퇴근하고 돌아오면 방에 틀어박혀 유튜브만 보거나 이불을 뒤집어쓰고 잠만 잤다. 그녀는 그가 점점 내 집 마련이라는 꿈에서 멀어져 가고 있는 광경을 목도했다. 그러나 손을 내밀어 그를 잡아당기고 싶지는 않았다. 그녀가 서 있는 곳 역시 불안하긴 마찬가지였다.

"이것 좀 봐. 정말 웃기다."

남편이 그녀의 옷소매를 끌어당기더니 유튜브 방송을 보여주었다. 그녀는 의자에 엉거주춤 앉았다. 일본의 어느 협소 주택을 소개하는 영상이었는데, 뭐가 웃긴 것인지 좀처럼 감이 잡히지 않았다. 그녀는 그즈음 남편의 정신 건강을 상당히 염려하고 있었기에 남편의 얼굴을 곁눈질하며 물었다. "집이 좀 작아도 깨끗하고 좋은데, 왜?"

"끝까지 봐."

그녀는 잠자코 영상을 계속 보았다. 그러다가 그 작은 집에 살고 있는 가족 구성원을 소개하는 부분에 이르렀을 때 깜짝 놀라고 말았다. 층당 4평 남짓, 3층까지 올린 그 집엔 도합 다섯 명의 가족이 살고 있었다. 한 쌍의 젊은 부부, 그들의 부모와 남동생. 그러나 1층엔 거실 겸 주방, 2층엔 침실과 화장실, 3층엔 세탁실 겸 다용도실과 욕실이 있었다. 아무리 봐도 그 집엔 침실이 하나뿐이었다.

"이 사람들이 다 어디서 잔다는 거지?"

남편은 대답 없이 미소만 지었다. 섬뜩한 미소였다.

이어지는 영상을 보던 그녀는 또다시 놀라고 말았다. 부부는 땅을 사고 건축비를 낸 사람이므로 당당히 침실을 차지했고, 노부부는 3층으로 올라가는 계단 아래 빈 공간에 이부자리를 폈다. 그리고 남동생은 2층으로 올라가는 계단 아래 이부자리를 폈다. 영상에선 그 공간이 그들의 방으로 소개되었다. 태연하게 그렇게 소개되었다.

"부부가 다른 가족에게 당장 나가달라고 말하는 대신 다른 방식으로 의사 표현을 한 것 같지 않아?"

남편은 이죽거리며 말했지만 그녀는 그게 아니라는 걸 알았다. 노부부의 입가에, 남동생의 눈빛에 행복과 만족감이 흘러넘쳤다. 계단 아래에서 잠을 자더라도 그곳을 진정 침실로 여기고 있는 게 분명했다. 작은 집일지라도 더 이상 집 걱정을 하지 않아도 된다면, 그곳이 바로 천국이라는 표정이었다.

그녀는 자신에겐 없는 그들의 소박함에 감탄했다. 그러나 그는 그녀의 해석을 듣고도 고개를 젓기만 했다. 그즈음 그녀의 남편은 모든 것에 회의적으로 변하기 시작했다. 그녀는 그가 잠들어 있을 때 그의 유튜브 구독 영상을 살펴보았다.

남편이 보고 있는 영상들은 하나같이 비슷비슷한 내용이었다. 전 세계에 대공황이 올 것이고, 가진 자들은 크게 망할 것이고, 못 가진 자들은 거의 죽은 것이나 다름없이 살아가야 할 것이라는 비관적인 영상들이 가득했다. 그녀는 실사판 요한계시록이라도 본 것처럼 마음이 어두워졌다.

"이 세상에 종말이 온다면, 그건 부동산과 비트코인 때문일 거야."

어느 날 그녀의 남편은 뜬금없이 그런 말을 했다.

"그게 무슨 소리야?"

"종말이 코앞이야. 비트코인 때문에 엄청나게 앞당겨졌어."

"비트코인이 왜?"

"채굴하는 데 사용되는 전력 때문에 탄소가 엄청나게 배출되고 있어. 이제부터 온난화의 재앙이 시작될 거야. 벌써부터 물고기들이 물속에서 살이 익어가고 있다니까."

남편은 자신의 살이 익어가고 있는 것처럼 아주 두렵다는 얼굴로 그런 말을 중얼거렸다. 그녀는 그런 남편이 더 두려웠다.

그녀는 동요하지 않으려 노력하면서 차분히 주택을 물색했다. 어딘가에 그들이 살 수 있는 집이 반드시 있을 거라는 믿음을 절대로 버리고 싶지 않았다. 낡은 빌라를 사서 손바닥만 한 지분을 갖든지, 다 쓰러져 가는 다가구 주택을 사서 넉넉한 지분을 확보하는 대신 세입자를 머리에 이고 살든지 간에 어떻게든 노력하면 집을 가질 수 있을 것 같았다.

"빌라가 싫으면 다가구 주택은 어때?"

남편은 말없이 고개를 젓더니 시도조차 하지 말라고 했다. 어차피 소용없는 일이라고 했다. 그녀는 남편이 심각한 염세주의에 빠진 게 분명하다고 생각했고, 그렇다면 이 난국을 헤쳐 나갈 사람은 자신밖에 없다고 믿었다. 그녀는 며칠 동안 밤을 새워 검색한 끝에 적합한 다가구 주택을 발견했다. 기존 세입자의 전세금이 상당히 높아서 은행 대출을 받기만 하면 매수가 가능한 집이었다. 그녀는 신이 나서 남편에게 그 사실을 알렸고, 남편은 태연한 얼굴로 이렇게 물었다.

"방 빼기는 생각해본 거야?"

"무슨 소리야? 방을 왜 빼?"

남편은 그녀에게로 고개를 돌리며 말했다. "다가구를 사면, 대출을 받을 때 그 집의 방이 몇 개인지 세어 보고 방 하나 당 오천만 원씩 빼는 게 있어."

그녀는 도무지 그가 무슨 말을 하는지 알아들을 수가 없었다.

"결국 대출이 거의 안 나온다는 뜻이야."

그녀는 마침내 그의 말을 이해했다. 이럴 수가. 방 빼기라니. 은행이 방 하나에 오천만 원씩 뺄 때마다 그녀의 장기를 하나씩 빼어가는 기분이 들었다. 신장 오천만 원, 간 오천만 원, 췌장 오천만 원……. 끝내, 텅 비어버리는 그녀의 몸. 신기루처럼 사라지는 그녀의 집.

대출금은 그토록 소중했다. 그게 없다면 어떤 집도 살 수 없으니까. 그녀는 벌컥 화가 났다. 이렇게 중요한 정보는 학교에서 가르쳐야 하는 거 아닌가? 집을 사는 일은 수학 공식을 외우는 것보다 하찮은 일이라서 학교에서 가르칠 필요가 없다는 건가?

이렇게 복잡하고 힘든 일을 교과목으로 지정하지 않았다니, 의문투성이였다. 이 세상과 이 세상의 모든 학문 체제에 대한 신뢰에 금이 갔다. 부동산 매수학이라는 교과목이 있어야 한다. 늦어도 중등 교육 과정에서 가르쳐야 한다. 고등 교육 과정에선 대출금을 이용한 지렛대 원리를 가르쳐야 한다. 대학 교육 과정에선 임장을 다니는 팁에 대해 가르쳐야 한다. 대놓고 부동산 공화국이 되는 게 낫다. 대놓고 속물이 되는 편이 낫다. 그러면 적어도 그녀처럼 부동산 투기를 부도덕한 시선으로 바라보다가 하루아침에 하층민으로 전락하는 희생자는 나오지 않을 테니까. 차라리 다 같이 속물이 되잔 말이야! 그게 공평했다.

그녀의 친구는 은행 대출을 재산처럼 생각해야 부자가 될 수 있다고 말했는데, 그녀는 그때 친구를 비웃었다. 땅 투기로 고통받는, 그들보다 한참 어린 사람들을 생각해보라고 말하고 싶었지만 그런 말을 입 밖으로 내지는 않았다. 비웃음을 살까 봐서. 적시에 아파트를 사지 못해 부동산 역사에 길이 남을 활황기를 놓친 무능한 사람으로 볼까 봐서. 그녀는 악착같이 그런 시선을 밀어내고 있었다. 그러나 같은 출발선에 서 있던 친구들이 이젠 그녀가 정년까지 일해도 모으지 못할 돈을 거머쥐게 된 것은 그녀의 마음에 커다란 구멍을 냈다. 이 격차는 좁힐 수 없을 게 분명했다. 그녀와 친구들 사이에 결코 넘을 수 없는 삼팔선이 생긴 것이다. 계층이라는 삼팔선이. 그들의 우정은 장작처럼 도끼로 내리 찍히고 있었다.

남편은 그녀를 가만히 바라보다가 다가와 어깨를 토닥이더니 말했다.

"내가 회의 시간에 바지에 오줌 싼 날 있잖아. 그날 은행에 가서 듣고 온 소리가 그거였어. 방 빼기."

그녀는 뒤늦게 모든 걸 이해했다. 그녀의 남편이 결국 과민한 방광을 어쩌지 못하고 회의 시간에 고양이 눈물만큼 오줌을 배출해버린 것은 은행에 방문해 대출 상담을 받다가 방 빼기라는 걸 처음 알고 큰 충격을 받아 자율신경계에 이상이 생긴 것이었다. 그녀 역시 방 빼기를 안 순간 자율신경계에 이상이 온 것처럼 갑자기 몸 여기저기가 아팠다.

"그럼 우리는 영원히 다가구 주택을 못 사네?"

"어."

"이젠 아파트도 너무 올라서 못 사는데?"

"그럴 거야."

"그럼 빌라를 사야 하나? 근데 괜찮은 빌라는 주인들이 간만 보고 안 팔던데?"

"당연히 그렇겠지."

"그럼 우린 뭘 사?"

남편은 대답이 없었다.

뭘 사야 하나. 아무도 사지 않으려는 빌라를 찾아서 그걸 사야 하나. 그런데 그런 집에서 그들의 미래는 어떻게 전개되는 것일까. 재건축도 불가능하고, 재개발 가능성도 낮은 지역이라면 그들의 미래는 어떻게 되는 것일까. 그녀는 안전 진단 E등급을 받고도 다른 곳으로 이사하지 못하는 사람들을 보도했던 기사를 떠올렸다. 집주인들은 집과 함께 쓰러지는 것 외엔 방법이 없다고 생각했다. 그 집이 그들의 전 재산이었기 때문이다. 그게 그녀의 미래가 될 수도 있었다. 거기엔 아무런 안전장치도 보이지 않았다.

"그냥 맨 땅을 살까?" 그녀는 웃는 건지 우는 건지 자신도 알 수 없는 얼굴로 남편을 쳐다보며 물었다. "아무것도 없는 땅을 살까? 거기에 천막을 지어 놓고 그 안에서 살까?"

남편은 그렇게 사는 모습을 상상해봤는지 한참 뒤에 말했다. "그런 땅이 서울에 있을까?"

"그럼 서울 밖으로 나가서 살까?"

"직장에서 멀어지잖아."

"그럼 우린 어떡해?"

남편은 아무런 대답이 없었다.

그날 밤, 그녀는 자다가 극심한 통증에 눈을 떴다.

아랫배가 너무 아팠다. 생리통과 비슷하지만 생리통이 아니라는 걸 직감적으로 알 수 있었다. 타이레놀을 삼키며 아침까지 뜬눈으로 밤을 새운 뒤 곧장 산부인과로 달려갔다. 의사가 강력하게 권하는 십만 원짜리 검사를 받으며, 그녀는 불편한 자세로 진료용 의자에 누워 한 가지 생각만 했다.

보험이 될까?

보험은 적용되지 않았고, 그녀는 병원을 나오며 생각 없이 비싼 검사를 받은 걸 후회했다. 며칠 뒤 검사 결과가 나왔고, 아무런 이상이 없다는 말을 들었을 때에도 그녀는 기뻐하거나 안도하지 않았다. 그럴 줄 알았다. 그녀의 남편이 아무런 이상 없음에도 과민한 방광으로 고통받은 것처럼 그녀 역시 아무런 이상이 없음에도 과민한 생식기로 고통받고 있었다.

혹시 배란통일 수도 있느냐는 그녀의 질문에 의사는 고개를 저었고, 특별한 원인이 없으니 휴식을 취해보라는 말만 반복했다. 그녀는 머뭇거리다가 물었다.

"혹시 제가 스트레스에 취약한 몸일까요?"

의사는 그럴 수도 있다고 작게 말했다. 그러나 그것은 아무런 도움도 되지 않는 답변이었다. 질문부터가 잘못됐다. 스트레스에 취약하지 않은 몸이 도대체 어디 있다고. 차트를 한참동안 바라보던 의사가 그녀에게 물었다.

"기혼이시네요?"

"네."

"임신 계획은 없으세요?"

그녀는 얼굴을 일그러뜨리며 말했다.

"없습니다."

*

영상 속 남자는 꽤 자신만만해 보였다. 편안한 티셔츠에 청바지를 입은 남자는 알고 보니 제법 번듯한 직장에 다니고 있었다. 그는 차에서 사는 것은 생각보다 만만치 않다고, 쉽게 도전해볼 만한 일은 아니라고 진지한 얼굴로 말했다. 그는 학자금 대출을 모두 갚고 나니 다시 빚을 지기 싫었고, 빚을 내야만 집을 가질 수 있다면 차라리 차에서 사는 게 낫겠다고 판단했다. 그리고 승합차를 장만해 개조한 뒤 그곳에 보금자리를 만들었다. 친구들은 남자 앞에선 그의 용기를 치하하면서도, 속마음을 드러내는 인터뷰에선 친구의 미래가 너무 걱정된다고 입 모아 말했다. 그들 중 한 명은 이렇게 말했다. "차에서 산다는 건 생존만 생각하는 태도 같아요. 하지만 생존만 생각하면 안 되는 시대잖아요. 이젠 투자를 할 줄 알아야 하잖아요." 친구는 틈을 두었다가 말했다. "하지만 집값이 많이 올라도 자기 집만 오르는 게 아니라 모든 집이 오르는 건데, 그럼 집을 팔아도 갈 수 있는 곳은 정해져 있다는 의미잖아요. 그게 부자가 된 건가요? 좀 이상하지 않아요?"

그녀 역시 이상하다고 생각했다. 이런 식으로 전체적인 자산의 규모만 부풀고, 그 안에 든 인간은 초라한 홑껍데기를 둘러쓰고 겁먹은 얼굴로 주위를 두리번거리고 있는 것이다. 분명히 뭔가가 잘못되었지만 어디서부터 손을 대야 할지 아무도 모르는 것 같았다.

그렇더라도 집이 있는 사람이라면 상황이 좀 다르지.

그녀는 탐탁지 않은 표정으로 다른 구독 영상을 보았다. 부동산 폭락론을 주장하는 유튜버의 방송이었다. 구독자 수는 60만 명 남짓이었고, 그녀는 그 숫자를 볼 때마다 안도감과 쓸쓸함을 동시에 느꼈다. 채팅창엔 정치인들을 비난하는 글이 올라왔지만 그녀는 정치인들의 표 싸움에 그녀의 상처를 내어주고 싶지 않았다.

그녀의 남편은 이제 기저귀 없이 외출이 가능한 상태였다. 포기했기 때문이다. 내 집 장만을 포기한 그는 홈 웨이트 트레이닝에 몰두하고 있었다. 집 안 곳곳엔 당근마켓에서 사 온 운동기구가 잔뜩 놓여 있었다. 진정한 내 집은 내 몸이라는 걸 깨달은 사람처럼 그는 건강에 집착했다. 그러자 그의 방광은 비로소 편안해졌다.

그녀는 틈틈이 그의 유튜브 구독 채널을 확인했다. 그가 사랑해 마지않던 전 세계 대공황의 위기와 지구 종말 위기에 관한 영상이 아직도 추천 알고리즘에 있었다. 그녀는 그가 권하는 영상을 보며 온난화의 위험을 결국 실감했지만, 그의 태도에 대한 약간의 의문은 여전히 남아 있었다.

내 집을 갖지 못할 바엔 차라리 이 세상이 망하는 게 낫다고 생각하는 걸까?

그녀는 그렇게 묻는 대신 운동 중독 상태로 치닫고 있는 그를 격려했고, 동시에 자신에게도 변화가 필요하다는 생각에 빠져들었다.

*

그녀는 식단에서 고기를 조금씩 몰아내기 시작했다. 그건 그녀가 욕심을 버릴 수 있는 것들 중 가장 쉬운 것에 속했다. 남편 역시 온난화의 재앙을 막으려면 탄소 배출의 주범인 고기를 먹지 말아야 한다는 것에 동의했다.

그녀는 집을 사랑하는 대신 지구를 사랑하기로 마음먹었다. 그러면 지구가 그녀의 집으로 생각될 것 같았다. 환경 사랑이 지구에 대한 소유욕으로 이어지는 기이한 체험을 하며 그녀는 생각했다.

지구를 소유할 수 있는데, 왜 열여덟 평짜리 아파트를 소유하지 못해 안달해야 할까?

지구는 정말이지 끝내주게 넓고, 인간이 지은 그 어떤 건축물보다 아름답다. 소유하려고 마음먹으면 소유도 가능하다. 내 것이라고 생각하는 순간 내 것이 되니까.

　그렇더라도 그녀는 가끔 80세가 된 자신이 젊은 그녀를 노려보며 등 뒤에 서 있는 광경을 떠올렸다. 등허리에 불시에 칼이 내리꽂히는 순간을 상상했다. 저 아이는 왜 저렇게 철이 없을까, 집 살 생각을 하지 않을까, 그런 눈으로 자신을 쏘아보다가 분노가 폭발한 나머지 칼자루를 움켜쥐는 80세의 그녀가 떠올랐다.

　그런 생각이 들 때마다 그녀는 식단에서 죽은 동물의 살을 빼고, 초록색 채소로 빈자리를 채워 넣었다. 그러면 다른 생명을 짓밟지 않고, 다른 생명의 권리를 빼앗지도 않고 그녀의 보금자리를 가질 수 있을 것 같은 착각이 잠시 들었다. 그건 그녀가 이 세상에 원했던 거의 유일한 것이었고, 포기한 전부였다.

대상 수상작가 수상소감

이서수

수상 소식을 전해 듣기 직전, 저는 막 설거지를 시작하려던 참이었습니다. 점심 반찬으로 데운 두부와 오이지무침을 먹었는데, 이렇게 간소한 찬으로도 맛있는 식사를 할 수 있으니 욕심부리지 말고 소박하게 살아야겠다는 생각을 했습니다. 그리고 그릇을 포개어 들고 개수대에 내려놓자마자 수상 소식을 알리는 전화를 받았습니다.

통화를 마치고 그 자리에 주저앉아 엉엉 울었습니다. 기쁨보다 서러움에 가까운 감정이 솟아올라 뒤늦게 당황스러웠습니다. 서러울 이유가 뭐가 있나. 나는 늘 소설을 쓰고 싶어 했고, 어떤 상황에서도 소설을 썼고, 아무런 보상이 돌아오지 않더라도 의연했는데. 저는 눈물을 닦고 다시 설거지를 시작했습니다. 그러나 깨끗하게 닦아 놓은 그릇이 바싹 마를 때까지도 저의 마음은 내내 젖어 있었습니다.

〈미조의 시대〉는 저에게 조금 특별한 소설입니다. 저는 경험담을 소재로 소설을 쓴 적이 많은데, 이 소설은 가족의 이야기가 담겨 있기 때문입니다. 그러나 허구의 이야기라는 소설의 특징을 충실히 따랐기에 어느 부분이 실제로 일어난 일이며, 어느 부분이 만들어진 이야기인지는 저와 가족만 알고 있습니다. 때문에 이 소설에 대한 평가는 언제나 우리의 귀를 쫑긋 서게 만들었습니다.

이 소설을 세상으로 내보내며 이 시대 어딘가에 이런 사람들이 살고 있다는 것을 알리고 싶은 마음은 있었지만, 응답이 돌아올 거라는 기대는 하지 않았습니다. 하지만 다섯 분의 선생님들로부터 귀중한 답신을 받아 든 지금, 소설가로서 제가 수행해야 할 어떤 역할이 분명하게 있음을 깨달았습니다.

가장 개인적인 것이 가장 정치적인 것이라는 말처럼, 저는 가장 개인적인 것이 가장 소설적인 것이라는 생각으로 소설을 써 왔습니다. 이번 수상을 계기로 그건 원래 그런 것이라고, 어쩔 수 없다고 포기를 강요하는 목소리에 저항할 수 있는 용기를 가져야 한다는 것을 더욱 분명하게 깨달았습니다.

문학의 힘을 빌려 전해야 할 누군가의 목소리가 있다는 것을 늘 염두에 두겠습니다. 힘든 시기를 지나고 있는 모든 이들을 위로하며 수상 소감을 마칩니다. 감사합니다.

역사의 귀환,
다성(多聲)으로 모아낸 시대의 풍경

—

정홍수

문학평론가. 서울대 국문과를 졸업했다. 평론집 《소설의 고독》, 《흔들리는 사이 언뜻 보이는 푸른빛》, 산문집 《마음을 건다》가 있다. 대산문학상을 수상했다.

1. 언어의 이동, 현실의 틈새

이서수의 단편 〈미조의 시대〉[1]에는 '시대'라는 물질에서 깎이고 잘려 나온 무기질의 조각들이 언어의 형태로 소설의 육체 곳곳에 박혀 있다. 그것은 일차적으로 '오염된' 언어라 할 만한 것으로, 하나의 공동체가 시대와 함께 수시로 만들어 쓰고 폐기하기도 하는 것이다. 성인용 웹툰 회사에서 일하는 '수영 언니'의 직위를 일컫는 '어시(어시스턴트)'를 비롯, '압박 면접', 'K-장녀', '오피돌', '이부망천', '돛대', '공시생' 등의 은어들이 소설의 표면에서 인물들의 느낌과 생각, 시대의 공기를 운반하고 있다. 사실 이런 어휘들 중 상당 부분은 이제 특정한 부류의 사람들만이 폐쇄적으로 쓴다고 보기 힘들 정도다. 대

---

1 〈미조의 시대〉, 《Axt》 2021년 3, 4월호. 이하 인용은 동일.

개는 공중의 일상어에 빠르게 편입되고 있다. 사회적 리얼리티에 민감한 소설 장르에서 이런 어휘를 인물의 언어나 세태 묘사에 채택하는 것은 지극히 자연스러운 일이다. 그런데 〈미조의 시대〉는 여기서 조금 더 깊이 들어가고 나아간다.

〈미조의 시대〉는 중증 우울증의 엄마와 살고 있는 '미조'라는 젊은 여성을 일인칭 화자로 하고 있다. 아버지는 칠 년 전 세상을 떠났고, 오빠인 '충조'는 집을 나가 단기 알바직을 전전하며 허울뿐인 '공시생'으로 살고 있다. 소설 서두 '수영 언니'가 소개해준 구로디지털단지의 웹툰 회사 경리직 면접 과정에서 드러나듯, 미조의 이력서는 잦은 퇴사와 이직으로 채워져 있다(미조가 대학을 졸업한 사실은 나중에 스치듯 언급된다. '수영 언니'는 대학 선배인 듯하다). '경영 악화로 인한 퇴사 권고' 앞에서 미조는 늘 무력한 을이었다. 한번은 퇴사 후 '아르바이트생'으로 신분이 바뀐 채 반년을 더 근무하기도 했다. 취업전선도 그렇지만, 당장은 지금 사는 곳이 재개발에 들어가면서 오천만 원의 보증금으로 어머니와 함께 살 새 거처를 구해야 한다. 서울에서 그 돈은 반지하만을 유일한 선택지로 내놓을 터였다. 미조가 조언과 위안을 구하는 거의 유일한 상대가 '수영 언니'인데 웹툰 작가를 꿈꾸던 수영은 지금 웹툰 회사의 '어시'로, 변태적이고 가학적인 성행위를 즐기는 남성 주인공들의 이야기를 반복적으로 그리며 시들어가고 있다. 수영의 머리에는 원형탈모가 진행 중이다.

미조를 둘러싸고 있는 가혹하고 막막한 상황은 작가가 일인칭 화자 '미조'에게 언어의 사용 권한을 좀 더 깊숙이 양도하는 지점에서 사회적으로 '보고'된다기보다 생생하게 '감각'된다. 양도는 어휘의 단순한 이전移轉이 아니라 문장이나 문구로, 그러니까 미조의 수동적이지만(미조에게 이 말들은 세상이 가하는 압력의 다른 표현일 수 있다) 좀 더 주체적인 표현 속에서 실현된다.

> "역에서 회사로 걸어가는 길에 테크노타워, 포스트, 밸리 등의 이름이 붙은 거대한 건물들이 잇따라 보였다. 그리 삭막한 풍경은 아니어서 **짧게 안도했다**."
> "그것부터 묻는 것을 보니 이번에도 **떨어질 게 분명**하다고 **직감했다**."
> "**없다고 답하려다가 흠칫 놀랐다**. 실은 없는 게 아니지 않는가. 이력서에 적혀 있듯 충조는 분명히 존재하는 인물이었다. 가족으로 볼 수 있는지가 의심스럽긴 하지만."
> "그러고 있는 동안 내가 누군지, 이곳은 어디인지 **순간적으로 현재를 상실했다**."
> "예상하지 못한 말은 아니었으나 예상하지 못한 **자신감 하락이 찾아왔다**."(강조는 인용자)

소설의 처음, 미조의 면접 장면에서 뽑아본 것들이다. '짧게 안도했다'는 미조의 마음은 그 자신이 보고 있는 구로디지털단지의 건물 풍경에서 그다지 자연스럽게, 혹은 일반적으로 도출될 수 있는 게 아니다. 그것은 건물들의 이름과 크기가 미조의 '삭막한' 마음에 일으키는 아득한 거리감과 불안을 통해서만 측정해볼 수 있는 감정일 텐데, 여기에는 일종의 '낯익은 두려움unheimlich'의 급습 같은 게 있을 수도 있다. '짧은 안도'는 그 불안과 모순, 혼돈의 표현으로 '미조'라는 일인칭 화자의 자리가 작가/인물의 경계에서 인물 쪽으로 다가가는 순간에 발견되었을 가능성이 높다. 그렇게 인물에게 양도된 언어는 그 거리만큼의 아이러니로 미조의 불안과 막막함을 가시화해주는 것 같다. '짧게 안도했다'는 그다음 문단의 '떨어질 게 분명하다고 직감했다'에서 다시 인물의 언어와 만나며 아주 빠른 속도로 '미조'라는 인물과 그를 둘러싼 현실을 읽는 이로 하여금 '직감'하게 한다. 엄마 외에 다른 가족이 없는지 묻는 관리팀 차장의 질문에 '없다고 답하려다 흠칫 놀랐다'는 문장도 빠르게 인물 안으로 들어가서 "충조는 분명히 존재하는 인물이었다. 가족으로 볼 수 있는지가 의심스럽긴 하지만"의 이상한 진술을 뒷받침한다. '순간적으로 현재를 상실했다'와 '자신감 하락이 찾아왔다'는 '어시' 'K-장녀'와 같이 미조가 속해 있는 현재적 공동체로부터 건너온 언어로서 역시 작가-화자의 자리로부터 인물로 향하는 소설의 언어적 이동을 보여준다. 기술적으로는 자유간접화법에 해당할 이러한 언어의 운용을 통해 작가는 일인칭 화자 미조의 서술에 아이러니한 간극을 만들어내고 있는데, 〈미조의 시대〉를 관통하는 소설적 긴장과 풍성한 음조는 상당한 정도로 여기서 비롯되는 것으로 보인다.

사실 〈미조의 시대〉는 미조의 자리에 수영이나 충조, 혹은 미조의 엄마를 넣어도 전혀 어색하지 않을 정도로 이들 모두의 이야기이기도 하다. 단편소설에 네 명의 주요 인물을 배치하면서도 서사의 긴장과 균형감을 잃지 않았다는 의미인데, 이는 화자인 미조의 세 사람을 향한 시선이 화법의 아이러니와 연결되는 가운데 계속 미묘한 간극을 빚어내기에 가능한 일일 수도 있다. 웹툰 작가의 꿈을 남성들의 추악한 성적 판타지를 충족시키는 일에 짓밟히면서도 어쩔 수 없다는 듯, '어딜 가든 다 마찬가지'라고 체념하는 수영 언니를 미조는 납득할 수 없고, 때론 분노를 표출하기도 한다. 건강 문제가 있긴 하지만 거의 전적으로 딸에게 의존해서 살아가는 엄마에 대한 마음 역시 가족애만으로 감당하기에는 버거운 지점이 분명히 있다. 아픈 엄마를 동생에게 맡겨둔 채 '반백수' 신세로 전국 맛집 순례나 다니는 '집안의 장남' 충조에 대해서는 달리 말해서 무엇하랴. 그런데 이들에 대한 화자 미조의 시선에는, 표면과는 어긋나게 뻗어가는 시선의 또 다른 가지가 있다. 그것은 미조 스스로도 분명히 알지 못하는 마음의 바탕에서 자라난 것이고, 바로 그런 의미에서 스스로가 억압하고 있는 것이기도 하다. 미조가 그 마음의 가지를 자신도 모르게 억압할 때, 억압의 실체는 개인적인 것인 동시에 '시대'의 것이다. 그러나 〈미조의 시대〉는 그 억압의 구조가 한 인간의 영혼을 짓누르고 변형시킬 때조차 거기서 벗어나는 마음의 공간이 있다는 것을 아는 소설이다. 이 공간이 '현실'과의 차이, '현실'로부터의 이탈일 수 있다면, 바로 거기서 〈미조의 시대〉는 현실에 대한 충실성을 성취한다. 〈미조의 시대〉의 유다른 리얼리티는 미조가 겪는 '압박 면접', 수영의 참혹한 '예술 노동', 미조 모녀의 반지하방 이사, '공시생' 충조의 '정신 나 간' 행동 등이 보여주는 사실성, 시대적 전형성으로부터도 오는 것이 지만, 현실의 틈새에서 이상한 방식으로 비껴나 있는 인물들의 마음 의 공간에서도 온다. 그리고 일인칭 화자 미조가 작가의 언어와 인물 의 언어 사이에서 빚어내는 아이러니의 화법이 이 공간에 적절히 조 응하며 진정한 '현실의 충실성' 쪽으로 소설을 움직이는 것 같다.

　미조가 "언니는 그런 일을 왜 계속해?"라고 묻자, 수영은 대답한 다. "어딜 가나 똑같다는 거야. 다 마찬가지야." 수영은 "이런 회사는 앞으로 10년은 탄탄하지. IT 회사잖아. 안 그래?"라고 말하기도 한다. 수영은 정말 아무런 생각 없이 영혼과 육신을 함께 착취당하다가 결 국은 퇴출당할 자신의 노동을, 자신의 젊음을 받아들이고 있는 것일 까. 그러나 잘 살펴보면 수영의 말과 행동은 온전히 마비되지도 않 았고, 마냥 무기력한 것만도 아니다. 사실, '어딜 가나 똑같다'는 말 은 자조와 체념의 표현일 테지만, 받아들이기 힘든 채로 현실에 대 한 정확한 진단일 수 있다. 수영과 함께 온종일 태블릿에 '더러운 그 림'을 그리며 영혼과 육신이 곪아가고 있는 성인 웹툰 IT 회사의 여 성 노동자들(그들의 꿈도 예술 창작자였을 테다)에게 그 지옥의 일 터는 '최후의 방패'일 수 있으며, 퇴직금이라도 받으려면 어떻게든 1 년은 참을 수밖에 없다. 그러나 무엇보다 수영의 말을 감싸고 있는 것은 나른하고 방심한 듯한 어조다. 미조가 공단의 밤거리에 깔려 있 는 '오피돌 2만 원'의 전단지와 이상한 옷차림의 여성이 벌이는 호객 행위에 놀랄 때, 수영은 "뭘 그런 걸로 심각해지냐"며 말한다. "난 이제 아무렇지도 않아. 넌 내가 온종일 어떤 걸 그리는지 알면 기절할 걸." '심각해지지 않기'의 자기방어 한편에서 '기절'과 같은 닳고 닳은 클리셰의 말이 가볍게 흘러나올 때 수영은 얼마간 자신의 현실로부터 비껴나 있고, 이탈해 있는지도 모른다. 이 방심의 거리距離는 본격적인 성찰에는 못 미칠지언정(하긴 제대로 '성찰'한다고 해서 무슨 길이 열리는 것도 아니다), 작게는 자조自嘲에서 크게는 자기 풍자의 보폭을 확보한다. 이 희미한 간극은 수영이 대학 시절부터 지금까지 한결같이 이어오고 있는 도림천 산보의 시간과 무관하지 않을 테며(지금 도림천 한쪽은 인근 대림동 조선족 이주 노동자들의 공간과 이어지기도 한다), 공단의 타일 벽에 새겨진 구로공단 여성 노동의 역사와 조우한 시간으로부터 자라났을 것이다. "1960년대 가발 공장의 여공들, 1970년대 공업 단지 공장, 1980년대 한국 수출 산업 공단, 2000년대 G밸리의 밤 풍경이 그곳에 있었다."

미조야, 여기 이 여자 좀 봐.
언니가 가리킨 사진 속 인물은 가발을 만들고 있는 단발머리의 젊은 여성이었다.
언니랑 닮았어.
우리는 함께 웃었고, 손을 잡고 걸었다. 어쩜 머리 모양까지 똑같을까.

1960년대 구로공단 가발 공장의 여공과 2020년대 G밸리 성인 웹툰 회사 여성 노동자가 같은 머리 모양으로 만나고 있다. 1960년 대의 여공이 만든 가발은 2020년대 여성 노동자의 단발머리에 생긴 원형탈모를 안쓰럽게 바라보고 있을 것도 같다. 'K-장녀'인 수영과 미조의 세대에서 보면('K-장남'들은 충조처럼 도망치고 있다) '여공들'은 할머니거나 '나이 많은 어머니'(수영의 어머니가 그러하다)로서 이제 '고독사'의 위험에 처해 있다("혼자 사는 노인한텐 집주인들이 집을 잘 안 주려고 해./왜./언니는 잠깐 머뭇거리다가 말했다. 고독사할까 봐."). 수영이 타일 벽의 역사에서 세월을 격한 여성들의 이상한 연대와 마주할 때, 이것은 '앎의 차이'를 불러온다. "미조야, 난 저 사진을 보고 더 이상 내 탓을 안 하게 됐다." 수영은 다시 한 번 미조가 싫어하는 말, '다 마찬가지야'를 반복하지만 이 반복에는 차이가 기입되어 있다. 수영의 말은 '다 마찬가지야'로 끝나는 것은 비슷하지만, 이제 미조가 잘 알아들을 수 없는 언어들을 포함하게 된다.

미조야, 너 그거 아니? 인간을 육체적으로 학살하는 것은 시간이지만, 정신적으로 학살하는 것은 시대야.
뭐라고? 나는 내가 무슨 말을 들은 건가 되짚어보았다.
나의 정신을 죽이고 있는 것은 시대라고. 이 시대. 사람들이 좋은 웹툰보다 나쁜 웹툰에 더 많은 돈을 쓰는 이 시대가 내 머리카락을 빠지게 하고 있어.

수영의 언어를 일인칭 화자 미조가 대리할 수 없을 때, 수영이 조금씩 미조가 잘 알지 못하는 사람이 되어갈 때, 〈미조의 시대〉는 수영과 함께 구로공단의 60년 여성 노동의 역사를 자신들의 타자로 조우한다. 이 희미한 각성의 과정이 '어디나 다 마찬가지'인 수영의 현실을 당장 바꿀 수는 없겠지만 체념에 갇혀 있는 수영의 언어를 작게라도 균열시키기는 할 것이다. 〈미조의 시대〉에서 수영의 언어는 그렇게 발굴되며, 작가-화자의 자리에서 인물의 언어로 이동하려는 스스로의 화법을 소설적으로 수행한다. 그 이동의 정점에 수영이 도림천 산책길에서 미조에게 보내온 두 개의 문자메시지가 있다. 비슷하면서 다른.

미조야, 나는 글도 잘 쓰고 그림도 잘 그려서 뭐라도 될 줄 알았는데 지금 이렇게 레종과 도림천에 버려져 있다. 미조야, 나는 예쁘지도 않고 날씬하지도 않은데 그게 한 번도 걱정된 적은 없는데 지금 담배가 다 떨어져가고 있는 게 너무 걱정된다. 이게 돛대야. 잘 자라.

미조야, 내가 가발 공장을 다녔더라면 내 정수리가 이러지 않았을 거라는 생각이 든다. 만약 정수리가 이랬어도 가발을 직원 할인가에 살 수 있었겠지. 그런데 미조야, 내가 지금 레종이랑 도림천에 버려져 있는데, 여기 온통 중국말만 들린다. 미조야, 나는 내가 예쁘지 않고 날씬하지도 않은 건 한 번도 걱정한 적이 없는데 그림을 잘 그리는 게 너무 걱정이다. 아직도 나는 너무 잘 그리거든. 네가 이 얘기 싫어하는 거 잘 알지만 마지막으로 딱 한 번만 할게. 내가 그린 웹툰 진짜 잘 팔려. 오늘은 팀장한테 불려가서 칭찬도 들었다. 잘 자라. 이게 돛대다.

둘 다 이상한 횡설수설처럼 보인다. '정신이 나가 있는' 것은 충조만이 아닌 것 같기도 하다. 그러나 미조와 함께 수영의 이야기를 따라온 우리는 이 갈팡질팡하는 말들이 레종과 함께 도림천에 '버려져 있는' 수영 자신을 버티게 하는 안간힘이라는 것을 안다. 마지막 담배 한 개비, '돛대'는 침몰 직전 '도림천 항해'의 표상일 수도 있다. 그러긴 해도 수영은 도림천 산책을 포기하지 않는 한 아직 침몰하지도 무너지지도 않았다. '글도 잘 쓰고 그림도 잘 그리는' 수영의 능력은 '아직도' '너무 걱정할' 정도다. 수영의 '웹툰 시대'는 아직 오지 않았다. 동시에 우리는 수영의 말들이 반어와 역설의 방식으로만 가까스로 발화되고 지탱되고 있다는 것을 안다. 그 무력함과 안쓰러움을 어쩔 수 없는 가운데 두 개의 문자메시지 사이에는 희미한 차이가 각인되고 있다. 소설의 마지막에 도착한 두 번째 메시지에는 '가발 공장'과 '중국말'에 대한 언급이 있다. 반세기 전 구로공단 여성 노동자들의 존재, 그리고 지금 구로디지털단지 한쪽을 채우고 있는 이주 여성 노동자들의 존재. 앞서 공단 타일 벽 앞에서 했던 말. "근데 미조야, 여긴 여전히 뭔가를 만들어내는 젊은 여성들로 가득한 거 같다. 미싱도 가발도 실은 그대로인 거야." 수영은 그 자신의 참혹한 '성인 웹툰' 노동을 얼마간은 역사화하고 있다. 그러니 수영이 다시 한 번 반복하는 '마찬가지인 거야'는 시대의 이데올로기를 자신의 개인 언어로 복창하는 방식이긴 하나, 그녀 자신의 '탓'만은 아닌 문제의 구조를 적시할 수 있었던 것이다. "나는 저 여자처럼 시대가 요구하는 걸 만들고 있는 거야. 시대가 가발을 만들어야 돈을 주겠다고 하면 가발을 만드는 거고, 시대가 성인 웹툰을 만들어야 돈을 주겠다고 하면 그걸 만드는 거야. 그렇게 단순한 거야. 마찬가지인 거야." 사정이 그러하다면 두 번째 문자메시지가 자신의 '나쁜 노동'을 과장되게 긍정하는 방식으로 끝나고 있는 것은 '시대의 가발'을 묵묵히 만들어야 했던 과거 수많은 여성 노동자들의 시간 안에서, 그리고 대림동을 가득 메운 현재의 이주 여성 노동자들의 시간 안에서 '시대의 웹툰'을 만드는 자신의 노동을 생각해보고 있다는(혹은 생각해보겠다는) 사실의 역설적 표명일 수 있다. 그러니 "네가 이 얘기 싫어하는 거 잘 알지만 마지막으로 딱 한 번만 할게"의 긴박함은 모종의 변화를 향한, 그러니까 최소한 '다 마찬가지인 거야'의 체념으로부터의 단절의 의지를 포함하고 있는지도 모른다. 그럴 때 '다 마찬가지인 거야'는 멀고 먼 대로, 움직이는 역사의 시간 쪽으로 이동하면서 변화하지 않는 것들을 변화하는 것들 안에서 보는 일을 가능하게 할지도 모른다.

그리고 무엇보다 화자인 미조가 수영의 미세하고 희미한 변화를 감지하고 있다는 사실을 우리는 수영의 메시지에 대한 응답으로 볼 수 있는 소설의 마지막 문단에서 감동적으로 확인한다.

나는 답장을 보내지 않았다. 대신 일기장을 펴들었다. 벽 너머에서 키보드 두드리는 소리가 들려왔다. 우리는 동시에 문장을 쓰고, 언니는 아마도 걷고 있을 것이다. 내일은 멀고, 우리 집은 더 멀고, 민들레 꽃씨가 날아와 우리 머리 위에 내려앉는 꿈은 가까운 그런 밤이었다.

미조는 화자의 자리에서 수영의 언어로 이동한 다음('마찬가지야'라는 말은 미조에게 감염되기도 한다. 미조는 엄마에게 말한다. "어딜 가든 살아. 다 마찬가지야." 오빠 충조를 생각하면서는 '비자무, 불법 됩니다'의 구인 공고 사진을 보여주지 않은 걸 후회하며 "비자가 없어도 되고 불법체류자여도 되니 오빠도 될 거라고. 어딜 가든 다 마찬가지라고. 다 하게 되어 있다고" 중얼거린다), 자신의 언어로 돌아와 있다. 그 언어는 '민들레 꽃씨가 날아와 내려앉는 꿈'의 풍경처럼 일견 감상적인 분위기에 젖어 있는 것처럼 보일지 모르나, 여기에는 기실 또 한 명의 타자인 '엄마'의 언어가 개입되어 있다. 벽 너머 키보드 소리로 들려오는 엄마의 시. 그리고 공단의 풍경에 매혹된 충조의 시간도, 보내지 않은 답장도 쓰이지 않은 미조의 일기장에 함께 스며들고 있을 것이다. 그렇게 길 잃은 '미조迷鳥들'은 다성多聲의 목소리로 연대하며 시대의 얼굴에 다가가고 있다.

2. 여성 노동의 역사, 연대하는 다성의 언어

미조와 수영이 함께 써나가는 2020년대 여성 노동의 시간이 〈미조의 시대〉의 한 축이라면, 다른 한 축은 미조가 엄마와 함께 구하는 '지상의 방 한 칸' 이야기다. "가난해도 너무 가난한" 미조의 집안 형편은 칠 년 전 아버지가 세상을 뜨면서 남긴 방 두 칸 좁디좁은 전셋집의 보증금 오천만 원이 유일한 재산이라는 사실로 쉽게 짐작될 만한 것이다. 여기에 큰 수술을 겪고 중증 우울증을 앓고 있는 엄마, 칠 년째 가출 중인 '공시생 반백수' 오빠 충조까지 가세하면서 미조 홀로 버티고 있는 가족 경제는 출구가 보이지 않는 바닥에 놓여 있다. 그리고 수영이 미조에게 통상의 가까운 동성 선배 이상의 존재라는 암시가 소설 전반에 깔려 있는 만큼(가령 "어느새 우리는 손을 놓고 걸었다"와 같은 대목이 아니더라도 미조가 가족 외부에서 갖는 거의 유일한 친밀성의 관계가 수영이라는 사실은 이들이 좀 더 특별한 동성 커플일 가능성을 이야기해주는 것 같다), 〈미조의 시대〉를 수영까지 포함하는 '가족 서사'로 볼 수도 있다. 그럴 때 〈미조의 시대〉가 보여주는 착잡한 가족 현실은 고착되는 구조적 가난만이 아니라 당대 한국 사회의 좀 더 문제적인 영역까지 포괄하는 것 같다. 말하자면 엄마의 심한 우울증, 충조의 기이한 생활방식, 미조와 수영의 특별한 관계 등은 이제는 더 이상 규범화되고 강제되기 힘든 사회적 정상성에 대한 질문도 자연스레 함축한다. 어쨌든 사는 집이 재개발에 들어가면서 미조 모녀는 당장 새 거처를 구해야 하는 처지가 되는데, 오천만 원으로는 서울에서 '지상의 방 한 칸'이 무망하다는 사실이 금방 드러난다. 부동산 사이트 검색, 부동산 사무실 방문, 집 보기 등의 이야기가 이어지는데, 〈미조의 시대〉는 외부의 관찰적 묘사보다 인물의 언어를 끌어내는 시선의 집약적 이동을 통해 리얼리티를 구축하고 전한다. 가령, 부동산 사이트에서 사진으로 본 것과 직접 방문해서 확인한 집의 격차를 확인하는 순간은 "광각으로 찍은 사진이었구나. 당했다"는 미조의 내면 독백으로 생생하게 표현된다. 매일 노트북에 시를 쓰는 엄마의 언어도 적절하게 활용된다. "엄마도 이 모든 게 꿈 같다고 생각하려나. 아니면, 버려진 떡 같다고." '버려진 떡'은 "떡집에서 못 팔고 버린 떡 같은 하루"라는 엄마의 시 구절에서 가져온 것이다. 반지하방을 돌아보다 바깥으로 난 창에서 떠올리는 미조의 걱정은, 그 엉뚱하고 선한 마음으로 보건대 엄마의 천진무구한 시로부터 감염되었을 수도 있다.

> 방은 비어 있었고, 몇 걸음 가지 않아 벽이었고 창이었는데, 창문을 여니 행인들의 발이 눈높이에서 보였다. 밖으로 고개를 내밀었다간 그들의 발길에 차일 것 같았다. 신기하게도 내가 걱정했던 건 차이는 내가 아니라 나를 차는 그들이었다. 걷다가 다른 사람의 머리를 차면 얼마나 당황스러울까.

화자인 미조의 언어는 수영의 언어와 겹쳐져 있는 것처럼, 엄마의 언어와도 포개져 있다. 그런 가운데 미조가 자신의 내부에서 끌어올린 감정의 분출은 반지하의 현실을 어떤 사실적인 묘사보다 강렬하게 드러낸다.

냄새의 침입이 공간의 섞임으로 연결되는 상황이 더럽고 치사한 종류의 범죄처럼 느껴졌다.
침해하지 말라고. 이게 어렵나?
각자 그 자리에서, 독립적으로. 이게 어렵나?
머리 차일 일 없이. 네가 먹는 반찬 내가 알 일도 없이. 이게 어렵나?

우리는 여기서 미조의 언어와 엄마의 '시' 사이에서 차이를 느끼기 어렵게 된다. 미조는 공단의 인력 사무소 거리를 걷다가 계단 난간에 붙어 있는 수십 장의 구인 공고 앞에서 걸음을 멈춘다. 미조는 구인 공고를 전부 사진으로 찍어둔다. "나 같은 사람을 구하는 게 아니란 걸 알았지만 그냥 찍어두었다."

양돈장 남 구함, 월급 180~200만, 비자 무, 불법 됩니다, 연락주세요. 배추 작업, 남녀 부부 구함, 일당 10만 원, 전라도 해남, 비자 C-38, C-39. 모텔 남녀 부부 환영. 고물상 남녀 부부 환영. 굴까기 작업 공장, 연령 제한 없음, 1개월 후 300만 원 인상됩니다. 꽃게 배 타실 5명 구함, 건강한 남자, 비자 F-4.

이 구인 공고문이 곧장 시는 아닐 테지만, '시적인 것'일 수는 있다. "내려앉고 싶었다 이력서도 구겨버리고 문득 공고판 아래 얼어붙는 어머니"로 이어지는 박영근의 시 〈취업 공고판 앞에서〉(《취업 공고판 앞에서》, 청사, 1984)를 우리는 기억한다. 같은 시대 황지우는 신문의 '심인 광고'에서 '시적인 것'을 발견했고 그것을 시로 재창조했다(〈심인尋人〉,《새들도 세상을 뜨는구나》, 문학과지성사, 1983). '파괴의 형태화' 이전에, 집 나간 이를 찾는 1980년 5월의 '심인 광고'는 그 시대의 가장 아프고 참혹한 현실에 이어져 있는 것이었다. "부대찌개를 앞에 둔 시무룩한 체코인 종이컵에 꼬인 100마리의 개미 버려진 네 짝의 장롱 중 두 짝은 돌아서 있는 것과 (……)"의 언어를 시라고 생각하는 사람은 세상에 단 한 명, 미조뿐이다. 미조는 엄마의 현실이고, 엄마는 미조의 현실이다. 두 사람은 바닥에서 결속되어 있다. '돌아선 장롱'과 '버려진 떡'은 수영의 '레종 돛대'처럼 일차원의 지시적 언어일 수 없으며, 적어도 그런 한에서는 미조에게 '시'가 된다. 아니, '시적인 것'이 된다. 수영의 문자메시지, 엄마의 일기-시는 그렇게 미조에게 '시적인 것'으로 재발견되고, 화자의 자리에서 출발한 미조의 언어는 소설의 끝에 이르면, 수영, 엄마의 언어와 뒤섞인 다성과 혼성의 언어로 옮겨와 있다(물론 여기에는 공단의 풍경에 매혹되어 있는 '정신 나간' 충조의 언어도 있을 것이다).

〈미조의 시대〉는 가족 현실의 강렬한 표상으로서 기어코 집 안 구석의 무심한 식물을 찾아내는데, '웃자란 고구마 줄기'의 삽화는 〈미조의 시대〉가 얼마나 꼼꼼하게 자신의 시대를 관찰하며 헤아리고 있는지 잘 보여준다. 방에서 수경 재배하는 고구마 줄기는 어쩌면 엄마의 또 다른 시이고 꿈일 수도 있겠지만, 그것은 이제 비좁은 반지하로의 이사를 환기하는 거추장스러운 존재로 전락해 있다. 그때 "있는 줄도 몰랐던 조용한 식물까지 미워하"게 된 마음은 그렇지 않았다면 언어로 옮겨지지 않았을, 감정의 세세하고 정확한 목록이 된다(이서수의 장편소설 《당신의 4분 33초》(은행나무, 2020)의 인물 이기동이 소설을 쓰는 방식으로 자신의 시대를 응시하는 것처럼, 〈미조의 시대〉의 인물들도 무언가를 계속 쓰고 있다. 시를, 문자메시지를, 일기를). '고구마 줄기'라고 미조가 일기장에 쓰는 순간이 그러한데, "써놓고 보니 무해한 단어였다. 차분하게 나를 올려다보고 있는 느낌이었다"는 아이러니한 자기 분석은 바닥까지 샅샅이 훑는 〈미조의 시대〉의 끈덕진 언어적 탐사를 웅변하는 듯하다. 그 끈덕짐의 끝에 화자인 미조가 '고구마 줄기'를 통해 엄마와 수영을 잇고 결속시키는 아름다운 상상의 시간이 도래한다. 엄마가 잘라낸 고구마 줄기 무더기. "저걸 언니의 정수리에 옮겨 심을 수 있다면 좋을 텐데. (……) 아주 잘 자랄 것 같았다." 이 순간, 잘려버린 꿈의 줄기는 나뉘어 이식되면서 미약한 대로 새로운 이접離接의 가능성을 남긴다고 볼 수도 있다.

우리는 소설의 끝에 이르러 우리가 읽어온 것이 미조가 써 나간 일기장이라는 것을 확인한다. 수영의 문자메시지, 엄마의 시, 충조의 도망치는 시간은 이 일기장에 동시에 쓰이고 참여하고 있었던 셈인데, 〈미조의 시대〉는 이 점에서도 자각적이다. 다시 한 번 소설의 마지막 대목을 인용한다.

> 나는 답장을 보내지 않았다. 대신 일기장을 펴 들었다. 벽 너머에서 키보드 두드리는 소리가 들려왔다. 우리는 동시에 문장을 쓰고, 언니는 아마도 걷고 있을 것이다. 내일은 멀고, 우리의 집은 더 멀고, 민들레 꽃씨가 날아와 우리 머리 위에 내려앉는 꿈은 가까운 그런 밤이었다.

2020년대에 '시대착오적'으로, 그러나 더없이 진실되고 감동적으로 회귀한 '노동소설'이 이렇게 여러 겹의 '수기手記' 형식을 띠는 것은 어떤 면에서 자연스러운 것인지도 모른다. 이서수의 〈미조의 시대〉는 소설의 리얼리티에서 반세기 전 구로공단의 시간을 품고 껴안는 것만큼이나, 목소리의 다성성을 구현하고 있는 소설의 화법과 스타일에서도 야심적이고 창의적이다. 출구 없는 현실의 틈새에서 찾아낸 각별한 언어의 충실성은 이 신예 작가의 앞으로의 행보를 한껏 기대하게 한다. 〈미조의 시대〉와 함께 소설가 이서수는 이제 잊기 힘든 이름이 될 듯하다.

집과 일로 고통받는 이들에게
건네는 위로

서정원

고려대 컴퓨터학과를 졸업했다. 매일경제신문 과학기술부에서 근무했고 현재 문화부
에서 문학을 담당하고 있다.

2021년 8월 6일 오후 2시 서울 마포구 망원동의 한 카페에서 이서수 소설가를 만났다. 원래 이 자리에 있던 주택을 카페로 개조한 것이라 가정집을 방문한 느낌이었다. 자신의 집에서 10분 이내 거리에 있는 이곳을 그는 작업할 때면 종종 찾는다고 한다. 견딜 만한 더위와 알맞은 불빛과 적당한 소음이 어우러진 가운데 작가의 '문학적 집'을 두 시간 반가량 탐색했다. 때로는 안단테로, 때로는 알레그로로 이어진 이날의 대화를 압축해 남겨둔다.

▷ 이효석문학상 대상 수상 소식을 들었을 때 어떤 일을 하고 있었는지. 소식을 듣고 나서 심정은.

▶ 전화 받기 전 점심을 먹었는데 데운 두부와 오이지무침이 반찬이었다. 먹으면서 문득 '꼭 풍족하게 살지만 않아도 괜찮겠다. 이렇게 밥 맛있게 먹으며 계속 글을 써 나가는 것도 좋겠다'는 생각이 들

더라. 12시 30분 쯤 설거지를 하려는데 전화가 왔다. 모르는 번호였다. 모르는 번호는 원래 안 받는데 이상하게 받고 싶었다. 통화 버튼을 눌렀는데 감격스럽게도 오정희 선생님 전화였다. 수상자로 결정됐다고 해서 처음엔 우수상을 받은 줄 알았다. 대상이라고는 전혀 생각 안 했다. 후보로 올라온 다른 작가님들 모두 존경하고 좋아하는 작가님이었기 때문에. 만장일치로 결정됐다고 하시며 박수 소리가 들려 오길래 그때서야 대상인 줄 알았다. 나도 모르게 "웬 일이야"라고 말하며 바닥에 주저앉았다. 그러고도 한동안 멍했다.

▷ 작품을 어떻게 쓰게 됐는지. 창작 배경과 과정은.

▶ 크게 두 가지 얘기가 있다. 미조가 엄마와 집 구하는 것과, 수영이 성인 웹툰 그리는 얘기다. 전자는 작년에 가족이 이사 준비하면서 내가 집을 알아봐야 했던 경험이 바탕이다. 전세금이 본인한텐 큰돈인데 부동산에 얘기하면 "그 돈으로는 애매하다, 좋은 데 못 간다"는 말을 너무 많이 하더라. 누군가에겐 전 재산일 수도 있고, 또 누군가에겐 미조처럼 아버지 유산일 수도 있는데 말이다. 그때 느꼈던 감정들을 담고 싶었다. 수영 얘기는 지인에게서 들었다. 가까운 사람이 웹소설·웹툰 업계에서 일하는데, 성인 웹툰을 그리는 여성분들이 스트레스를 많이 받아 탈모도 오고 우울증 약도 먹는 경우가 있다더라. 전혀 모르고 있던 거라 깜짝 놀랐다.

▷ 집 때문에 고생했던 적이 또 있는지.

▶ 이사를 많이 다녔다. 곧 마흔인데 이제까지 이사를 서른 번 가까이 했다. 어렸을 땐 가정 상황이 안정적이지 않았고, 커서는 내 사정이 있었다. 계약 기간을 못 채우고 이사한 적도 많았다. 집에 약간 묘한 감정이 있다. 정착을 하지 못해서 그런지 집에 대한 감정이 다른 사람에 비해서 더 특별하다. 지금 집도 13평짜리 전세다. 대출받아서 구했다.

▷ 소설을 위해 구로디지털단지를 직접 취재했다고 들었다.

▶ 가족이 지금 구로에서 일하고 있고, 어릴 때 구로에 사는 친구가 있어 몇 번 가보기도 했다. 1990년 후반에는 구로공단역이었는데 지금은 구로디지털단지역이더라. 작년 초에 다시 가봤는데 너무 많이 변해 있었다. 다 거대한 빌딩이라 공단이었던 곳이라는 생각이 안 든다. 그런데 가족이 얘기해 주기를 그 빌딩 안에 공장들이 많더라. 겉으로 보면 빌딩인데 안에 들어가 보면 아파트형 공장인 것이다. 스피커도 만들고 옷도 만든다.

▷ 제목 '미조의 시대'의 의미는.

▶ 소설 속에서 미조가 겪는 일이나 미조의 주변 사람들이 경험하는 게 시대를 담고 있다고 생각한다. 이를 응축할 제목을 찾다 미조의 시대로 정했다. 미조의 시점으로 본 시대로, 다른 사람의 시점에는 다른 시대가 펼쳐질 것이다. 미조와 수영은 나를 반절씩 닮았다. 미조가 엄마한테 느끼는 감정, 엄마와의 관계 등이 그렇다. 수영은

일에 대한 태도의 측면이다. 어렸을 때 문학에 대한 동경이 있었다. 현실에서 벗어날 수 있는 돌파구였기 때문이다. 그런데 문학을 직업으로 가지려다 보니까 내가 만드는 것이 잘 팔려야 하는 상품이 되더라. 잘 팔리지 않으면 회사에 폐를 끼치는 것이 되더라.

▷ 작품 속에서 미조의 삶이 평탄치 않다. 그럼에도 엄마를 부양하고, 자기가 하고 싶은 것을 하려고 하며 계속 삶을 꾸려 나간다. 그 원동력은 무엇인지.

▶ 미조의 환경에서 온 게 있다. 집을 나간 오빠 '충조'는 집에 신경을 안 쓰니 미조는 엄마와 거의 단 둘이 사는 것과 마찬가지다. 미조가 밀고 나가지 않으면 침몰하게 되는 가정이다. 자기가 보호하고 책임져야 할 엄마가 있다는 생각이 미조를 강하게 만든다. 돈 벌어서 엄마랑 좋은 집에 사는 게 1차적인 꿈이다. 좋은 집이라고 해도, 객관적인 기준의 좋은 집은 아니다. 미조가 봤을 때 빛이 잘 들어오고 엄마랑 방 하나씩 가질 수 있으면 그게 좋은 집이다. 현재 상황은 그 정도도 안 되니까. 나도 비슷하다. 가족에게서 힘을 많이 받는다. 가족을 도와주려면 내가 먼저 강해져야 한다. 가만히 처져 있으면 안 된다. 끊임없이 뭔가를 해야 하고 계속 움직이는 게 중요하다. 계속 제자리걸음이라고 하더라도 시도를 해보는 것. 또 미조는 원래 낙관적이다. 내 성격을 반영했다. 웬만하면 세상을 비관적으로 보지 않으려고 노력하는 스타일이다. 좋은 결과물이 나오지 않더라도 내가 도전하는 과정 자체에 만족이 되더라. 어릴 때는 안 됐는데 이제 되더라.

(웃음)

▷ 전작과 이번 작품 모두 가족 얘기가 많다.

▶ 가족 때문에 고민을 많이 하고 살아서 그런가보다. (웃음) 어릴 때부터 아버지와 같이 안 살았다. 내가 짊어져야 할 짐이 많았다. 아이였을 때가 없었다. 어릴 땐 모르고 자랐는데 아이가 생각하지 않아도 될 것들을 아이 때 너무 많이 생각하고 자랐다. '가족이란 무엇인가' 어릴 때부터 생각을 많이 했다. 엄마는 나를 딸이라기보다는 친구라고 생각하며 내게 의지를 많이 하셨다. 다른 모녀 관계보다 더 가까웠고, 물론 이로부터 받는 부담감도 있었다. 가족이란 무엇인가에 대해선, 나이가 들면서 계속 바뀌는 것 같은데 요즘엔 '연대하는 존재'라고 생각한다. 내가 무너지면 나를 잡아줄 사람이 누가 있겠나. 가족 말고 또 있겠나. 똑같이 가족이 무너졌을 때도 내가 잡아줘야 하는 것이고. 서로를 잡고 있는 형태가 생각이 난다. 어렸을 때도 내가 가족한테서 힘을 많이 받았다는 사실을 뒤늦게 깨달았다. 원래 힘든 일이 있더라도 가족들한테 내색 안 하는 성격인데, 말을 안 해도 다 가족들이 알고 있더라. 알고 있어도 일부러 조심하고 지켜봐준 것이다. 또《당신의 4분 33초》를 보면 주인공의 엄마가, 책을 못 내는 자식 걱정에 서점 가서 한국소설을 살펴보다 전문가가 되는 대목이 있다. 저희 엄마가 그러고 계셨더라.

▷ 충조라는 캐릭터도 특이하다. 집에는 안 돌아가고 공단과 맛

집을 찾아다닌다. 왜 그렇게 사는 건가.

▶ 소설 쓸 때 인물들을 내게서 조금씩 뽑아서 쓴다. 충조가 공단 보러 다니고, 사진집도 미조에게 보여주는데 내가 그랬다. 지방 여행 가면 공단을 보러 다니는데 충조가 찾아다니는 공단들이 실제 내가 봤던 것들이다. 사람들이 충조가 이상하다 해서 나도 이상한가 생각했다. (웃음) 충조는 실용적 선택을 하지 못하는 인간이다. 나도 그러는 게 콤플렉스다. 그동안 실용적이지 못한 선택들을 많이 했고 어쩌면 지금도 그럴지도 모른다고 생각한다. 글쓰기가 그렇다. 주변에서 글쓰기를 선택하면 굶어 죽는다는 말을 많이 해서 힘들었다. 실제로 생계가 소설만 가지고는 쉽지 않다. 되는 분들도 있겠지만 안 되는 사람들이 훨씬 많다. 나도 평소에 끊임없이 고민한다. 원고 청탁이 들어오지 않으면 뭐해서 먹고 살 것인가. 거기서 못 벗어난다. 그럼에도 불구하고 계속 소설을 쓰고 있다. 충조는 이렇게 실용적이지 못한 것들에 끌리는 나에 대한 '셀프 디스'다.

▷ "떡집에서 못 팔고 버린 떡 같은 하루"라는 표현도 인상 깊었다.

▶ 2019년 광진구 자양동에 살 때다. 자양전통시장이라고 재래시장이 있는데 매일 저녁 산책할 때마다 들렀다. 하루는 밤에 떡집 앞을 지나는데 어마어마하게 많은 떡들이 음식물 쓰레기로 담겨서 떡집 앞에 나와 있었다. 전혀 이상이 없고 맛있어 보이는 알록달록한 떡들을 보면서 내 신세 같아서 너무 슬펐다. 그때 그 감정을 메모해

났다가 나중에 썼다. 이 밖에도 산책하다 보고 핸드폰으로 바로바로 메모해두는 것들이 있다.

▷ 미조는 일기를 쓰고, 엄마는 시를 쓴다. 수영은 편지를 쓰고. 쓴다는 게 당신에게 어떤 의미인가.

▶ 살면서 이해가 되지 않는 것들, 받아들이기 힘든 것들이 너무 많았다. 글을 쓰면서, 소설을 쓰면서 이해하게 되더라. 내가 겪었던 일을 재해석하는 도구로 글쓰기를 선택했다. 그러면서 그 일을 털어버리고 앞으로 나아갈 힘을 얻는다. 안 그러면 그게 속에 고여서 썩는다. 글로 정화해줘야 한다. 또 여러 사람의 입장을 이해할 수 있는 계기이기도 하다. 소설을 쓸 땐 여러 사람의 시선을 가져야 되기 때문에 쓰면서 마음이 넓어진다. 전작 《당신의 4분 33초》에서도 마찬가지다. 나는 내 아버지를 이해 못했는데 소설 속 기동이가 돼서 쓸 때 아버지를 다소나마 알게 됐다.

▷ 처음 소설의 세계로 매혹된 계기는.

▶ 아주 어릴 때부터 책을 좋아했고, 기억나는 건 8살 때다. 학급에 비치된 책들 중 《장화홍련전》이 있었는데 읽고 난 뒤 너무 슬퍼서 울었다. 그때는 학교에서 울면 놀림 당하는 시절인데도. 학교에 있다는 사실도 잊고 얘기에 빠진 것이다. 이런 얘기를 쓰는 사람은 어떤 사람일까라는 생각을 그때 처음 했다. '어떻게 이런 슬픈 얘기를 쓸 수 있나' 궁금했다. 이후로도 학급문고 책들을 독파했다. 셜록 홈

즈 시리즈 몇 십 권도 맨날 빌려가며 읽었고. 그때부터 작가가 되고 싶었다. 장르를 가리지 않고 책 읽는 게 좋다. 대학 다닐 때는 신경숙 선생님 책을 즐겨 읽었다. 내면 깊이 파고드는 게 좋았다. 박민규 작가님 글을 보고서는 '소설을 이렇게도 쓸 수 있구나'라고 깨달았다. 처음엔 그냥 읽는 게 좋았는데 그러다 보니까 나도 써보고 싶더라.

▷ 그런데 대학은 문예창작과를 안 가고 왜 법대로 갔나.

▶ 어머니 뜻에 따른 것이다. (웃음) 맨날 도서관에서 소설 읽으며 있었다. 전공책은 거의 본 적이 없다. 너무 안 맞았거든. 졸업은 어떻게 했을까 나도 신기하다. 소설책 들고 다니니까 같은 과 친구들이 왜 소설을 읽느냐고, 이해가 안 된다고 하더라. 다들 사법시험 혹은 공무원 시험 준비하는데 난 소설만 읽으니까 다 이상하게 보더라. 불안감은 없었다. 내가 그러다 말 줄 알았다. 소설가의 길로 갈 줄은 나도 몰랐다. 소설을 처음 쓴 게 대학교 2학년 마치고 나서다. 휴학을 하고 학원을 가서 영화 시나리오 쓰는 법을 배웠고, 백화점 문화센터에서 소설을 배웠는데 그때 강사 분이 공교롭게도 구효서 선생님이다. 그런데 아마 기억을 못 하실 거다. 열심히 나가지는 않았기 때문에. (웃음) 단편을 써보라는 과제가 있어서 그때 처음으로 써봤다. 구효서 선생님이 "글이 너무 도덕적이지만 문장은 괜찮다"고 평가해주셨다. 기분이 되게 좋았다. 그게 처음이자 마지막으로 들은 소설 창작 수업이었다.

▷ 졸업을 하고 나서는 현실적인 고민을 해야 했을 텐데.

▶ 공무원 시험공부를 하려고 했는데 잘 되지도 않고 집중도 안 됐다. 우선 웨딩업계로 취업을 했는데 적응을 못했다. 주말에 남들 다 놀 때 일해야 된다. 회사가 있는 압구정 분위기도 적응이 안 됐다. 나랑은 안 맞았다. 하루하루가 너무 힘들어 '그럴 바엔 마음잡고 글을 쓰는 게 낫지 않을까'라는 생각을 많이 했다. 틈틈이 소설을 써 공모전에 도전하다가 29살 때 문학사상사 신인문학상 최종심에 올랐다. 그때 많이 울었다. 내 첫 최종심이었다. 그때부터 앞으로 소설을 계속 써나가야겠다는 생각을 했다. 본격적으로 쓴 건 2013년 31살부터다. 고시원에 들어가서 글만 썼다. 밥 먹고, 글 쓰고, 운동하고 세 가지밖에 안 했다. 그렇게 해서 그 해에 쓰고 보낸 단편으로 다음 해에 등단했다.

▷ 2014년 등단하고 2020년 첫 책인 장편《당신의 4분 33초》가 나왔다. 공백이 짧지 않았는데.

▶ 작가들 중에 등단하자마자 어마어마한 스포트라이트를 받고 좋은 작품 써내는 분들도 있는데 나는 그런 삶이 상상이 안 된다. 6년 간 '내 인생의 그늘'이 있었고 이걸 지울 수가 없다. 그 때는 그 안에 있을 때는, 그 기간이 너무 길게 느껴졌다. 체감으로는 10년이었다. 신춘문예 당선이 되기 전까지는 당선이 되면 세상이 바뀔 줄 알았는데 아니더라. 청탁이 안 오니까 지옥이더라. 그래서 장편 공모전에 도전했는데 여기서도 최종심 갔다 떨어진 게 두 번이나 있다. 그

때도 지옥이더라. 최종심 가는 게 소원이었는데 막상 또 떨어지니까 아쉬운 거다. 그렇다고 다음 작품이 바로 최종심 가는 것도 아니다. 다시 거기까지 가는데 또 오래 걸린다. 계속 마음을 비우려고 노력해야 된다. 나는 그랬다. 《당신의 4분 33초》는 내가 가진 글 중 당선확률 낮은 작품이라 생각했다. 읽기 힘들고, 쓸 때도 힘들었던 작품이지만 그렇게 써보고 싶어 썼던 책이다. 책을 내고 나서 돌아보니까 그렇게 긴 기간은 아니었다고 생각되더라. 계속 글을 쓰면서 자신을 발전시킬 수 있었고, 또 그 기간 겪은 일들이 글의 소재도 됐다. 결국에는 다 필요했던 시간이었다. 그런데 또 책을 낸다고 다가 아니다. 잘 팔려야 된다. 판매 부수가 매달 메일로 오는데 나중엔 확인을 못 하겠더라. 그러니 다음 책을 내는 것도 걱정된다. 이 직업은 계속 이런 걱정의 연속이다.

▷ 공교롭게도 얼마 안 있어 이효석문학상 대상을 수상하는 영예를 거뒀다.

▶ 웹진에는 몇 편 발표했지만 종이 문예지에 발표한 작품은 〈미조의 시대〉가 처음이다. 처음 청탁이 왔을 때 너무 고맙더라. 6년 간의 공백 때문에 항상 청탁이 오면 이번이 마지막일 수 있겠다는 생각이 저절로 떠오른다. 〈미조의 시대〉도 마지막이라고 생각하고 다 쏟아부어 썼다. 그래서 문학과지성사 《소설 보다: 여름 2021》에 선정됐을 때도 놀랐고, 이효석문학상 후보에 올랐을 때는 더 놀랐다. 6년 간의 그늘이 항상 날 따라다니고 있다.

▷ 6년 간의 공백동안 글쓰기를 놓지 않게 해준 지지대는 무엇인지.

▶ 일단 난 소설 쓰는 게 너무 재밌다. 살아보면서 했던 일들 통틀어 가장 재밌는 게 소설 쓰기다. 그리고 노력한 시간들을 배반하고 싶지 않았다. 그렇게 노력해서 신춘문예 당선이 돼서 이제 다음으로 나아가야 하는데 여기서 포기하면 끊어지는 것이니까. 그리고 나를 당선시켜 준 신춘문예 심사위원들도 떠올렸다. '내가 뭔가 있으니까 뽑아주지 않았을까'라고 나 자신을 다잡았다. 또 대가나 보상이 돌아올 거라는 기대는 안 했다. 보상을 바라고 쓰면 최종적으로는 포기하게 되는 것 같다. 보상을 바라지 않으니까 계속 쓰는 것이지. 그게 훈련이 돼 지금도 보상을 기대하지 않는다. 물론 글쓰기는 힘든 일이지만 여전히 재밌다.

▷ 요즘은 하루하루 어떻게 지내시는지.

▶ 9시부터 6시까지는 자리에 앉아서 작업한다. 계속 읽거나 쓴다. 6시 이후에는 저녁 해먹고 공원 가서 줄넘기 한다. 이 삶의 반복이다. 소설은 한국 소설들 읽는다. 코로나라서 할 것이 많지 않으니 집에서 넷플릭스도 많이 본다. 〈슬기로운 의사생활 2〉가 재밌더라. 글을 쓸 때는 노동·가족·여성·꿈·가난 등의 주제에 관심이 많다. 노동은 특히 시대의 특징을 담은 플랫폼 노동에 관심이 간다. 소설을 쓰면서 동시에 할 수 있는 일들이 많지 않다. 생활비도 벌 겸 여름 끝나면 틈틈이 배송 같은 플랫폼 노동을 할 계획이다. 여성과 관련해서는, 여

성으로서의 나와 엄마 얘기를 많이 해보고 싶다. 옛날에 겪거나 들은 일들을 지금 생각해보면 말도 안 되는 것들이 많다. 예컨대 여학교를 다니던 시절 하복을 입으면 안에 속옷 끈이 보이지 않게끔 러닝 셔츠를 입으라고 했다. 속옷 끈이 보이면 성폭력을 당할 수 있다는 게 이유였다. 지금 생각해보면 이상한 말이지. 예전엔 당연하게 받아들였던 것들을 요즘 다시 생각하게 된다. 특히 90년대생들이 하는 말들을 많이 듣고, 그들에게서 보고 배운다.

▷ 어떤 작가로 기억되고 싶은지. 어떤 소설가가 되고 싶은지.
▶ 현실에 발붙인 얘기를 쓰는 작가, 믿음을 주는 작가가 되고 싶다. 내가 좋아하는 작가들을 보면, 그 모든 책들이 내 맘에 드는 게 아니지만 작가를 믿기에 나와 안 맞는 작품도 사랑할 수 있더라. 매 작품마다 독자들 기대에 부응하기는 현실적으로 힘들다. 그래도 '이 작가는 믿으니까'라며 독자들이 보는 작가가 되고 싶다. 윤이형, 김성중, 박솔뫼, 최진영 작가 등이 내게 그렇다. 아직 책을 한 권밖에 내지 않아 날 아는 사람보다 모르는 사람이 훨씬 많다. 앞으로 다 쏟아부으며 더 써 나갈 거다.

▷ 현실에 발붙인 얘기를 쓰고 싶다고 했는데, 심사위원들 사이에서도 〈미조의 시대〉가 '하이퍼리얼리즘'이라는 얘기가 나왔다. 비슷한 하이퍼리얼리스트로 장류진 작가가 떠오르는데 두 분 분위기가 다르다. 장 작가 작품은 밝고 유쾌한 반면, 〈미조의 시대〉는 우울

하고 슬프다.

　▶ 그런 정조가 있다. (웃음) 근데 그건 노력을 해도 못 바꿀 것 같다. 내가 계속 갖고 있는 거라. 내 딴에는 밝게 쓴다고 한 게 〈미조의 시대〉다. 어머니가 내게 "자꾸 가난한 얘기만 쓴다"고 하시더라. 출판사와 차기작 얘기할 때도 마찬가지였다. 보통은 소설 인물의 직업군이 교수라든지, 대기업 회사원이라든지 잘나가는 사람들인데 내 소설의 주인공들은 거리가 있다고 하더라. 나는 그저 끌리는 걸 쓸 뿐이다. 앞으로도 그럴 것 같다. 실제로 대기업 회사원들을 많이 보지도 못하고. 회사의 80% 이상이 중소기업이 아닌가. 주5일 근무도 다 한다고 생각하지만 아닌 회사들도 많고, 평균 연봉 아래로 받는 회사들도 얼마나 많고. 엘리트들 얘기는 쓰고 싶어도 못 쓴다.

　▷ 다음 소설에선 무엇에 대해 쓰나.

　▶ 가족과 노동에 관한 소설이다. 노년층·중장년층·청소년층까지 세대별 인물들이 나온다. 세대 간의 가족 얘기를 노동과 버무려서 쓸 거다. 또 한국의 결혼에 대해서도 써보고 싶은 생각이 있다. 아직까지는 하고 싶은 얘기들이 많다.

　▷ 자기 문학을 하면 그것으로 족한지. 타인에게 인정받지 않아도 괜찮은지.

　▶ 사람인데 인정받고 싶은 마음 다 있다. 그렇지만 자기 뚝심으로 밀어붙이는 사람을 동경하고 나도 그런 사람이 되길 소망한다. 미

국의 전위 예술가 존 케이지를 좋아한다. 유튜브에서 〈워터 워크Water Walk〉라고 공연 영상을 보면, 그가 퍼포먼스 할 때 막 사람들이 웃는다. TV쇼에 나와 음악연주라고 하면서 다리미 소리, 피아노 뚜껑 여닫는 소리 등을 활용한다. 청중들은 웃지만 사실 존 케이지가 웃기려고 공연하는 건 아니다. 그저 본인 음악을 하는 것이고, 그는 너무나 편안한 미소를 지으면서 공연한다. 그런 마음을 갖고 싶다. 내가 옳다고 생각하는 것, '나는 이걸 계속해야 되는구나'라고 생각되는 것을 계속 추구하면서 살고 싶다. 그런데 그렇게 살면 힘들 것 같다. 사실 그러면 안 되는 것 같다. 안 되는 것 같은데 어쩔 수 없다. 고칠 수가 없다.

제22회 이효석문학상
우수작품상 수상작

타인의 삶

|

김경욱

©백다흠

1993년 《작가세계》 신인상에 중편소설 〈아웃사이더〉가 당선되어 등단했다. 소설집
《누가 커트 코베인을 죽였는가》, 《장국영이 죽었다고?》, 《위험한 독서》, 《신에게는 손
자가 없다》, 《소년은 늙지 않는다》, 《내 여자친구의 아버지들》, 중편소설 〈거울 보는
남자〉, 장편소설 《황금사과》, 《천년의 왕국》, 《동화처럼》, 《야구란 무엇인가》, 《개와 늑
대의 시간》, 《나라가 당신 것이니》 등이 있다.

아버지의 마지막은 아버지답지 못했다.

아니, 마지막에야 비로소 소설가의 아버지다웠다.

부고를 전해들은 친지들마다 되묻기 일쑤였다. 어머니가 아니고? 만성신부전에 치매까지 앓는 분은 어머니였고 아버지는 그리 위중한 상태도 아니었으니. 아버지는 급성 폐렴으로 입원 후 회복 중이었다. 아버지답게 가셨네, 자식들 애먹이지 않고 깨끗하게 떠나셨네, 다들 한마디씩 보탰다. 친지들 말대로 흐트러진 신발 한 짝도 견디지 못하는 분이었다. 늘 목에 걸치고 있던 줄자처럼 정확한 삶. 샛길 하나 없이 곧기만 해 졸음이 밀려오는 길 같은 인생.

일 밀리까지 줄자로 재서 쓴 듯한 소설.

한 평론가의 리뷰를 읽는 순간 깨달았다. 틀에 갇힌 내 소설의 근원이 아버지였음을. 충격은 몇 해가 지나도록 가시지 않았다. 어떤 글에서도, 사석에서조차 양복장이 아들이라는 사실을 내비친 적이 없었기에.

아등바등 샛길로 달아났다고 생각했는데 결국 아버지와 나란히 달리고 있었다니. 이조차도 나의 착각이었을까. 정작 모든 틀을 뛰어 넘는 마지막 문장을 남긴 사람은 내가 아니라 아버지였다.

"자식들 다 부르래요, 의사 선생님이."

휴대폰 화면에 주간 간병인이라는 글자가 뜨는 순간 짜증이 밀려 왔을 뿐, 간병인에게 들을 수 있는 최악의 소식이 기다릴 줄은 꿈에 도 몰랐다. 밤새 보호자 침대에 웅크리고 있다 교대한 지 불과 두 시 간 만이었다.

처음에는 무슨 뜻인지조차 못 알아들었다. 병세가 호전돼 중환자 실에서 일반실로 옮긴 지 이틀째. 화장실을 수시로 들락거리긴 했지 만 호흡곤란증세도 거의 없었다. 새로 구한 야간 간병인이 오늘 밤부 터나 가능하대서 구멍 난 하룻밤이었다. 이튿날 아침 출근하지 않아 도 되는 사람은 삼남매는 물론 배우자까지 통틀어 나뿐. 아버지와 단 둘이 보내야 하는 하룻밤을 피하려 휴대폰이 불덩이가 되도록 수소 문했지만 종일 간병인은 끝내 구하지 못했다.

"확실한 거야?"

마지막 주 월요일은 은행 창구가 터져나가는 날이라던가. 여동생 의 목소리는 벌써 피로에 절어 있었다.

"그럼, 돌아가신 뒤에 전화해?"

나도 모르게 날 선 목소리가 되고 말았지만 실은 나도 간병인에

122

게 따져 물은 터였다. 아침죽도 다 드셨는데 뭔가 착오가 있는 것 아니냐고.

"먼 길 떠나시는 양반들이 그래요. 스님들 공양 끝낸 발우처럼 밥알 한 톨 안 남긴다니까요. 자식들 부르려고 그랬는지 덥수룩하던 수염도 깨끗하니 미셨던데요."

간병인은 비밀 얘기하듯 속삭였지만 내가 면도기를 대령한 장본인이었다.

자는 줄 알았던 아버지가 부스스 일어나 난데없이 면도기를 찾은 것은 자정이 반 시간쯤 지난 즈음이었다. 오밤중에 웬 면도냐, 날 밝으면 하자고 해도 막무가내였다. 가습기며 찜질팩, 심지어 목침까지 필요한 것들을 병실로 나르는 동안에도 면도기 차례는 오지 않았던 걸까. 아버지의 전기면도기는 어느 구석에도 보이지 않았다.

끊임없이 서랍을 여닫는 아버지를 견디다 못해 일거리로 가져간 시 번역원고를 덮고 병실을 나섰다. 구내매점에 불이 꺼져 있어 병원 근처 편의점까지 갔다.

"삼중날은 없더냐?"

부축을 받으며 화장실로 향하면서도 아버지는 깐깐한 한마디를 잊지 않았다. 매사에 그런 식이었다. 꼼꼼하게 바느질된 양복상의 단춧구멍처럼 성긴 틈이라곤 없었다.

"양복상의는 단추를 채우지 않을 때도 태態가 딱 떨어져야 해. 단추를 수백 번 채웠다 끌러도 라인이 살아 있어야 돼. 재봉틀을 쓰면 그런 태가 안 나와."

손바느질이 끝난 양복은 형광등에 비춰보는 과정을 거쳐야 했다. 단춧구멍으로 빛이 조금이라도 새어든다 싶으면 아버지는 실밥을 모조리 풀고 첫 땀부터 다시 시작하곤 했다.

남동생은 계속 전화를 안 받아 결국 문자만 남겼다.

―아버지 위중.

전송버튼을 누르려다 지우고 새로 썼다.

―아버지 임종 요망.

동생들에게 허둥지둥 연락을 돌리면서도 어머니는 까맣게 잊고 있었다.

"반백 년 가까이 같이 사신 분들인데. 내가 모시고 갈게."

치매 증세로 요양병원에 들어간 지 석 달째인 어머니를 상기시킨 건 아내였다. 때마침 수업을 마치고 나오는 참이어서 연락이 닿았다.

중환자실에 누운 아버지는 그새 완전히 다른 사람이 되어 있었다. 시신처럼 창백한 낯빛에 몸피도 눈에 띄게 쪼그라든 느낌이었다. 목에서 빠져나와 인공 심폐기를 한 바퀴 돌아 팔뚝으로 들어가는 붉은 피만 아직 숨이 붙어 있음을 보여주었다. 피가 아닌 다른 무언가가 몸에서 빠져나가는 것 같았다.

"어르신, 눈 떠보세요! 큰아드님 오셨어요!"

간병인이 아버지의 어깨를 흔들었다.

"아버지, 저예요. 도경이에요. 장남 도경이."

내 목소리에 눈꺼풀이 파르르 떨리는가 싶더니 아버지가 곁눈으로 나를 봤다. 동생들이 잘못했을 때도 나부터 무릎 꿇리던 눈빛. 이

내 아버지의 마른 입술이 달싹였다. 머리를 숙여 아버지 입 가까이 귀를 가져갔다.

"형은, 네 형은?"

점점 가빠지는 숨소리를 뚫고 가까스로 뱉어낸 말.

그것은 아버지가 마지막 남긴 말이었다. 장남인 내 귀에 대고 아버지는 분명 그렇게 물었다. 남동생은 도착은커녕 답신도 없었다.

내가 잘못 들었거나 아버지가 남동생으로 착각했을 수도 있었다. 도형. 남동생 이름은 나와 마지막 자 초성만 달랐다. 목소리마저 비슷해 한참 통화하다 이름을 바꿔 부르는 일도 종종 있었다. 그럼에도 모르는 중년 남성이 빈소에 들어올 때마다 유심히 살피는 자신을 발견했다. 아버지의 아들. 배다른 형. 그런 단어는 감히 떠올리지 못하면서도 낯선 얼굴에 아버지의 유언 아닌 유언을 겹쳐보고 있었던 것이다.

사내는 나 혼자 빈소를 지키고 있을 때 나타났다. 동생들은 회사 손님을 응대하기 바빠서 빈소에는 거의 나 혼자였다. 사내가 눈에 띈 것은 옷차림 때문이었다. 흰 줄무늬가 희미하게 들어간 감색 양복이 지난 세기에나 입었을 법한 구식이었다. 어깨선이 한껏 과장된 스리 버튼에다 칼라도 너무 넓었다. 왜소한 상체를 보완할 때 쓰던 패턴이었다.

"진짜 양복장이는 몸에 양복을 맞추는 게 아니라 양복에 몸을 맞추는 법이다."

소심하고 어눌한 평소 모습과 달리 자기 일에 관해서라면 자부심이 넘치던 아버지였다. 자신의 작품세계를 설명하는 예술가처럼.

마스크를 쓴 얼굴은 제대로 볼 수 없었지만 연배로나 입성으로나 동생들 지인 같지는 않았다. 왕래가 없던 먼 친척인가. 향을 피우고 영정을 한참 들여다보는 게 외가 쪽 같지는 않았다. 긴장이라도 한 걸까. 검정 넥타이까지 매고 불붙인 향도 두 번 원을 그린 다음 꽂을 만큼 격식을 갖추더니 정작 절은 한 번만 올렸다. 나와 맞절한 뒤에도 멀찍이 선 채 다가오는 기색이 없었다.

"여긴 어떻게……"

인사를 건네려 하자 고개만 꾸벅하고 빈소를 허둥지둥 빠져나갔다. 소설가의 본능이 사내를 뒤따르라고 등을 떠밀었다. 빈소를 비워도 되나 잠시 망설이다 나가 보니 사내는 보이지 않았다.

혹시 미라보라사에서 지은 양복일까.

"미라보라사는 내가 지어준 이름이야. 미라! 보라! 사라! 모르긴 해도 간판 때문에 찾아온 손님도 적지 않을 거야. 명동 한복판에 걸어도 손색없는 이름이지. 너희 아버지 뜻대로 런던 양복점이라 했으면 너희 대학도 못 보냈겠지. 내가 일찍이 원양어선을 타 견문이 좀 트였기에 망정이지……"

고색창연하게만 여겨지던 양복점 간판의 탄생비화를 알려준 사람은 악어 당숙이었다. 한 번 붙들리면 놓여나기 힘든 장광설이 장례식에서는 더했다. 예전에도 동생들은 슬금슬금 도망가고 나만 술상머리에 남아 있곤 했다. 어린 내게도 계산은 있었다. 흥이 오르면 갈색 장지갑을 꺼내 용돈으로 쥐여줬다. 나일강에서 잡은 악어가죽으로 만든 지갑이라고 했다.

악어 당숙의 말은 어디까지 진짜이고 어디까지 허풍인지 분간하기 어려웠다.

"수길이가 곰손인데도 손재주는 좋았어. 국제기능올림픽에 나갔으면 금메달은 떼 놓은 당상이었지."

"수길이요? 수 자, 용 자 아니고요?"

"개명한 거 몰랐냐? 본이름은 수길이었어. 빼어날 수에 길할 길. 양복점 시다하던 애가 뭔 바람이 불었는지 법적으로 성인이 되자마자 이름을 바꾸더라. 돌림자인 길할 길을 얼굴 용 자로. 요샛말로 얼짱이 된 거지. 한번은 마네킹이 걸치고 있던 더블재킷을 벗겨 입고 충무로까지 갔다, 배우 하겠다고."

소설 쓴다는 얘기에 처자식 굶겨죽일 일 있냐고 버럭 소리친 사람이, 내 머리로는 그려지지 않는 그림이었다.

"돌림자는 손대는 거 아니다. 길할 길 그대로 뒀으면 사업도 대박나고 십 년은 더 살았을 텐데."

"국제기능올림픽은 왜 안 나가셨대요?"

"고소공포증이 있어서 비행기를 못 탔어."

그러고 보니 아버지는 해외에 나간 적이 없었다. 바다는 신물이 난다며 제주도 여행조차 고개를 흔들었다. 뒤미처 떠오르는 기억이 있다. 어린이날마다 삼남매를 대공원에 데리고 가서도 대관람차에는 우리만 태웠다. 두 명씩 마주 앉는 캐빈에 매번 한 자리를 비워둔 것이 정말 고소공포증 때문이었을까.

"혹시 아버지 위에 일찍 죽은 형이 있었나요?"

내가 넌지시 물었다.

"또 소설 쓰냐? 근데 무슨 예술가상 받았다는 소설 제목이 뭐랬지?"

악어 당숙은 열 번도 더 물은 얘기를 또 물었다. 수상작이 아니라 후보작이라고 몇 번을 말해도 소용없었다.

아버지는 분명 '내'가 아니라 '네'라고 했음을 나도 모르지 않았다. 혹시 아버지한테 감춰둔 아들이 있느냐고 고쳐 묻고 싶었지만, 오대양 육대주를 누비던 얘기에 발동이 걸리는 바람에 기회가 없었다. 그런 일이 있었대도 사실대로 말해주지 않았겠지만.

실은 아버지에게 직접 물었어야 할 말이었다. 사십여 년 전 웬 까까머리 중학생을 집에 데려왔을 때 저 형은 누구냐고. 아니면 수수께끼 같은 마지막 말을 듣자마자 곧바로 물었어야 했을까. 그때 그 형 말이냐고. 어쩌면 형이라는 단어를 들은 순간부터 사십여 년의 세월을 거슬러 그 중학생을 떠올리고 있었는지도 모르겠다.

일가 피붙이라 했던가. 고향 사람 부탁이라 얼버무렸던가. 뱃길로 한 시간 반 거리인 섬 출신에 칠남매 맏이인 아버지였기에 우리 집은 객식구가 끊일 날이 없었다. 아버지나 어머니나 딱 부러진 얘기가 없었음에도 그냥 형이라 부르며 따른 이유였다. 이제 그 두 사람 중 누구에게도 온전한 대답을 기대할 수 없었다.

정작 그 질문을 받은 사람은 조문 온 세검정 이모였다. 어머니보다 고작 다섯 해 위인데도 젊어 돌아가신 외할머니 대신 혼주석에 앉아계시던 분이었다. 세 이모들 중에서 서울에 사는 유일한 이모이기도 했다.

"세검정입니다."

동네 이름을 대며 전화를 받는 것부터 지방 사람들은 넘볼 수 없는 특권처럼 여겨졌다.

"형은 아니고 누나 있었던 거 아니?"

세검정 이모가 체머리는 조금 떨면서도 눈을 똑바로 맞추며 되물었다.

"누나요?"

"태어나고 세 밤도 못 넘겼지만. 신혼 때부터 제집 드나들듯 하던 시댁 사람들이 오죽 많았으면 애가 들어선 줄도 몰랐을까. 평생 그 고생을 시키더니 아픈 애를 두고 저렇게 먼저 가버린다니."

"어머니는 왜 그 얘기를······"

세검정 이모가 갑자기 표정을 바꾸며 내 말을 잘랐다.

"언제였더라? 세검정은 검정이 왜 세 개나 되냐고, 밤이 세 배 어두워 세검정이냐고 물었던 것 기억나니? 그때 이미 나는 네가 작가가 될 줄 알았다. 외가 쪽 피를 물려받은 게 분명했으니까. 나도 여고 시절 학교 대표로 백일장에 불려 다녔거든."

이모는 여전히 나와 눈을 맞추고 있었지만 내 얼굴 너머 어딘가를 보는 것 같았다.

문득 이모에게 받은 결혼식 선물이 떠올랐다. 화려한 금박 포장에 싸여 있던 파카 만년필. 축의금 대신 선물을 놓고 간 것도 별났지만 잊지 못할 이유가 그 때문만은 아니었다. 만년필 몸통에는 내 이름이 아닌 당신 이름이 영문 필기체로 새겨져 있었다.

어쩌면 세검정 이모에게 만년필을 받았어야 할 사람은 내가 아니었을지도 모른다. 세 개의 검정이라는 표현은 사십여 년 전 우리 집에 며칠 와 있던 아이, 아니 중학생 형 입에서 나온 것이기에.

"그 형 기억나?"

남동생에게 얘기를 꺼낸 것은 조문시간이 끝나갈 무렵, 맥주 캔 하나씩 들고 마주한 자리였다.

"그 형?"

"우리 어렸을 때 일주일인가 열흘인가 집에 와 있던 중학생 형."

"글쎄. 며칠 묵은 사람들이 한둘이라야지. 미라보 여관이나 다름없었잖아."

남동생 말대로 사촌들부터 그냥 아는 형님의 자식들까지 잠깐 거쳐 간 형들이 적지 않았지만, 그 형이 머물던 며칠은 집안 기류부터 달랐다. 어머니는 가정방문 때처럼 세세한 부분까지 안 쓰던 신경을 썼다. 계란말이에 김까지 끼워 모양을 내고, 양은냄비째 내오던 김치찌개를 사기그릇에 따로 떠주는 식이었다. 형의 교복바지도 칼주름이 잡히도록 다려놓곤 했다. 가장 커다란 변화는 아버지의 눈빛이었다. 일 밀리까지 재던 눈초리가 일 센티쯤으로 느슨해졌달까.

"네가 장래의 판사님이구나. 망치질 잘하게 생겼네."

늘 비스듬하게 눌러 쓰고 있던 교복모자 때문이었을까. 한쪽 입꼬리만 올리며 웃는 특유의 표정 때문이었을까. 스스럼없이 악수를 청해오던 모습이며 굳게 잡은 손의 촉감은 어제처럼 생생했지만 얼굴 생김새는 가물가물했다. 아홉 살 기억에 아로새겨진 것은 그 형의 이름도 얼굴도 아닌 분위기였다. 어른스러우면서도 불량하게 느껴질 만큼 자유롭던 분위기.

"여러 물감을 뒤섞어 검정색 만들었던 거 기억 안 나?"

맥주를 한 모금 마시고 내가 동생에게 물었다.

"형이 그랬잖아? 마술이랍시고."

동생의 대답이 의아했다.

사물은 반사하는 빛의 파장을 제 색깔로 갖는다, 검정은 모든 파장을 다 흡수해서 블랙홀처럼 어둡다고 일러준 장본인은 분명 내가 아니라 그 형이었다. "존재는 밀어내는 빛을 제 색깔로 갖게 되는 법이야." 그 형은 훨씬 멋지게 표현했지만.

남동생은 그 형의 존재가 아예 기억에 없는 눈치였다. 난생처음 담배를 입에 물려 준 사람이라는 말은 굳이 꺼낼 필요도 없었다. 그 며칠 동안 만끽했던 해방감 역시. 마른기침으로 얼굴이 벌게지면서 아홉 살의 내가 뿜어낸 것은 담배연기가 아니라 어떤 바람이었다. 그 형이 진짜 내 친형이었으면. 아버지의 부담스런 기대와 엄한 눈빛에서 놓여날 수만 있다면.

아버지는 내가 넥타이 매고 출근하는 사람이 되기를 원했다. 양복점을 굳이 법원 앞으로 이전한 것도 무언의 압력이었다. 그게 아버지 스타일이었다. 말보다 줄자로 틈새 없이 재단해 옴짝달싹 못하게 하기.

"내가 줄자를 들이대면 법원장이라도 차렷 자세로 있어야 한다. 법복을 벗어도 판사님으로 보일지는 내 손끝에 달렸으니까."

법대에 가야 한다는 소리를 아버지는 입 밖에 낸 적이 없지만, 나는 번번이 장래희망란에 아버지가 원하는 직업을 채워 넣곤 했다. 지나친 복종은 복수심을 불러일으킨다던가. 내가 소설가가 된 것도 일종의 복수였을까.

중학교 때였다. 미술 선생에게 미술부에 들라는 권유를 받았다고 했더니 아버지는 미술시간이 있는 요일은 아예 학교를 못 가게 했다. 내 입에서 그림을 그리지 않겠다는 말이 나오는 데는 결석 한 번이면 충분했다.

"아버지 마지막은 어떠셨어?"

남동생이 잠긴 목소리로 물었다.

"조용히 가셨어. 아버지답게."

나는 자리에서 일어서며 대답했다. 네 형은? 머릿속에 맴도는 한마디를 지우려 애쓰며.

남동생으로 착각했으리라. 작가적 상상력을 동원해 봐도 그런 비밀이 숨겨져 있을 사람이 아니었다. 손만 뒤집어도 훤히 드러나는 손금 같은 인생. 아침저녁으로 박박 닦아 속속들이 들여다보이는 미라보라사 쇼윈도 같은 인생. 온종일 그물만 손질하던 열다섯 살 아버지가 탈출하듯 건너온 항구도시. 거기서 아버지를 사로잡은 것은 넥타이를 매고 일하는 재단사였다. 넥타이가 성공의 상징이었던 사람.

내가 아는 아버지는 넥타이 매듭처럼 고지식한 사람이었다. 가봉한 옷을 걸쳐보러 오지 않으면 재봉 작업으로 넘어가지 않았다. 완성된 옷을 다른 사람이 찾으러 와도 본인이 입은 태를 확인해야 된다며 그냥 돌려보냈다. 그런 아버지에게 숨겨 둔 아들이라니. 쇼윈도 양복을 훔쳐 입고 상경해 영화배우가 되려 했다는 일화만큼이나 허황된 얘기였다.

사내가 다시 모습을 드러낸 것은 다음 날 오전이었다. 토요일이라 이른 시간부터 조문객의 발길이 이어졌다. 고등학교 동기들을 접객실로 데려가는데 구석 자리에서 홀로 소주잔을 기울이는 뒷모습이 눈에 들어왔다. 설마 또 왔을까 하면서도 힘이 잔뜩 들어간 양복 어깨심이 분명 사내 같았다.

고등학교 동기들과 대화하는 내내 자꾸만 그쪽으로 눈길이 갔다. 희끗희끗하지만 빽빽한 뒷머리가 아버지를 닮은 것도 같았다. 고모들이 둘러앉은 테이블 옆자리였다. 알은척하는 사람 하나 없는 걸 보니 친가 사람도 고향 사람도 아니었다.

두 번이나 와야 할 인연은 대체 어떤 것일까. 마스크를 내리고 있을 테니 얼굴을 확인할 기회였다. 무슨 말을 건네며 맞은편에 앉을까 궁리하며 일어서는 찰나, 접수대를 지키던 처남이 나를 찾았다. 빈소 입구에 몇 년 만인지 모를 대학 동기의 얼굴이 보였다.

"외무고시도 괜찮지."

오로지 법대뿐이던 아버지가 2지망으로 붙은 영어영문학과에 선뜻 등록금을 내주며 선심 쓰듯 한 말이었다. 내 머릿속에는 영어가 아닌 문학뿐이었지만, 소설가가 된 뒤로도 아버지는 미련을 버리지 못했다. 어느 명절에 내려가 보니 고등학생 때 읽었던 책 한 권이 책상 위에 놓여 있었다. 《자기 앞의 生》. 무심코 넘겨보니 책날개에 붉은 줄이 그어져 있었다. 소설가이자 외교관이었다는 작가의 이력 아래. 아버지가 내용을 알고나 있을까 궁금할 따름이었다. 그것은 아버지를 부정하는 아들 얘기였으니.

대학 동기를 데리고 접객실로 가니 그새 사내가 보이지 않았다. 상 위도 깨끗했고 깔고 있던 방석조차 탁자 아래 얌전히 쟁여져 있었다.

"여기 있던 사람 언제 갔어요?"

나는 사내가 빠져나간 공간에 자리를 잡으며 옆 테이블에 앉은 막내 고모에게 물었다.

"누구?"

"혼자 술 마시던 사람이요."

"누가 있었나?"

막내 고모가 마주 앉은 둘째 고모에게 물었다.

"네 아버지라도 왔다 간 거 아니냐?"

울었는지 술기운 탓인지 둘째 고모는 눈자위가 붉었다. 밑으로 여섯인 고모들 중에서도 아버지를 가장 따른 여동생이었다. 둘째 고모가 내게 소주잔을 건넸다.

"오빠가 동생들 뒷바라지하느라 노총각으로 늙을 뻔했어. 막내까지 시집보내고 장가간다던 사람이다, 네 아버지가. 사십 안에 자식 못 보면 동생들이 화를 입는대서 마음을 바꿨지. 그 점괘 아니었다면 너도 세상구경 못했을 거야."

역시 처음 듣는 얘기였다. 내가 모르는 전혀 다른 사람의 인생을 듣고 있는 것 같았다. 진짜 삶은 삶이 끝난 뒤에야 드러나는 것인가. 아버지의 마지막 말도 마지막 순간이었기에 가능했던 것일까.

"정말 못 봤어요? 어깨 뽕 잔뜩 들어간 양복이었는데?"

나는 고모들에게 다시 물었다.

"고모부가 네 결혼식 때 얻어 입은 양복을 입고 왔다. 그 오래된 걸 처남 작품이라면서. 아침부터 혼자 퍼마시더니 어디 처박혀 있는지."

막내 고모가 흘러내린 완장을 끌어올려주며 말했다.

그러고 보니 어제 사내의 눈길도 내 어깨에 채워진 완장을 더듬는 듯했다.

장례 첫날 빈소에 딸린 내실에서 상복으로 갈아입고 나오니 장례지도사가 큰아들이 누군지 물었다. 삼베 완장과 삼베리본을 든 채로.

"고인이 남자분이시니 완장 위치는 왼쪽입니다. 검은 줄 두 개는 장남, 하나는 차남, 민짜는 사위."

장남과 차남은 왜 한눈에 알아보아야 되는지 묻고 싶었지만, 나는 고개만 끄덕였다. 사내도 완장의 줄에 담긴 뜻을 모르지 않았던 걸까. 사십여 년 전에 스쳐간 아홉 살 꼬마를 거기에서 찾고 있었던 걸까. 장남이라는 사실을 확인했다면 왜 수인사도 없었을까. 어쩌면 남동생이 그의 존재를 까맣게 잊고 있듯 내가 자신을 기억하지 못하리라 지레짐작했는지도 모른다.

실제로 그 자리에 앉았는지조차 의심스러웠음에도, 아니 그랬기에 나는 사내를 더 강렬하게 의식하고 있었다. 완장에 쳐진 두 개의 검은 줄을 새삼 무겁게 느끼며.

어머니를 요양병원에서 기어이 모셔온 것은 입관식 때문이었다. 어제는 여동생이 갔다가 무슨 장례를 두 번이나 치르느냐고 소리쳐 그냥 돌아서야 했다. 가족회의 끝에 마지막이니 어떻게든 모셔오기로 뜻을 모았다.

이번에는 내가 갔다. 장례식 얘기는 꺼내지 않고 데이트나 하자며 꼬드겼다. 데이트라는 말에 눈이 반짝했다. 감정 표현에 인색한 남편과 살아야 했던 어머니가 나에게만 보여주던 눈빛. 늘 그래왔듯 나는 못 본 척 시선을 피하며 짐을 챙겼다.

빈소에 돌아와 보니 새까만 차림의 여남은 남녀들이 추도 예배를 올리고 있었다. 당사자는 물론 상주들 중에도 교인이 없는데 누가 불렀는지 의아했다.

어머니는 아버지 영정을 흘끗 보더니 황급히 돌아나가려 했다. 내 구두를 꿰어 신고 내빼는 어머니를 붙들어 빈소에 딸린 내실로 모시고 갔다.

"입기 싫다, 시커먼 옷."

입고 계신 바지 위에 상복 치마를 두르려는 여동생의 손길을 어머니는 거칠게 내쳤다. 나는 여동생에게 고개를 저어 보였다. 모든 걸 다 아는 듯 우두커니 앉아 있는 어머니. 아버지가 돌아가셨다는 사실이 그제야 실감이 났다.

"해보다 더 밝은 저 천국, 믿는 맘 가지고 가겠네. 믿는 자 위해 있을 곳, 우리 주 예비해 두셨네. 며칠 후 며칠 후 요단강 건너가 만나리. 며칠 후 며칠 후 요단강 건너가 만나리."

벽 너머에서 들려오는 노랫말이, 특히 후렴구가 귀에 거슬렸다. 어머니가 멀쩡해 보여 더 마음이 쓰였다. 무슨 말이라도 건네지 않으면 내가 견딜 수 없을 것 같았다.

"미라보 다리. 영화 〈애수〉에 나오는 다리 있잖아. 그 영화 본 날 청혼했다. 앰배서더 호텔 레스토랑에서. 나중에 양복점 간판도 그 영화에서 따왔지 뭐냐. 양복점하면서도 매달 25일만 되면 빳빳한 신권이 든 봉투를 갖다줬어. 장사꾼은 생활이 불안정해서 싫다며 퇴짜를 놨더니 평생을 그러더구나."

왜 미라보라사였느냐는 물음에 어머니는 꿈꾸는 표정이 되어 추억의 앨범을 펼쳤다.

"아, 그러셨어요."

그 호텔은 서울에 있지 않았느냐, 친척들 월급날마다 돈을 빌리러 다니지 않았느냐는 물음을 삼키며 맞장구를 쳐주었다. 어머니 정신이 온전치 않은 게 확실해서였을까. 입가에 맴돌던 질문을 주저 없이 꺼낼 수 있었다.

"그 형은 누구였어요? 나 아홉 살 때 아버지가 데려와서 열흘인가 같이 지냈던 중학생 형?"

어머니가 갑자기 나를 빤히 쳐다보았다. 당황하는 표정 같기도 하고 화가 난 표정 같기도 했다.

"첫 아들 낳은 치사로 양장 한 벌 얻어 입었다. 얼마나 꼼꼼하게 재고 또 재던지. 나란 사람을 하나 더 만들어내는 줄 알았어. 그 옷만 입으면 지나가는 사람마다 안 돌아본 사람이 없었다. 둘째랑 막내 낳고는 못 얻어 입었어."

어머니가 내 손을 덥석 잡았다. 한 손으로 손바닥을 맞대고 다른 한 손으로 손등을 덮는 방식, 손 하나를 완전히 감싸는 방식으로. 나한테만 그런 식이란 건 결혼 후 아내 말을 듣고서야 알았다.

"예배가 끝났나 보네요."

나는 슬그머니 손을 빼며 몸을 일으켰다.

"우리 교회 성도님이셨어요."

추도 예배를 마친 사람들로부터 아버지가 집 근처 교회에 다닌 사실을 알게 되었다. 두 해 전이라면 어머니 통원치료 때문에 가게를 정리하고 서울로 이사 온 즈음이었다. 맞춤양복이 지나간 시대의 화석이 된 후, 양복재단 대신 수선 일을 하면서까지 줄자를 꿋꿋이 목에 걸고 있던 아버지. 미라보라사라는 간판도 끝까지 바꾸지 않았던 아버지. 그런 아버지도 새롭게 마음 기댈 곳이 필요했을까. 교회라니. 그럼, 대학생이 되어 상경하던 기차에서 발견한 편지봉투는 대체 무엇이었나.

서울 가서 지켜야 할 것.

—데모하지 말 것.

—교회 믿는 여학생 사기지 말 것.

이 돈으로 올라가다 각기우동 한 그릇 사 먹어라.

만 원짜리 새 지폐 열 장이 나온 편지지에 적힌 몇 줄. 맞춤법도 틀린 두 번째 당부를 가늘어진 눈으로 한참 들여다봤던 기억이 또렷하다. 데모 금지야 그렇다 쳐도 교회 믿는 여학생 운운은 실소를 금할 수 없는 얘기였으니. 그래 놓고도 마음에 드는 미팅 상대에게 어김없이 종교를 묻던 나였다.

그날 밤에도 아버지는 기도를 올리고 있었던 걸까. 면도쯤은 아직 혼자 힘으로 할 수 있다며 한사코 화장실 밖에 세워둘 때부터 좀 이상했다. 한참이 지나도 기척이 없어 문을 열어보았다. 아버지는 타일 바닥에 무릎 꿇은 자세로 세면대 끄트머리를 붙든 두 손에 이마를 얹고 있었다. 기력이 달린 게 아니라 기도하는 자세였을까. 코밑과 턱밑 수염을 절반만 깎은 채로 무슨 기도를 올렸던 걸까. 슬하에 둘 수 없었던 진짜 장손을 눈 감기 전에 한 번만 보게 해달라고?

사내가 세 번째로 모습을 드러낸 것은 입관식이 거의 끝나갈 무렵이었다. 분이 덧발린 허연 얼굴로 삼베 수의에 포옥 감싸인 아버지가 너무 낯설어 준비해둔 작별의 말조차 쉽게 나오지 않았다. 맨 먼저 아버지를 떠나보내고 몇 걸음 물러나 있을 때 통유리 너머 참관 공간에 서 있는 사내가 보였다. 기도문을 외는 교인들 머리 위로 목을 길게 빼고 있었다. 입은 마스크로 가린 채 뭔가 할 말이 있는 눈으로 아버지가 누워 계신 쪽만 바라보고 있었다.

잠시라도 한눈을 팔면 또 사라져버릴까 봐 나는 사내에게서 눈을 뗄 수 없었다. 나도 모르게 한 발 한 발 사내 쪽으로 다가가던 걸음을 멈춰 세운 건 장례지도사였다.

"장남분, 봉인하셔야지요."

다들 관 뚜껑에 손을 얹은 채 나만 기다리고 있었다. 한 번도 돌아보지는 않았지만 봉인이 진행되는 내내 사내의 눈길이 느껴졌다. 껄끄럽지만 뿌리칠 수 없는 시선의 종착지는 아버지가 아니라 내가 서 있는 바로 이 자리인지도 몰랐다. 아버지의 얼굴을 영원한 어둠으로 덮는 자리.

아버지의 수염은 깨끗이 깎여 있었다.

살다 보면 그런 밤도 통과하게 된다. 서로 깨어 있다는 걸 알면서도 눈 꼭 감고 지새우는 하룻밤. 눈을 붙이지 못해서가 아니라 눈을 뜨지 못해 기진해버리는 하룻밤. 화장실에서 나와 병실로 돌아간 이후 동이 틀 때까지 아버지와 나는 한마디도 나누지 않았다. 잠든 것처럼 아무 기척도 없이. 밭은기침과 코골이만 비현실적으로 들려오는 4인실의 어둠 한 구석에 나란히 누워 벌인 기이한 신경전이었다.

남은 절반의 수염을 깎지 않겠다는 아버지에게 나는 왜 화난 사람처럼 굴었던가. 뭐든 시작하면 어떻게든 끝을 봐야 직성이 풀리던 아버지. 전혀 아버지답지 않은 모습을 견딜 수 없었다. 나는 갑갑한 보조침대에 모로 누운 채 역자 교정을 보다 덮은 시만 애써 떠올리고 있었다. 아버지와 단둘이 보내야 하는 밤을 위해 일부러 챙겨간 일거리. 내게 있어 영시는 아버지의 줄자와 가장 거리가 먼 세계였기에.

저 좋은 밤 속으로 순순히 들어가지 마세요.
노인들은 저무는 날에 발끈하여 소리쳐야 하는 법.
빛이 꺼져감에 분노하고 분노하세요.

지혜로운 자들도 마지막에 어둠이 마땅하다는 걸 알게 되지만
자신들의 어떤 말도 번개를 쪼갠 적이 없기에 그들은
저 좋은 밤 속으로 순순히 들어가지 않아요.

관 뚜껑이 천천히 아버지의 얼굴을 덮었다. 창백한 눈꺼풀 위에 은화처럼 얹혀 있던 빛이 완전히 꺼졌다. 거기에는 어떤 분노도 없었다.
내가 교정지를 붙들고 끝까지 고심한 대목은 마지막 구절이었다.

그러니 아버지, 슬픈 언덕 위 당신은
지금 부디 모진 눈물로 저를 저주하고 축복해주세요.
저 좋은 밤 속으로 순순히 들어가지 마세요.
빛이 꺼져감에 분노하고 분노하세요.

슬픈 언덕으로 직역한 'the sad height'를 슬픔의 언덕으로 고쳐야 할지 고민 중이었다. 아버지와의 마지막 밤을 나는 그런 방식으로 견디고 있었다.

입관 의식을 마치고 돌아보니 사내가 보이지 않았다. 부리나케 나가 찾아 헤맸지만 출구로 이어지는 복도 어디에서도 자취를 발견하지 못했다. 뭔가에 홀린 기분이었다. 귀밑으로 흘러내리는 땀만 아니었다면 꿈이라고 의심했을지도 모른다. 이틀 밤을 꼬박 새운 혼미해진 정신으로 끼어든 꿈이라고.

화장실에 들러 얼굴에 찬물을 거푸 끼얹었다. 마지막으로 면도한 게 언제였나. 코밑이며 턱선이 거뭇거뭇했다. 부스스한 머리에 핏발이 선 눈자위가 여전히 화난 사람의 얼굴이었다.

순간, 거울 속으로 눈에 익은 양복이 보였다. 칸막이 문 위로 반쯤 걸쳐진 낡은 재킷. 두 어깨를 온전히 편 상태로. 그 중학생 형은 세수할 때나 땀 나는 일을 할 때면 교복 상의를 그런 식으로 벗어 뒀다. 양복케이스에 담는 양복처럼 세로가 아니라 가로로 포개어. 아버지가 지은 양복 안주머니 단추 바로 밑에는 어김없이 미라보 세 글자가 보라색 흘림체로 수놓아져 있었다. 옷자락만 들춰보면 확인할 수 있는 일이었다. 거울 속 양복을 노려보던 나는 흠칫했다. 거기 아버지의 얼굴이 있었다. 두려운 무언가를 밀어내면서도 깨끗이 내려놓지 못하는.

수도꼭지를 잠그고 서둘러 자리를 떠야 했다. 저 두려움의 높이에 걸린 양복 주인이 칸막이 문을 열고 나오기 전에.

나는 아버지의 비밀이 사실이 아닐까 두려웠다. 원래 알던 대로 비밀 하나 없는 아버지일까 봐.

나중에 우연히 찾아보니 영화 〈애수〉에 등장하는 다리는 워털루 다리였다. 아버지 유품을 정리하다 검색해 보고 알게 되었다. 미라보 라사가 왜 미라보라사였는지, 그 곡절은 다시 안개 속에 묻혔다. 〈애수〉의 미라보 다리로 내버려둘 걸 하는 후회도 들지만, 아버지의 삶이 배를 깔고 엎드려 풀어야 할 십자말풀이로 다가오는 순간만큼은 예외였다. 이제는 나 말고 누구도 기억하지 못하는 그 중학생 형을 떠올릴 때는 더더욱.

그 일주일인지 열흘인지의 어느 날, 담배에 불을 붙이던 라이터로 편지지 가장자리를 그을리는 형을 발견했다. 뭐 하는 거냐고 묻자 형은 한 쪽 입꼬리를 끌어올리며 대답했다.

"정성 들여 쓴 사연을 공부나 하라며 아버지가 불태울 예정이거든. 아들은 불꽃에서 건져낸 사연 뒷면에 이 얘기를 쓸 예정이고."

처음에는 무슨 소리인지 알아듣지 못했다. 그것은 심야 라디오 프로에 보낼 편지였다. 공개 구애하는 내용을 앞면에, 편지지가 재가 될 뻔한 사정을 뒷면에 적어 넣을 때야 비로소 고개를 끄덕일 수 있었다.

"이러면 소개되지 않을 수 없지."

형은 마술의 비밀을 귀띔해주듯 눈을 찡긋해 보였다. 소설가가 된 계기를 묻는 질문에 첫사랑 실패 운운하고 다녔지만 이제 보니 그

때였던 것 같다. 가짜 사연을 천연덕스레 지어내던 형에게 매료된 바로 그 순간.

형이야말로 내가 갖지 못한 무언가를 체취처럼 뿜어내던 사람이었다. 그 장면 속으로 돌아가노라면 누군가의 삶을 도둑처럼 훔쳐 사는 기분에 빠져들고 만다. 그리고 반나마 타버린 편지지 앞면에 쓴 구애의 글은 어떤 시를 인용하며 시작했는지도 모른다.

미라보 다리 아래 센 강이 흐르고
우리 사랑도 흘러간다.
왜 이다지 생각나는 걸까.
기쁨은 언제나 고통 뒤에 오는 것.
밤이여 오라, 종이여 울려라.
세월은 흐르고 나는 남는다.

아버지의 죽음과 무관한 얘기지만, 문제의 시구는 '슬픈 언덕'에서 '슬픔의 높이'로 고쳐 번역했다. 추상명사를 겹쳐 쓰는 건 피해야 할 일임에도 왠지 후자여야 할 것 같았다.

'그러니 아버지 당신은 슬픔의 높이에서, 부디 지금 저를 모진 눈물로 저주하고 축복해주세요.'

하나 더 고백하자면, 수염을 마저 민 사람은 나였다. 아무리 이를 악물어 봐도 반만 남은 수염이 눈꺼풀에서 지워지지 않았다. 수염이 싹 밀리고 드러난 얼굴은 갈 데 없는 내 얼굴이었다. 아들의 얼굴에 아버지의 얼굴이 있는 게 아니다. 아버지의 얼굴에 아들의 얼굴이 있다.

오! 아버지, 나의 숨겨진 아들!

수염이 깎이는 내내 아버지는 순순히 눈을 감고 있었다. 남겨진 아들은 다만 궁금할 따름이다. 무기력하게 턱을 내준 몇 초, 아버지는 아들을 저주하고 있었는지 축복하고 있었는지. 아니면 둘 다였는지.

나뭇잎이 마르고

—

김멜라

2014년 《자음과모음》 신인문학상을 통해 소설을 발표하기 시작했다. 소설집 《적어도 두 번》이 있다. 2021년 제12회 젊은작가상을 수상했다.

한 남자가 있었다. 그는 물을 포도주로 바꾸고 눈먼 자와 다리 저
는 자를 고치고 물 위를 걷는 기적을 행했다. 죽은 아이와 병든 하인
을 살리고 손이 오그라든 자의 손을 펴고 십이 년간 피 흘리던 여자
의 피를 멈추게 했다. 남자는 길에서 먹고 때론 오래 금식하며 새벽
에 일어나 기도했다. 밀밭에 자란 이삭을 잘라먹고 나무의 열매를 따
먹기도 했다. 그러던 어느 날 남자는 배가 고파 평소처럼 열매를 먹
으려고 나무 앞으로 갔다. 그러나 나무는 잎만 무성할 뿐 열매가 없
었다. 아직 열매가 맺힐 시기가 아니었기 때문이다. 그런데도 화가
난 남자가 나무를 저주하자 나무의 줄기가 뒤틀리며 잎이 말라붙었
다. 남자를 따르던 무리가 남자의 능력에 놀라워했다. 그들은 얼마
뒤 남자가 나무에 매달려 죽게 되리라는 것을 몰랐다. 남자는 알았을
까. 아마 그는 알았으리라. 그들은 떠났고 나무는 홀로 메말라 갔다.

*

―오, 여버서여?

휴대전화 너머의 여자는 놀란 목소리였다. 아마도 앙헬이 전화를
받으리라 예상하지 못한 듯했다. 앙헬 역시 자신이 전화를 받으리라
생각지 못했다. 휴대전화 화면에 뜬 번호는 주소록에 저장해놓지 않
았지만 조금만 기억을 더듬으면 누구의 것인지 알 수 있는 번호였다.

―커, 저하 바으 주 모았에.

여자는 당황했는지 혼잣말을 했다. 여자의 목소리로 앙헬은 그녀
의 입안에 침이 고여 있다는 것을 알 수 있었다. 자연스럽게 여자의
얼굴이 떠올랐다. 입 주변에 난 작은 돌기들과 좁고 긴 턱, 웃을 때
주름이 가득 잡히는 눈가, 도드라지는 굴곡 없이 평평하게 이어지는
얼굴 전체의 윤곽선, 혀를 약간 내밀고 입술을 동그랗게 해 기침하는
모습. 여자는 한글 자음을 온전하게 발음하지 못했고 둥글게 말아 올
리거나 가볍게 입천장을 스칠 수 없는 혀는 반쯤 벌어진 입안에서 무
언가에 붙들린 듯 뻣뻣하게 곧추서 있었다.

―자알 지냈어?

여자가 한 톤 높은 목소리로 물었다. 곧이어 침 삼키는 소리가
들렸다. 말을 하는 중간중간 고인 침을 삼키는 것이 그녀의 버릇이
었다. 침을 삼키다 사레가 들려 커 커 기침하고 그러다 앞사람에게
몇 방울의 침을 튀기는 것 또한 그녀의 특징이었다. 발음이 뭉개지
는 탓에 그녀는 양손을 부지런히 움직이며 자신이 하려는 말을 설

150

명했지만 그 손마저 안쪽으로 뒤틀려 있어 의사소통에 큰 도움이 되지 못했다.

—오랜만이네. 잘 지냈어?

앙헬은 침대에서 몸을 일으켰다. 쿠션에 기대어 앉아 여자의 발음에 귀기울이며 베드 테이블로 손을 뻗었다. 앙헬은 테이블 위에 올려놓은 옥수수맛 크래커를 반으로 부수고 또 반으로 부수었다.

전화를 건 사람은 체였다. 체는 대학 동아리에서 알게 된 선배로 앙헬은 그녀를 이름 대신 '체'라고 불렀다. 그녀가 체 게바라의 얼굴이 프린트된 체(che)라는 이름의 담배를 즐겨 피웠기 때문이다. 체는 룩셈부르크에서 만들어진 황색 필터의 천연 담배를 물고, 담배를 피우는 일이 혁명의 일부인 양 깊게 연기를 빨아들였다. 여윈 가슴팍이 들숨에 열릴 때면 연기를 잘못 삼켜 기침하곤 했지만 그녀는 독한 담배를 포기하지 않았다. 어쩌면 앙헬이 그녀를 '체'라고 불렀기에 그녀가 계속 그것을 피웠는지도 몰랐다. 한번은 그녀가 어렵게 구한 거라며 도라지라는 이름의 담배를 피운 적이 있었다. 그걸 보고 앙헬은 그녀를 '도라지 선배'라 불렀다. 얼마 뒤 그녀는 원래 담배로 돌아갔고 게바라가 그려진 붉은 표지의 책을 가방에 넣고 다녔다.

—지음은 지에 애려와 이어.

졸업 후 어느 복지 재단에서 근무하던 체는 며칠 전부터 고향인 공주에 내려와 부모님 집에 머물고 있다고 했다. 할머니가 편찮으시다고 했다.

—자살? 할머니가?

불분명한 발음의 말들 속에서 앙헬은 그 단어를 건져냈다.

—응. 버써 보음째 아우것또 안 으셔. 아우것또 안 으시고 주께애.

체의 말에 따르면 아흔에서 두 살이 모자란 그녀의 할머니는 곡기를 끊는 것으로 자살을 시도하고 있었다. 이유는 돈 낭비하기 싫다는 것이었다. 썩은 송곳니 하나와 아랫니 몇 개만 남은 할머니는 몇 년 전부터 음식물을 제대로 씹지 못했다. 보통의 노인들처럼 틀니를 하면 해결될 일이었지만 체의 할머니는 쓸데없는 데 돈을 뭐하러 쓰느냐며 한사코 틀니 맞추기를 거부했다. 그렇게 씹지 못하는 상태로 한 끼, 한 끼를 거르다 보름 전부턴 아예 음식을 입에 대지 않는다는 것이었다.

—아우리 애어해도, 안 토해. 무오건 주께애.

체는 그간 자신과 가족들이 할머니를 설득하기 위해 얼마나 애썼는지 말했다. 그들은 빌고 애원하고 때론 협박했지만 굶어죽기로 한 할머니의 결심을 꺾을 수 없었다. 할머니의 몸은 하루가 다르게 쇠약해졌고 그걸 보는 자식과 손주들의 일상도 망가졌다. 그렇기에 할머니는 하루라도 빨리 자신이 죽어야 한다고 주장했다. 돈 낭비를 해선 안 된다는 것이 할머니의 절대적이고도 유일한 이유였다.

체는 긴 한숨을 몇 번에 끊어 내쉬었다. 문득 앙헬은 체가 할머니의 틀니 비용을 빌리기 위해 전화한 것이 아닌가 생각했다. 그러나 곧 기억 속 체의 모습을 떠올리며 의심을 거두었다. 대학 시절 체는 돈이 많았다. 그녀의 캐러멜색 가죽 지갑 안에는 여러 장의 신용카드와 지폐가 가득했고 동아리 사람들이 모일 때면 체는 고부라진 손으로 카드를 꺼내 밥값과 술값을 계산했다.

—*지음 아 가치 궁꼬 이어.*

체의 가족은 최후의 수단으로 연대 단식을 결행했다. 그녀의 아버지를 필두로 어머니와 체, 그리고 세 오빠가 함께 굶고 있다고 했다. 그들은 할머니가 마음을 돌리길 기대했지만 할머니는 조금씩 마시던 검은콩 두유조차 끊어버리고 방문을 닫아걸었다. 보름을 굶어도 기세는 여전했다. 체의 가족은 알츠하이머를 의심했지만 할머니의 정신은 또렷했다. 작년 가을, 시장 방앗간에서 고춧가루를 빻고 천오백 원 덜 준 것을 기억해 아들에게 그 돈을 주고 오라 당부했다. 어느 날은 읍내 농약가게에 일 년 치 선금을 치른 일을 되짚으며 남은 금액만큼 비료를 받아오라 시켰다.

—*그언에, 어를 보오 시퍼 하시어라.*

기나긴 사연 끝에 체는 그렇게 말했다.

—나를? 나를 어떻게 아시고?

—*으때, 조어식 애 와언 후애, 어.*

체는 '졸업식 때 왔던 후배'라는 말로 앙헬이 빠져나가지 못하게 붙잡았다.

그 시절 휴학과 복학을 거듭하던 체는 동기들이 졸업하고 몇 년이 지난 후에야 학사과정을 마칠 수 있었다. 소식을 들은 앙헬은 체의 졸업식장에 갔고 그곳에서 그녀의 가족을 만났다.

8월의 졸업식은 덥고 어수선했다. 앙헬은 땡볕 아래 서서 땀을 흘리는 체에게 꽃과 풍선을 건넸다. 하트 모양의 헬륨 풍선과 연푸른

꽃잎의 수국이었다. 앙헬은 공주에서 올라온 체의 가족과 차례로 인사를 나누었고 체를 가운데 두고 그들과 사진을 찍었다. 체의 비뚤어진 학사모를 바로 씌워주었고 체가 흘러내린 바지춤을 끌어올릴 때 그녀의 가방과 졸업장을 대신 들고 있기도 했다.

　—참칫집 예약했는데 같이 가실래요?

고르지 못한 치열을 내보이며 체의 둘째 오빠가 말했다. 앙헬은 낯선 사람과 어울리는 걸 꺼리는 성격이었으나 그날은 초대를 받아들였다. 가족을 제외하고 체의 졸업식에 온 사람은 앙헬뿐이었다. 속으로 참치회가 먹고 싶기도 했다. 앙헬과 그들은 두 대의 택시에 나눠 타고 한강 다리를 건넜다. 택시 안에서, 그리고 참칫집에서 체의 가족은 말이 없었다. 그들은 좌식 테이블 앞에 앉아 각자 먹는 일에 열중했다. 체의 어머니와 아버지, 중년의 큰오빠와 둘째 오빠, 그리고 좁고 긴 턱이 체와 꼭 닮은 막내 오빠는 여러 부위의 참다랑어 살을 조미하지 않은 김에 싸 끝없이 먹어치웠다. 테이블 한쪽에 김 포장지가 수북하게 쌓여갔다. 체의 가족과 어울려 앙헬도 쉼없이 먹었다. 체의 아버지가 따라주는 청주도 몇 잔 받아 마셨다. 시간이 흐른 지금 그때를 떠올리면 앙헬은 체의 가족 사이에서 먹고 마시던 자신의 모습이 낯설게 느껴졌다. 마치 좁고 긴 복도를 따라 걷다 맞은편 유리에 비친 자기의 모습을 보고 놀라는 것처럼. 그런데 그날 그 자리에 체의 할머니는 없었다.

　—왠차으연 하루마 와따 가애?

체는 반나절만 시간을 내주면 고맙겠다고 했다. 할머니의 몸이 오래 버티지 못할 거라 말하며 다가오는 주말에 시간이 어떤지 물었다.

—아직도 체 게바라 피워?

앙헬은 체의 말에 대답하지 않고 다른 것을 물었다. 손으로는 잘게 부순 크래커를 꾹꾹 누르고 있었다.

—*아이. 다에 끄어허.*

—그럼 이제 뭐라고 불러?

—*어?*

—공주라고 불러도 돼?

—*어?*

—공주 선배.

앙헬이 말하자 체는 사레들린 듯 커 커 하고 웃었다. 앙헬은 체의 웃는 모습이 머릿속에 그려졌다. 시든 풀 무더기 같은 얼굴로 숨이 넘어갈 것처럼 웃는 사람. 체는 모든 것을 다해 말했고 모든 것을 다해 웃었다. 그녀가 내뱉는 소리 하나, 음절 하나에 그녀라는 존재가 온전히 녹아 있었다. 한때 앙헬은 세상의 모든 사람들이 그녀처럼 말하고 그녀처럼 웃기를 바랐다.

*

체는 마른 몸에 언제나 짧은 머리를 하고 있었다. 그을린 갈색 피부와 여윈 팔다리는 쓸모없는 수분을 증발시킨 겨울의 나뭇가지처

럼 앙상해 보였다. 머리카락은 헤어 클리퍼를 3단에 맞춰놓고 이마
부터 귀 위까지 일정하게 잘랐고 한쪽 귓불에는 십자가 모양의 무채
색 피어싱을 했다. 옷과 신발은 주로 원색의 선명한 색감의 것을 입
고 신었다. 체의 표현에 따르면 스페인의 태양과 지중해의 바닷빛을
닮은 색이었다. 체는 색채에 민감했고 그 색들을 조화롭게 자신의 몸
에 배치할 줄 알았다. 체를 보고 있으면 그녀가 옷이 아니라 그림이
나 음악을 입은 것처럼 느껴졌다. 어떤 날은 젊은 화가가 빌딩 외벽
에 그려놓은 그라피티를 보는 듯했고 어떤 날은 음울한 트럼펫 연주
자의 깊고 우아한 재즈 선율을 듣는 듯했다.

티셔츠 하나를 살 때도 체는 선과 이음새의 디테일을 살폈다. 그
녀가 선택한 옷들은 한철의 유행을 따르거나 무딘 사람들이 자기의
체형을 모르고 고른 것과 달랐다. 체는 밝은색과 대비되는 어두운
장식의 디자인을 좋아해 한편으론 밝고 한편으론 어두운 느낌의 옷
이 그녀의 마른 몸을 감싸고 있었다. 사람들 틈에서 한없이 웃는 얼
굴을 하고 있다가 잠시 숨을 고르며 입안에 고인 침을 삼키는 체의
모습처럼.

체는 시와 전시회를 좋아했고 소규모 클럽에서 밴드 연주를 들으
며 버드와이저를 마시는 걸 즐겼다. 정치나 역사 문제에도 관심이 많
아 여러 대학이 연합한 무슨무슨 학회에도 가입해 활동했다. 체가 등
장하면 사람들은 처음엔 놀라고 경계하다 그다음엔 지나치게 배려
했다. 누군가는 체에게 다가가 그녀가 입은 옷이나 신발의 브랜드를
묻기도 했다. 그렇게 말을 거는 게 자연스러워 보였다. 체는 한 수입

브랜드의 운동화를 즐겨 신었는데, 조금 크고 무거워 보이는 그 신발이 그녀의 마르고 휜 다리 아래 버티고 있어 보는 사람에게 안타까움과 동시에 옅은 안도감을 불러일으켰다.

운동화는 체가 미국 사이트에서 직접 고른 보드화였다. 스케이트보드를 탈 때 신는 신발이라 디자인도 남달랐지만 밑창에 미끄럼 방지 고무가 부착돼 있어 넘어지기 쉬운 체에게 알맞았다. 체의 왼다리는 안쪽으로 휘어져 있었고 오른다리보다 길이가 짧았다. 가만히 서 있으면 왼쪽으로 몸이 비스듬하게 기울어졌는데 체는 걷거나 뛸 때 그 기울기로 작은 웨이브를 그리며 움직였다. 나아가는 쪽을 향해 어깨와 팔로 곡선을 그리고, 조금 짧은 발이 그 선과 대칭돼 타원을 그리는. 그 동작을 반복하면서 체는 일정한 리듬으로 걸었다. 체가 걷는 모습을 보고 있으면 그녀의 귀에만 들리는 음악이 그녀 주변에 흐르는 듯했다. 다른 사람과 함께 걸을 때도 체는 상대의 속도에 맞추려 애쓰지 않았다. 자기의 리듬대로 발을 뻗고 어깨와 팔로 타원을 그리며 나아갔다. 체와 함께 걷는 사람은 그녀가 자신의 속도로 걸어올 때까지 기다리면 되었다. 신호등의 녹색 불이 깜박일 때면 체는 어깨의 원을 빨리 그려 속도를 높였다. 계단을 두 칸씩 뛰어오르거나 양발을 한 번에 떼어 점프할 순 없지만 체의 걸음 때문에 지하철을 못 타거나 버스를 놓친 적은 없었다.

하지만 길이가 다른 양쪽 다리 때문에 체는 걷거나 뛸 때 많은 에너지를 소모했다. 체의 양말을 보면 알 수 있었다. 신발을 벗을 때면 빛나고 깨끗한 운동화에 가려져 보이지 않았던 체의 양말이 드러났다. 양말은 땀으로 젖어 본래 색보다 짙어져 있었고 가까이 가면 시큼한 냄새를 풍겼다. 운동화 안창도 그녀가 흘린 땀으로 까맣게 얼룩져 있었다. 체는 술을 좋아했고 자주 취했기 때문에 체의 친구들은 취해 비틀거리는 그녀 앞에 운동화를 놓아주곤 했다. 앙헬은 그들 중 가장 자주 체에게 운동화를 챙겨준 사람이었다. 운동화 안쪽에 손가락을 넣을 때면 앙헬은 체의 땀과 체취가 손가락을 휘감는 듯했다. 앙헬은 언제부턴가 체를 떠올리면 그 축축한 기운이 손가락에 느껴졌다. 그리고 또 다른 종류의 축축함.

　몇 해 전 앙헬은 한 선배의 결혼식장에서 오랜만에 체를 만났다. 술자리가 이어졌고 체는 자기의 주량을 넘어서 과음했다. 노래방이었던가, 아니면 횟집 화장실이었던가. 기억은 정확하지 않았다. 생각나는 것은 체가 집에 가려는 앙헬을 붙잡았고 층계참에서 둘이 실랑이를 벌이다 사고가 났다는 것이다. 그것은 사고였다. 앙헬은 자신의 가방을 잡은 체의 손을 뿌리치다 그녀의 어깨를 밀치고 말았다. 체는 몸의 중심을 잃고 계단을 굴러 아래로 떨어졌다. 앙헬이 놀라 뛰어내려갔지만 체는 괴성을 지르며 앙헬이 가까이 오지 못하도록 막았다. 찬 바닥에 웅크린 체는 신음을 내며 허리를 둥글게 말았다. 잠시 후 체의 바지가 젖어들며 앙헬의 구두 앞으로 노란 오줌이 흘렀다.

*

　앙헬이 체를 만난 곳은 '마음씨'였다. '씨 뿌리는 사람의 마음'이란 뜻을 가진 그 동아리는 일 년에 서너 번씩 산에 올라 장뇌삼 씨를 뿌리고 온다고 했다. 심은 다음 그것을 돌보거나 자란 삼을 수확하는 것은 아니었다. 어느 산, 어느 위치에 심었는지도 기록해두지 않고 그저 씨 뿌리는 행위에 의미를 둘 뿐이라고 했다. 앙헬에게 그 말을 해준 사람은 동아리의 회원 중 한 명인 대니였다. 앙헬은 혼자 김밥을 먹기 위해 사람이 없는 곳을 찾다 학생회관 옥상까지 올라간 날 그곳에서 대니를 만났다.

　─가끔 양귀비 씨를 뿌리기도 해. 양귀비 씨 보여줄까?

　한쪽으로 눌린 심한 곱슬머리에 모터사이클 재킷을 입은 대니가 앙헬에게 말했다. 흰 피부에 금색 테의 안경을 쓴 대니는 진지하면서도 호기심 어린 눈으로 앙헬을 보았다. 앙헬은 바투 다가온 그녀에게서 물러서며 자신은 옥상에 잠깐 쉬러 왔을 뿐 씨 뿌리는 일엔 관심이 없다고 말했다. 어쩌다 옥상까지 왔지만 다시 올 일은 없을 거라고, 고소공포증이 있어 높은 곳을 좋아하지 않는다고도 했다. 앙헬의 거절에도 대니는 포기하지 않았다. 꼭 산에 올라야 씨를 뿌릴 수 있는 것은 아니며, 혼자 옥상까지 올라왔으면 절반은 마음씨 회원이 된 거라 말했다. 대니는 앙헬에게 손을 펼쳐보라고 한 다음 재킷 안주머니에서 무언가를 꺼내 그 위에 올려놓았다. 보드랍고 도톰한 비단 재질의 붉은 보자기였다. 보자기를 펼치자 푸른 안감 위에 놓인 작은 씨앗들이 보였다.

　─귀엽지?

　대니는 손끝으로 잿빛 씨앗을 조심스럽게 흩뜨렸다. 앙헬의 눈에는 어릴 때 사 먹던 해바라기 씨 과자처럼 보였다. 혀로 초콜릿만 녹여 먹고 씨는 뱉었던 해바라기 씨 과자. 가까이에서 보니 먹다 남은 초콜릿이 보이는 것도 같았다.

그날 앙헬은 수업에 늦었다며 서둘러 옥상을 빠져나왔으나 그 뒤로 자주 옥상에 갔다. 마음씨에 가는 게 아니라 옥상에 가는 거라 되뇌며 엘리베이터도 없는 오층 건물을 열심히 올랐다. 한 층 한 층 오를 때마다 종아리와 허벅지 근육이 팽팽하게 조여 왔다. 마지막 계단에 다다라 두꺼운 철문을 열고 나가면 키 큰 버드나무와 내리막길을 따라 서 있는 학교 건물이 보였다. 앙헬은 옥상의 빗각 지붕 아래 놓인 소파에 앉아 숨을 몰아쉬었다. 두 사람이 앉으면 서로의 허벅지가 닿는 넓이의 낙엽색 가죽소파는 팔걸이 부분이 찢어져 노란 스펀지가 드러나 있었다. 소파 뒤편 벽에는 땅의 높낮이에 따라 색의 명도를 다르게 칠한 대한민국 지도가 붙어 있었고, 지도의 네 모서리를 테이프로 고정해 놓아 바람이 불 때마다 충청도 부분이 불룩하게 부풀었다가 가라앉았다.

학교에서 정식 동아리 승인을 받지 못한 마음씨 사람들이 모일 곳이라곤 누군가 내다버린 가죽소파와 벽에 붙인 지도로 꾸민 학생회관 옥상이 전부였다. 그래도 옥상을 오가는 이들은 모두 그곳을 마음씨의 공간이라 여겼다. 비가 오면 빗줄기가 들이치고 바람이 불면 계단 쪽 유리창이 덜컹거렸지만 아무도 소파의 위치를 바꿔놓거나 그 주변에 쓰레기를 버리지 않았다.

앙헬은 소파에 앉아 오래된 버드나무를 보는 것이 좋았다. 보호수로 지정돼 봄가을이면 약병과 연결된 호스를 줄기에 꽂고 있는 버드나무는 떠돌이 개의 덥수룩한 털처럼 긴 나뭇가지를 무성하게 늘어뜨리고 있었다. 나무는 야트막한 언덕 위에 있었고 그 아래 내리막길이 이어지다 다시 불룩하게 솟은 언덕에 학생회관이 있어서 옥상 소파에 앉으면 앙헬의 눈높이와 나무가 수평을 이루었다. 바람이 불 때마다 층층이 자란 연둣빛 잎들이 옥타브가 다른 음계처럼 조금씩 다른 세기로 몸을 떨었다. 나무 옆 내리막길을 따라서 회백색 자연대 건물과 아치형 구름다리가 있었고 건물 벽면에는 늙은 과학자의 초상화가 그려져 있었다. 고불거리는 흰 수염이 턱을 뒤덮은 과학자의 초상화는 비와 바람을 맞아 코 윗부분이 사라지고 없었다. 앙헬은 군데군데 부서진 그 석회질의 벽을 보고 있으면 오래된 터틀넥의 감촉이 떠올랐다. 보풀이 일고 소매와 목 부분이 늘어났지만 오래 입어 길든 부드러운 섬유질의 느낌. 소파에 앉아 숨을 들이마시면 어디선가 뚜껑이 열린 매직펜 냄새가 나는 것 같았다. 소파 아래에서 자두 몇 알이 천천히 썩어가는 듯도 했다. 앙헬은 눈을 감고 건물 아래 코트에서 들려오는 농구공 튕기는 소리를 들으며 누군가 옥상 문을 열고 들어서기를 기다렸다.

대니는 매일 아침 옥상에 와 바닥을 비질하고 자판기 커피를 마시며 책을 읽었다. 그녀는 사드의 《소돔 120일》을 세 페이지씩 읽고 수업에 갔다. 그러고 나면 사는 게 그리 버겁게 느껴지지 않는다고 했다. 앙헬은 대니가 읽는 책이나 그녀를 버겁게 하는 것에 대해 알지 못했으나 대니가 자판기 커피에 몇 방울의 소주를 타 마실 때면 가방에서 귤이나 초콜릿을 꺼내 그녀 옆에 두었다. 대니는 그림을 잘 그렸고 자기만의 필체가 있어서 걸개에 글을 쓰러 옥상에 오는 다른 동아리 사람들에게 대필을 부탁받기도 했다. 그러면 대니는 움직일 때마다 뽀드득 소리가 나는 인조가죽 재킷을 벗어놓고 납작한 붓과 뚜껑이 달라붙은 페인트 통을 들고서 흰 천 위를 오갔다. '싹 다 조지 고 뿌리까지 갈아엎자.' 다 쓰고 나면 몇 걸음 물러서서 가늘게 뜬 눈 으로 자기가 쓴 글씨를 살펴보는 대니. 그녀가 오간 곳마다 색색의 페인트가 떨어져 있어 마치 화가의 거대한 팔레트를 보는 것 같았다.

—오, 힌입생!

체를 처음 봤을 때 그녀는 옥상 난간에 기대어 서서 아주 짠 것을 먹은 표정을 하고 있었다. 나중에야 앙헬은 체의 그 표정이 웃는 얼 굴이란 사실을 알았다.

—뭐라고 하는지 못 알아듣겠어요.

앙헬이 체를 등지고 서서 대니에게 속삭였다.

—듣다보면 익숙해져. 영어 듣기 평가처럼.

대니는 체의 말을 다 알아들으려 하지 말고 몇 개의 단어로 문장 을 유추해야 한다고 했다. 대니와 체는 학년이 같았지만 나이는 체가 한 살 더 많았고 서로를 별명으로 불렀다. 대니는 대니, 체는 체 이전 의 별명. 그것이 무엇이었는지 앙헬은 기억나지 않았다. 앙헬이 별명 의 뜻을 물었을 때 두 사람은 둘만의 비밀이라 말해줄 수 없다고 했 다. 앙헬은 그 말이 서운하면서도 비밀을 간직하는 둘의 관계를 닮고 싶었다.

　대니와 체는 학내 검도부에서 처음 만난 사이라고 했다. 가입한 지 몇 개월이 지나도록 두 사람은 서클의 준회원조차 되지 못했는데 체는 죽도를 똑바로 쥐지 못한다는 이유로, 대니는 서클에서 지정한 업체에서 죽도를 사지 않았다는 이유로 회원들에게 암묵적인 거부를 당했다. 비슷한 이유로 두 사람은 팬플루트 동아리와 사진반에도 적응하지 못했다. 어느 날 두 사람은 학생회관 옥상에 앉아 부당한 이유로 세상으로부터 미움을 받는 존재에 대해 생각했다. 생각하다 그 미움을 사랑으로 바꿔 특별한 목적 없이 세상을 향해 온정을 베푸는 일을 도모했다. 그렇게 마음씨가 만들어졌다고 했다. 체는 여행을 좋아했고 대니는 산을 좋아해 둘은 여행하며 산에 올라 씨 뿌리는 일을 이어갔다. 이야기 끝에 대니가 앙헬에게 원한다면 너도 같이 갈 수 있다고 말했다. 그러면서 넌 무엇을 좋아하느냐고 물었다. 앙헬은 자기도 모르게 김치 볶는 냄새를 좋아한다고 했다. 회관 옆 식당 환풍구에서 비슷한 냄새가 풍겨오고 있었다. 잠시 후 세 사람은 햇빛이 쏟아지는 식당 창가 자리에 앉아 김치볶음밥을 앞에 놓고 마음씨의 미래에 관해 얘기했다. 그들이 심은 장뇌삼 씨앗이 발아해 삼이 되고 삼이 산의 비밀이 되어 누군가에게 발견되는 이야기. 십 년, 혹은 삼십 년 뒤의 미래. 그때가 되면 동성결혼이 합법화되고 여자와 여자 사이에서도 아이를 낳을 수 있게 될 거라고 대니가 말했다. 그때가 되면 기술의 눈부신 발전으로 장애인도 마음껏 운전하고 바다에서 서핑할 수 있을 거라고 체가 말했다. 그런 일들이 다 평범해져

더는 이야깃거리가 되지 않고 사람들은 집 화단에서 키운 양귀비 잎을 피우며 더 먼 미래를 상상할 거라고 두 사람은 말했다.

앙헬이란 별명은 체가 붙여준 것이었다. 어느 날 체는 '스페인 문화 산책'이란 교양수업을 듣고 와 앙헬에게 소리쳤다.

—앙헬!

천사라는 뜻의 그 남성명사는 자신과 어울리지 않는다고 앙헬은 말했지만 체는 누구보다 잘 어울린다며 그 별명을 고집했다. 체는 '헬(gel)'의 스페인식 악센트를 약하게 하면 같은 발음의 영어 단어가 떠오른다며 흐뭇해했다. 천사 안에 지옥이 있다면서. 그런 식으로 체는 신이나 종교에 관한 농담을 즐겼고 동시에 운명이나 초월적 존재에 대한 사색이 담긴 예술작품을 좋아했다. 무엇보다 체는 그 단어를 완벽하게 발음해냈다.

체는 목소리가 컸고 앙헬을 보면 언제나 먼저 다가와 말을 걸었다. 앙헬이 잘 알아듣지 못하면 두 번, 세 번에 걸쳐 말했다. 하려던 말을 멈추거나 그냥 지나치는 법이 없었다.

—죄소한에 호크 이어여?

식당에 가서도 그녀는 자신에게 필요한 것을 요구했다.

—호크, 호크여.

상대가 알아듣지 못하면 고부라진 손을 들고 무언가를 찍어 먹는 몸짓을 해 보였다. 체와 함께 간 사람은 그녀가 말을 마칠 때까지 잠자코 기다렸다. 기다리면 체는 자신에게 필요한 것을 얻었다. 체는 남보다 빨리 뛸 수 없음에도 걷거나 달리는 일에 주저하지 않았고 누군가 수신인을 딱히 염두에 두지 않고 해야 할 일을 중얼거리면 제일 먼저 엉덩이를 들썩였다. 손을 곧게 펴거나 오므릴 수 없었지만 무언가 써야 하는 일이 생기면 서슴없이 펜을 집어 들었다. 무엇보다 체는 사람의 마음을 열고 그들을 자기에게 우호적으로 만드는 과정을 즐겼다. 술자리에서 분위기를 띄우고 최근의 정치 이슈에 대해 논하며 사람들의 빈 잔을 채워주었다. 그녀의 경련하는 뺨이나 불완전한 발음은 취기와 열띤 대화에 녹아 희미해졌고 사람들은 지갑에서 카드를 꺼내 술값을 계산하는 체의 모습에 익숙해져갔다.

사람들은 체를 좋아했다. 그녀를 자신들의 집단 안으로 들이는 일에는 주저했지만 체에게 친근하게 인사를 건네는 정도는 망설이지 않았다. 앙헬은 체와 함께 학교 안을 걸을 때면 사람들의 인사에 답하는 체를 따라 적어도 서너 번은 멈춰 서야 했다. 멀리 건물 창가에서 고개를 내밀고 체의 이름을 부르는 사람도 있었다.

―한나야! 어디 가니?

그러면 체는 손을 높이 들어 크게 반원을 그리며 웃었다. 앙헬은 체의 그런 모습이 쉽게 이해되지 않았다. 그녀가 진심으로 사람을 좋아하는 듯 보였기 때문이었다. 그녀는 마치 운동화 끈을 묶기 위해 구부려 앉은 아이를 기다리는 강아지처럼 사람이란 기다리기만 하면 자신의 머리를 쓰다듬어주는 존재라고 믿는 것 같았다. 때때로 대니는 체의 그런 태도를 걱정하며 체에게 좀더 자신을 아끼라고 말했지만 체는 대니의 조언을 웃어넘겼다. 그녀는 사람에게 다가가 마음을 주는 일을 멈추지 않았다. 먼저 주고, 준 만큼 되돌려받지 못해도, 다시 자기의 것을 주었다. 결국 그건 자기를 위해서도 좋은 일이라고 했다. 멀리, 크게 보면 그렇다고. 그런 말을 할 때 체의 얼굴은 느긋하면서도 단단해 보였다. 앙헬은 체보다 여러 가지 일에 능숙했지만 사람을 대하는 체의 태도에는 자신이 다 헤아릴 수 없는 크고 높은 면이 있다고 생각했다.

체에게는 세상을 살아가는 자신만의 기준이 있었다. 술꾼이었지만 해장술이나 혼자 마시는 술은 경계했고 담배를 피웠지만 꽁초를 함부로 버리지 않았다. 언제나 가방에 스테인리스 컵을 넣고 다니며 일회용 컵 대신 그것을 사용했다. 대부분의 사람에게 친절하고 호의적이었으나 거절할 땐 여지를 주지 않았다. 한번은 학교 측에서 체에게 홍보 모델을 제안한 일이 있었다. 체가 전화를 받을 때 앙헬도 함께 있었다. 체는 휴대전화를 귀에서 약간 뗀 채 통화했기 때문에 전화기 너머 상대의 목소리가 앙헬에게도 들렸다. 직원은 정중하면서도 다소 권위적인 말투로 체가 학생 대표 중 한 명으로 선발되었다고 말하며 앞으로 일 년간 학교 홈페이지와 홍보물에 체의 사진이 실리게 될 거라고 했다.

—얼아 저여?

체가 짧게 물었다. 체의 말을 알아듣지 못한 직원이 무슨 말이냐고 되물었다.

—오엘 하연, 얼아 주야고여.

체가 천천히 다시 물었다. 직원은 당황한 목소리로 학교 모델은

166

돈이 아니라 명예로 하는 일이며 봉사하는 자리라고 말했다. 그 말에 체의 목소리가 커졌다.

　—옹사오 영예고 옹짜오 우여억을 행앜 하이 마고 제애오 온을 지울해어!

　체는 긴 문장을 쉬지 않고 말하고는 전화를 끊었다. 그런 뒤 소파에 앉아 잘 오므려지지 않는 두 손을 마주잡고서 여러 번에 끊어 한숨을 내쉬었다. 봉사고 명예고 공짜로 부려먹을 생각 하지 말고 제대로 돈을 지불해요. 앙헬은 가끔 체가 아무에게나 마음을 주고 돈을 헤프게 쓰는 게 아닐까 하는 생각이 들 때면 체의 그 말을 떠올렸다.

*

　공주 시외버스 터미널에 도착한 앙헬은 터미널 차양 아래 서서 열에 달아오른 아스팔트길을 보았다. 체를 만나기로 한 시간까지 몇 분의 여유가 있었다. 체는 택시를 타고 오겠다고 말하며 해가 뜨거우니 밖으로 나오지 말고 터미널 안에서 기다리라고 했다. 앙헬은 플라타너스가 만든 그늘을 바라보다 큰 결심을 하듯 발을 떼었다. 나뭇가지가 드리워진 머리 위에서 말매미 울음이 요란하게 들렸다. 땅에는 끝부분이 갈색으로 시든 잎이 떨어져 있었다. 앙헬은 가로수 아래를 보며 걷다 철과 철이 부딪치는 소리에 놀라 고개를 들었다. 방진막으로 가려진 공사장에서 쇠파이프를 떨어뜨리는 소리가 연달아 들렸다. 앙헬은 승차장이 보이는 그늘에 멈춰 서서 한 번씩 도로의 먼 쪽

을 보았다. 흙투성이 수건을 목에 두른 공사장 인부가 노란 전선을
어깨에 메고 도로 가장자리를 따라 느리게 걷고 있었다.

―쟤 요즘 코냑에 빠졌어.

몇 년 전 지인의 장례식장에서 만난 대니가 앙헬에게 말했다. 체
가 마실 것을 갖고 온다며 자리를 비운 참이었다.

―저녁마다 바에 간대. 거기 바텐더한테 반해서 사귀자고 한다
더라.

대니는 체가 회사 근처의 고급 와인 바에 다니며 버는 돈의 대부
분을 그곳에서 탕진한다고 했다. 체의 할머니가 체에게 전화해 타이
르는 걸 자기가 몇 번이나 들었다고.

―너희 둘이 친했잖아. 이젠 연락 안 하니?

앙헬은 똑같은 말을 대니에게 묻고 싶었다. 둘이 친했잖아요. 이
젠 같이 산에 안 가요? 하지만 앙헬은 묻지 않았고 늦은 밤이나 새
벽, 체에게서 걸려오던 전화를 받지 않았던 일을 떠올렸다. 그들을
향해 체가 걸어오고 있었다. 아주 짠 것을 먹은 사람처럼 얼굴을 찌
푸리며.

앙헬은 체에게 고백을 받은 적이 있었다. 고백하지 않았을 때도
체가 앙헬을 좋아한다는 것을 앙헬뿐 아니라 다른 사람들도 알았다.
체는 누군가를 향한 마음을 숨기지 못했고 숨길 생각도 없어 보였다.
체의 표정은 앙헬이 있을 때와 없을 때가 달랐다. 손을 자주 씻고 자

기 컵을 따로 쓰는 깔끔한 성격임에도 체는 앙헬이 먹다 남긴 볶음밥을 먹었고 앙헬이 사용하던 빨대를 불편해하지 않고 썼다. 앙헬이 옥상에 가는 시간에 맞춰 옥상에 갔고 자신의 전공수업 대신 앙헬의 전공수업을 따라 들었다. 주말이면 앙헬에게 미술관이나 영화관에 가자고 했다. 한 해의 마지막날엔 함께 콘서트에 가서 카운트다운을 하자고 했다. 앙헬은 어떤 것은 받아들이고 어떤 것은 거절했다. 그러다 어느 날 체는 이제까지와는 다른 것을 제안했다.

—아랑 겨호하애?

가을 학기 중간고사가 끝난 어느 늦은 오후였다. 두 사람은 옥상 소파에 앉아 바람에 흔들리는 버드나무 가지를 보며 술을 마셨다. 맥주, 싸구려 와인, 다시 맥주를 오가며 둘은 여러 번 한숨을 내쉬었고 그보다 더 많이 웃음을 터뜨렸다. 가을 하늘이 파란 사탕 껍질처럼 펼쳐진 날이었다.

—뭘 하자고요?

그때만 해도 체에게 존칭을 쓰던 앙헬은 말끝을 높여 되물었다.

—이어케 두이 사자오.

체가 말했다. 앙헬은 대답하지 않은 채 속으로 체의 말을 곱씹었다. 이렇게 둘이 살자고. 여자와 여자는 결혼할 수 없다는 걸 모르는 듯 체는 말했다. 알지만 그런 법규 따윈 상관없다는 듯 앙헬에게 제안했다. 앙헬도 체의 그런 면을 모르지 않았다. 체는 여자와 여자가 사랑에 빠지는 영화를 좋아했고 여자 멤버로 이뤄진 밴드의 공연과 여자의 벗은 몸을 그린 여자 화가의 전시를 좋아했다. 여자에겐 대체로 호의적이었으며 본인은 인정하지 않았지만 어두운 표정의 여자를 보면 쉽게 사랑에 빠졌다. 체가 직접 말한 적도 있었다. 자긴 이미 여섯 살 때부터 알았다고. 그런 건 누가 알려주지 않아도 스스로 알게 되는 것이라고. 언젠가 자신이 신을 찾게 될 거라는 믿음이나 언젠가 예술을 하게 될 거라는 예감처럼 시간이 지날수록 확신하게 되는, 영혼에 새겨진 주름 같은 것이라고.

체는 여자와 나누는 사랑을 원했고 그 욕망을 부끄러워하지 않았다. 그러나 이따금 체의 신체적 특징을 배려하며 다가오는 상냥한 미소의 여자와는 거리를 두었다. 체는 동정과 사랑을 구분했다. 사랑이 깊어지면 연민의 모습을 띠기도 하지만 시작은 안 보면 못 견디겠는 애틋함으로 하고 싶다고 했다. 체가 원하는 건 예술과 신, 그 두 가지에 관해 끝없이 이야기를 나눌 수 있는 여자였다. 차, 혹은 술을 마시며. 섹스는 상관없다고 했다. 섹스는 작은 것이라 했다.

—아니, 난 그것도 중요해요.

앙헬이 말했다. 청혼에 대한 거절치고는 지나치게 차가운 말이었다고 뒤늦게 후회했지만 그땐 생각에 앞서 그 말이 튀어나왔다. 섹스는 작은 것이라는 체의 말에 동의하면서도, 아니, 섹스가 작은지 큰지 제대로 생각해보지 않았으면서도 앙헬은 그렇게 말했다. 만약 체가 남자였다면 다르게 말했을까. 혹은 체가 좀더 평범한 여자였다면. 체가 아닌 대니였다면. 그러나 앙헬은 체를 좋아했고 온전히 그녀를 믿었다. 만약 체가 남자였거나 혹은 다른 여자였다면 앙헬은 그녀 앞에서 취하거나 잠들지 못했을 것이다. 십 대 시절부터 찾아들었던 자

살 충동을 체에게 털어놓지 못했을 것이다. 앙헬은 종종 다른 사람에게 끌리고 다른 사람에게 매력을 느꼈지만 믿음에 관해서는 오직 체뿐이었다. 앙헬은 멀리, 더 크게 바라보는 체의 내면과 뒤틀리고 고부라진 그녀의 몸을 믿었다. 믿음이란 상대가 자신을 해치거나 공격하지 않을 거라는 안심의 또다른 표현이라고 앙헬은 생각했다. 체의 어떤 면은 앙헬보다 크고 높았으나 신체적 힘은 앙헬이 더 셌다. 그점이 앙헬을 안심하게 했다. 앙헬은 체가 따기 힘들어하는 음료수 캔을 따주거나 체가 끌지 못하는 짐수레를 끌어주었다. 무엇보다 앙헬은 체가 자신의 손목을 세게 잡으면 언제라도 더 세게 힘을 줘 뿌리칠 수 있었다. 그런 힘의 우위가 앙헬에겐 중요했다. 어떤 상황이 벌어져도 체가 자신을 힘으로 제압하지는 못할 거라는 사실. 그 물리적 조건이 앙헬의 마음을 놓이게 했다. 그렇기에 앙헬은 체 앞에서 취할 수 있었고 그녀와 단둘이 모텔에 갈 수 있었다.

체와 함께 모텔 문을 들어설 때면 앙헬은 체와 다른 것을 시도해볼 수도 있지 않을까 생각했다. 예술이나 신에 관한 이야기가 아닌 체의 다른 '주름'을 알 수도 있을 거라고. 그러나 그런 시도를 하기에 두 사람은 지나치게 취해 있을 때가 많았다. 방으로 들어서면 앙헬은 침대 위로 엎어졌고 체는 그녀 곁에 무릎을 꿇고 앉아 그녀의 옷을 벗겨주었다. 셔츠의 단추를 풀어주었고 양말을 벗겨주었다. 그럴때면 앙헬은 체가 옷을 벗기기 쉽게 몸을 돌리고 발을 들었다. 그러고는 잠에 빠졌다. 정신없이 자다 깨어 일어나보면 밖은 아직 캄캄한 새벽이었다. 체는 침대 아래에서 웅크린 채 자고 있었다. 그녀는 침대에서 자다 바닥으로 떨어지는 것을 싫어했고 마치 땅 깊은 곳의 소리를 들으려는 듯 가슴과 뺨을 바닥에 댄 채 잠들었다. 불편해 보이는 자세로 잠든 체를 보면 앙헬은 체가 했던 말이 떠올랐다.

—내가 어릴 때 그렇게 예뻤대.

체는 가끔 자기의 어린 시절에 대해 이야기했다. 백일 무렵의 자신을 눈으로 직접 봐서 안다는 듯 그 시절 자신이 얼마나 귀하고 어여쁜 아기였는지 말했다. 그럴 때면 앙헬은 이상하게도 체의 발음이 또렷하게 잘 들렸다.

—내가 첫 손녀잖아. 할머니가 종일 안고 있었대.

할머니의 말에 따르면 체는 피부가 하얗고 순한 아기였다. 증조부 때부터 딸이 귀한 집안이라 할머니는 체를 하늘이 주신 복으로 여겼고 특별히 체가 태어날 무렵 생긴 시내 성당에 찾아가 신부님에게 아기 이름을 지어달라고 부탁했다. 할머니는 성당에 다니지 않았고 종교적인 믿음도 없었지만 후줄근한 슬리퍼를 끌고 다니는 동네 무당보다 말끔하게 차려입은 성당 신부가 더 마음에 들었다.

—그러다 백 일쯤 지났을 때 할머니가 나를 바닥에 떨어뜨렸대. 그다음 내가 막 아프고 나서 이렇게 된 거래.

체의 그 말에 앙헬은 차갑게 대꾸했다.

—그래서?

—어?

—할머니 탓이라는 거야?

—아니, 아니지. 근데 할머니는 그렇게 생각하더라고.

앙헬은 체가 좀 더 태연히 말해주길 바랐다. 자기에 대해, 자기의 주름에 대해. 언젠가 앙헬에게 함께 미술관에 가자고 하며 "넌 그냥 가도 돼. 장애인 동반 일인은 무료야"라고 말했던 것처럼. 어떤 그림 앞에 오래 서서 "난 여자 가슴이 좋아"라고 말했던 것처럼.

*

짧은 머리에 웃음이 만발한 얼굴로 작은 웨이브를 그리며 걷는 체.

앙헬은 체가 건널목을 건너는 모습을 바라보았다. 가로수 밑에 서 있는 앙헬을 보고 체가 손을 크게 흔들었다. 앙헬도 손을 들어 답했다. 신호가 바뀌자 체는 걸음을 빨리해 도로를 건넜다. 오른발로 몸을 지탱하고 조금 짧은 왼발로 땅을 디뎌 앞으로 나아가는 모습. 튼튼한 오른다리가 몸의 무게를 지탱해주어 그녀를 앞으로 나아가게 해주었다. 체는 멀리서부터 웃는 얼굴을 하고서 흰 빛이 쏟아지는 도로를 가로질렀다. 앙헬이 서 있는 곳까지 걸어와서도 까무잡잡하고 긴 얼굴에 주름이 가득 잡히도록 웃었다.

체는 공주산성 앞으로 가자고 했다. 두 사람은 택시를 타고 금강을 가로지르는 다리를 건넜다. 창밖으로 짙은 흙색 강물이 보였다. 여름 내내 비는 밸브 끝까지 열었다 갑자기 잠가버린 수도처럼 짧은 시간 퍼붓다 그치기를 반복했다. 공주산성 맞은편에 내린 두 사람은 새로 지은 것처럼 보이는 외관의 삼층 건물로 들어섰다. 식당 문을 열자 반쯤 드러누워 있던 주인이 몸을 일으켜 홀의 불을 켰다. 앙헬이 먼저 창가 쪽에 자리를 잡았다. 창밖으로 산성의 돌담과 기와지붕으로 덮인 누각이 보이는 자리였다. 산의 능선을 따라 성곽이 에워싸고 있었고 담 중간중간에 노란 깃발이 꽂혀 있었다. 체는 맥주 두 병과 닭갈비를 시킨 뒤 몇 번에 끊어 한숨을 내쉬었다.

— 저기 안엔 뭐가 있어?

턱을 괴고 창밖을 보던 앙헬이 물었다.

—그양, 어더이지.

체가 앙헬을 따라 턱을 괴고 창밖을 보았다. 매표소에서 산성까지 가파른 오르막이 이어져 있었다. 누각을 가운데 두고 양쪽으로 이어진 돌담 위로 사람이 걸을 수 있는 흙길이 나 있었다. 비슷한 야구모자를 쓴 노인들이 그 길을 줄지어 걸어가고 있었다. 노인들이 향하는 길 끝엔 단청을 칠한 정자가 있었고 그 뒤로 활엽수와 침엽수가 뒤섞인 숲이 펼쳐져 있었다. 검은 날개의 새들이 무언가에 놀란 듯 동시에 날아올랐다.

— 저기서 사람 죽지 않아?

—어이?

— 저기, 저기, 저기.

앙헬은 유리창을 손톱으로 콕콕콕 두들기며 산성의 성벽 길을 가리켰다.

— 난간이 하나도 없잖아. 미끄러지면 그냥 죽겠어.

—어 마따. 너 오소웅포웅 있히?

—응?

174

―오소옹포웅.

체가 한번 더 말했다. 앙헬은 알아들을 수 없어 가만히 체의 얼굴
을 보았다. 터미널 앞에서 봤을 땐 보이지 않았던 입가의 긁힌 상처
가 눈에 띄었다.

―무슨 말인지 모르겠어.

앙헬이 말하자 체가 한 음절씩 끊어 소리 냈다.

―오, 소, 옹, 포, 쫑!

―아, 그거.

체는 고소공포증을 말한 것이었다. 듣다 보면 익숙해져. 앙헬은
대니의 말이 떠올랐다. 대니가 얘기한 대로 체의 말은 듣다 보면 익
숙해졌고 오랫동안 듣지 않으면 다른 세계의 말처럼 낯설었다. 그러
나 그렇다고 해서 체의 말이 다른 나라의 언어는 아니었다. 단지 한
번 더 물어야 하고 알아듣는 데 시간이 걸릴 뿐.

―그때 대니가 갖고 다니던 거, 그거 진짜 아니지?

기름으로 번들거리는 무쇠 팬을 내려다보며 앙헬이 물었다. 붉은
앞치마를 한 식당 주인이 닭고기와 채소를 팬에 넣고 볶고 있었다.

―아이, 인짜야.

양귀비 씨가 진짜라고? 앙헬은 그렇게 물으려다 옆에 서 있는 주
인을 보았다. 앙헬은 체가 자신의 말을 잘못 알아들었다고 생각했다.

―내가 말하는 거, 다른 거야.

―알아.

―알아?

—어.

주인이 나무 주걱 두 개를 사용해 닭고기와 채소를 둥글게 모아
놓은 뒤 이제 먹어도 된다고 말하고 자리를 떠났다. 앙헬은 맥주병을
따 체의 잔에 술을 따라주었다. 체는 잔을 가슴 쪽으로 끌어당겨 입
술을 대고 거품을 마셨다.

—*우이 할어이 하밧에 있언 어야.*

체는 대니의 양귀비 씨가 자기 할머니의 것이라 했다. 할머니가
농사짓던 파밭에 양귀비 군락이 있었다고. 일부러 키운 게 아니라 자
기들이 알아서 자란 거라고. 어릴 때부터 파밭에 가면 붉은 꽃들이
피었다 졌다 했고, 가끔 아버지가 그 꽃대 위에 빈 비료 포대를 덮어
두었다고 했다. 그러다 어느 해 군청에 다녀온 아버지가 트랙터로 밭
을 갈아엎으면서 꽃은 사라졌다. 할머니가 보자기에 싸놓은 씨앗이
마지막이었고 체는 할머니 몰래 그 보자기를 가져다가 대니에게 주
었다고 했다.

—정말 심었어?

앙헬이 묻자 체는 거품이 가라앉은 술잔을 쥐고서 잠시 뜸을 들
였다.

—*함켰어.*

—삼켰다고?

체가 약하게 몸을 떨며 웃었다. 농담인 걸 알았지만 앙헬은 그 순
간 체가 씨앗을 입안으로 털어 넣는 모습이 그려졌다. 체는 빈 맥주
병을 테이블 아래에 내려놓고 새 병을 땄다. 떨리는 손으로 병목을

잡은 뒤 몇 번에 걸쳐 따개의 구멍과 병뚜껑의 위치를 맞추었다. 거품이 넘치지 않도록 맥주를 따르고 난 다음 체는 대니와 산에 갔던 이야기를 했다. 앙헬이 마음씨에 오기 전의 이야기. 체와 대니는 강의를 듣기 싫은 날이면 함께 버스를 타고 남쪽으로 가 이름 모를 산에 씨를 심고 왔다. 어느 산, 어느 위치인지 기록해 놓지 않았지만 몇몇 곳은 아직도 생생히 기억해 지금이라도 찾아갈 수 있다고 했다.

— *해러 갈까?*

체가 산삼을 캐러 가자고 말했다. 하지만 심은 씨앗을 다시 찾지 않는 것이 마음씨의 불문율이었다.

— 할머니 드리게?

— *아이, 나 억께.*

그렇게 말한 뒤 체는 또 몸을 떨며 웃었다. 그러고는 알 수 없는 멜로디를 흥얼거리며 술잔을 쥐었다. 체는 맥주를 다 마셔갈 동안 닭갈비나 다른 반찬에는 전혀 손대지 않았다.

— 포크 달라고 할까?

앙헬이 묻자 체가 고개를 저었다. 먹을 걸 보면 할머니 생각이 난다고 했다. 대신 혼자 맥주를 마시면서 체는 앙헬에게 정말 한 모금도 마시지 않을 거냐고 물었다. 거절하는 앙헬을 보며 체는 무척이나 낙심한 표정을 지었다.

술기운이 오른 체는 웃음과 한숨을 반복하며 또 알 수 없는 멜로디를 흥얼거렸다. 호 효효효효 같은 소리를 내기도 하고 꽤로로로로 같은 소리를 내기도 했다. 뒤는 저음, 앞은 고음으로 내는 소리였다. 식당을 나온 두 사람은 산성 앞에서 택시를 타고 체의 집으로 향했다. 택시 안에서 체는 아버지에게 전화를 걸어 짧게 통화했다. 지금 가고 있으니 할머니 주무시고 계시면 깨우라고. 체의 휴대전화 너머로 남자의 가라앉은 목소리가 들렸다.

─시방 몇 신데 주무셔. 아직 주무실 시간 아녀.

택시는 다시 금강을 가로지르는 다리를 건넜다. 속도를 높이자 선선한 바람이 얼굴에 끼쳐왔다. 어쩐지 앙헬은 낮에 탔던 택시를 다시 탄 것 같았다. 룸 미러로 기사의 얼굴을 확인할 수 있었으나 앙헬은 창밖의 강물에서 시선을 떼지 않았다.

체는 집 근처에서 내려 조금 걷자고 했다. 빈속에 술을 마셔서인지 체의 얼굴이 달아올라 있었다. 두 사람은 택시에서 내린 후 논길을 따라 걸었다. 드문드문 가로등이 있었지만 등과 등 사이가 멀었고 산그림자가 가깝게 드리워져 있었다. 좁고 그늘진 수풀 길을 따라 두 사람은 말없이 걸었다. 어디선가 귀뚜라미 우는 소리가 들렸다. 땅을 보고 걷던 앙헬이 소리가 들리는 쪽으로 고개를 들었다. 앙헬은 계절의 어느 한 부분을 건너뛴 것 같았다.

─선배.

앙헬이 체를 불렀다.

─공주 선배.

체가 사레들린 듯 커 커 하고 웃었다.

─술 좀 작작 마셔요.

체는 걸음을 멈추고 숨이 넘어갈 것처럼 웃었다. 기뻐하는 건지 아파하는 건지 모르겠는 표정으로. 앙헬은 체가 다 웃을 때까지 옆에 서서 기다렸다. 앙헬은 자신이 언제부터 체의 연락을 피했는지 생각했다. 그 시기를 정확히 짚을 수 없었으나 이유까지 잊어버린 건 아니었다. 앙헬은 더는 취한 체의 모습을 보고 싶지 않았다. 자신의 취한 모습도 더는 체에게 보여주고 싶지 않았다. 그것이 어느 시절을 통과할 때 겪게 되는 변화인지, 아니면 다른 이유 때문인지 앙헬은 알 수 없었다. 다만 어떤 베풂은 인과적인 타당성을 설명할 수 없듯 어떤 거부도 합당한 이유를 찾을 수 없다는 것을 받아들였을 뿐이었다.

—거의 아 왔어, 저이 앞이야.

체가 손을 뻗어 길의 끝을 가리켰다. 논을 감싸고 도는 길 너머에 불그스름한 벽돌집이 보였다. 체는 고개를 푹 떨어뜨리더니 또 멜로디를 붙여 한숨을 내쉬었다. 호 효효효효, 쾌로로로로. 그 한숨이 '아, 싫다'라고 말하는 것 같았다. 집에 들어가기 싫다, 길이 끝나는 게 싫다. 앙헬은 체의 한숨에 담긴 마음을 헤아릴 수 있었다. 체의 말과 뜻을 다 알 것 같았다.

체와 옥상 소파에 앉아 이야기하던 때처럼.

체와 함께 옥상에서 술을 마실 때면 앙헬은 체의 발음이 다른 사람의 발음보다 더 매끄럽고 정확하게 들렸다. 그럴 때 앙헬은 자신이 취했기 때문이라 생각했다. 취한 사람에게는 취해 비틀거리는 세상이 온전해 보이니까. 그러나 산성 앞 식당에서 체가 어느 여름날의 일에 대해 이야기할 때 앙헬은 술을 한 모금도 마시지 않았음에도 체의 발음이 귓가에 부드럽게 들렸다. 조금씩 조금씩 익숙해지다, 어느 순간, 체가 하는 말을 다 알 수 있었던 시절로 돌아갔다. 체의 발음과 손은 뭉개지거나 뒤틀려 있지 않았고 실제로 그런 모습이었다 해도 앙헬에게는 그것이 자연스러웠다.

체는 그때의 풍경이 눈앞에 펼쳐져 있는 듯 허공에 손짓하며 말했다.

—아마 대니도 기억할 거야. 어느 여름에 남해에 갔었어. 가는 길에 비가 와서 대니랑 우비를 입고 산에 올랐지. 그런데 생각보다 산이 험해서 가다 서고 가다 섰는데 그러다 어느 순간 아예 그만 가고 싶단 생각이 들었어. 대니한테 얘기했더니 자기도 그렇대. 아까부터 배가 살살 아팠다고. 그래서 그만 가기로 하고 어느 바위에 앉아 쉬고 있었어.

체는 맥주를 한 모금 마신 후 옷소매를 당겨 입가를 닦았다.

—그런데 지나가던 할머니가 우릴 보고 배낭에서 뭘 꺼내서 주는 거야. 땅콩 캐러멜이랑 오이가 든 비닐. 우리가 괜찮다고 하면서 안 받으니까 비닐을 우리 발 앞에 놓았어. 그러고서 다시 산으로 올라가더라고. 날다람쥐처럼 빠르게. 놀라서 할머니를 보고 있는데 대니가 오이를 꺼내서 반으로 쪼갰어.

체는 여기서 목소리를 한 톤 높여 말했다.

—얼마나 달고 시원하던지.

체는 그때 먹은 오이 맛을 잊을 수 없다고 했다. 조금 과장해 말하면 천국에서 먹는 오이 같았다고. 먹으니 눈이 맑아지고 가슴이 환해졌고, 대니도 아픈 게 나았다고 했다. 두 사람은 마음을 바꿔 다시 산을 오르기로 했다. 가는 길에 땅콩 캐러멜과 오이를 준 할머니를 찾았지만 할머니는 보이지 않았다. 빗줄기가 굵어져 둘은 그쯤에다 씨앗을 심기로 하고 배낭에서 모종삽을 꺼냈다. 젖은 흙과 바위, 푹신하게 쌓인 낙엽과 그 위에 흩어진 솔방울. 땅은 온통 갈색이었고 고개를 들면 여백 없이 빽빽한 잎들이 물결을 이루었다. 바람이 불 때마다 잎을 타고 내린 빗방울이 뺨으로 떨어졌다. 그리고 그 나무를 보았다. 산비탈에 서 있던, 한눈에도 메마르고 병들어 보이던 나무. 잎을 펼치고 열매를 맺는 일이 고달프다는 듯 꽈배기처럼 몸을 뒤틀며 자란 나무. 다가가 굵은 줄기를 어루만지자 과자 조각처럼 껍질이 부서졌다. 그 껍질 속으로 검게 썩은 속살이 보였다. 그런데도 가지에 달린 잎만은 풍성해 둥근 잎들이 마치 꿀을 바른 듯 윤이 났다. 사방에서 들려오는 잎 두들기는 빗소리, 멀리 새 우는 소리, 아직 입안에 남아 있는 오이향. 체와 대니는 먼 훗날 누군가 발견하게 될 산의 비밀을 상상하며 나무 아래 씨앗을 심었다. 체는 거짓말하는 사람이 아니었으므로 그녀가 하는 말은 모두 진실이었을 테지만 앙헬은 체가 꾸며낸 이야기를 듣는 것 같았다. 체는 탁월한 이야기꾼처럼 그때 그 풍경을 실감나게 묘사했다. 앙헬은 이야기 항아리에 물을 채우듯 체의 빈 잔을 채워주며 뭐라도 먹으면서 마시라고 했지만 체는 고개를 저으며 아무것도 먹고 싶지 않다고 했다.

제22회 이효석문학상
우수작품상 수상작

만나게 되면 알게 될 거야

박솔뫼

2009년 작품 활동을 시작한 이후 여러 편의 소설집과 장편소설을 출간했다. 소설집 《그럼 무얼 부르지》, 《겨울의 눈빛》, 《사랑하는 개》, 《우리의 사람들》, 장편소설 《을》, 《백 행을 쓰고 싶다》, 《도시의 시간》, 《머리부터 천천히》, 《인터내셔널의 밤》, 《고요함 동물》, 《미래 산책 연습》이 있다.

콧물은 코에서 나오는 물인데 추울 때 코에서 흘러나온다. 울 때 마구 울 때 매운 것을 먹을 때에도 코에서는 물이 나온다. 콧물은 손이나 휴지 손수건으로 닦아줘야 한다. 안 그러면 콧물은 입까지 흘러내려온다. 추울 때 흐르는 콧물을 그대로 두면 차가워진 콧물이 얼굴을 더 차갑게 만든다. 추울 때 눈물을 흘리면 눈이 따가워지고 눈물이 지나간 길은 차가워진다. 콧물은 코에서 나오는 물이고 코는 얼굴에 있다. 코 위에는 눈이 있고 서원이의 눈에서는 눈물이 흐르고 그렇게 서원이는 조용한 골목 건물 계단 앞에 앉아 있다. 한참을 울다가 고개를 들었을 때 맞은편에서 천사가 서원이를 향해 다가왔다. 천사는 서원이에게 손을 내밀어 서원이의 눈물을 닦아주었다. 그리고 콧물을 닦아주었다.

서원이는 아직 죽지 않았다는 것을 알았다. 눈물이 나서 울었을 뿐이었다. 그런데 천사가 나타났다. 보는 순간 천사라고 생각했지만 천사가 아닐 수도 있을 것이다. 하지만 다른 가능성은 생각나지 않았고 서원이는 그를 천사로 받아들였다. 천사의 이름은 쌀이라고 했다. 그런데 왜 이름이 쌀인가요? 저는 쌀처럼 희고 성격은 쌀쌀맞은 면이 있기 때문입니다. 쌀이는 정말 쌀처럼 희고 키가 크고 긴 손가락을 가지고 있었다. 너무나 예뻤기 때문에 서원이는 그를 본 순간 천사라고 생각했다. 쌀이는 추운 날씨에 회색 반팔 티셔츠에 블랙 진 그리고 짙은 푸른색의 섀미 블루종을 입고 있었다. 전혀 추워 보이지 않았다. 쌀이는 천천히 서원이에게 다가와 서원이의 머리를 귀 뒤로 넘겨주고 눈물을 닦아주었다. 콧물도 닦아주었다. 닦은 콧물은 바지에 문질렀다. 이것을 어느 하루라고 생각하면 그 전날 있었던 일은 무엇인가. 아니다. 그것이 아니라 콧물을 기준으로 그 위에서 일어난 일 그러니까 코에서 일어난 일을 떠올려보자. 그것은 작년의 일이었다. 서원이의 집에 여름부터 기정이가 살게 되었다. 기정이는 서울 근교에 마당이 넓고 방이 여러 개인 집을 가지고 있었는데 어려운 상황에 처한 친구 두 사람이 있을 곳이 없어서 기정이는 자신의 집에 잠시 머무르라고 하였다. 기정이는 두 친구가 잠시 머무를 것이라 생각하여 서울의 작업실에서 잠을 자고 일을 하였다. 친구들은 서울에 있을 곳이 없어 떠도는 중이었다. 어쩌면 도주 중일지도 몰랐다. 그렇다면 무엇이 필요한가. 두 사람이 결혼하여 서류를 내고 그것이 통과된다면 두 사람은 서울에서 살 수 있을 것이다. 그런데 떠도는 사람들은 떠돌고 있다는 상태 무언가로부터 도주 중이라는 현재 상태 그 이상의 것을 생각하기가 어려웠고 그 이상을 생각하고자 하여도 그렇다 결혼이다!라고 결심할 수가 없었다. 그러한 결심까지 나아가는 데 시간이 필요했고 그 시간을 쓰기 위해 기정이의 집에서 살았다. 하지만 어쩐지 정해진 방식으로 해결하는 것에 용기가 나지도 않았고 기껍지도 않았고 도주 중이라는 두 사람의 상황은 밥을 하고 밥을 먹는 눈앞의 일을 강하게 의식하며 그 일에만 집중하게 하였다. 그런 식으로 두 사람의 현재가 지속되었다. 기정이는 상황이 어려운 두 친구에게 나가달라는 이야기를 꺼내지 않았고 그런 식으로 자연스럽게 머물 곳이 없어졌다. 한 달을 두 달을 사무실이자 작업실인 공간에서 버티다 서원이네서 하루이틀 잠을 자기 시작했다. 서원이는 기정이에게 사랑을 달라고 하였다. 나를 계속 보고 돌봐줘. 나를 자랑스럽게 여기고 비밀스럽게 생각해줘. 두 손을 잡고 거리로 나가고 친구들에게 나를 알려줘. 그런데 동시에 우리끼리만 아는 비밀을 많이 만들어야 해. 기정이는 왜 이렇게 나이가 많을까? 아주 많은 것은 아니지만 서원이보다 많았고 모든 것을 하하하 웃으며 여유롭게 넘기고자 하였다. 당장 집으로 돌아가지 못하는데도 왜인지 여유가 많았지만 사실 정신 한구석은 코너에 몰린 기정이는 서원이의 집에서 함께 살았다. 하지만 어쩌면 실제로는 보이는 것처럼 정말로 여유가 넘치는 것이 맞을지도 몰랐다.

기정이의 두 친구는 휴대폰도 꺼두고 매일 자연을 관찰한다. 감을 따서 씻어서 나눠 먹고 나뭇가지 풀잎들 예쁜 것을 서로에게 보여주며 산새처럼 사랑을 노래한다. 친구들은 참새 같고 딱새 같다. 예쁘고 작은 존재가 되어 날아다니듯 가볍게 걸으며 고운 소리를 낸다. 아침에 산책을 하고 숲에서 산새의 소리를 듣고 서로 따라 하며 들려준다. 두 사람은 말이 잘 통하지 않는데 그래서 웃으며 산새 소리 같은 것을 따라 하고 영어와 한국어를 섞어서 말한다. 서원이와 기정이는 기정이가 운전하는 차를 타고 기정이의 집으로 갔다. 친구 둘은 환하게 웃으며 기정이와 서원이를 맞이했다. 친구들의 환한 웃음과 조금도 거리끼지 않는 태도에 서원이와 기정이는 다소 어이없는 표정을 일 초쯤 하였지만 곧 웃으며 이미 집주인처럼 되어버린 친구들의 안내에 따라 방으로 들어갔다. 거실 테이블 위에는 감잎과 감이 놓여 있었다. 네 사람은 앉아서 차를 마시다가 기정이가 만들어주는 국수를 나눠 먹었다.

기정: 너희들 결혼을 하는 것이 어때?
친구1: 결혼?

친구1은 서원이를 보고 웃으며 손가락으로 서원이와 기정이를 가리켰다. 서원이는 그 당시는 왜인지 웃음이 났다.

서원: 아니. 아니야.
기정: 아니.

기정이는 손으로 친구 두 사람을 가리켰다. 매러지. 웨딩. 둘이 결혼하라고. 가볍고 직접적인 권유에 두 사람은 무의식 속에 감춰둔 아니 감춰뒀다기보다 알고 있었지만 바닷물에 담그지 못한 발을 떠올리게 되었다. 양말을 벗어보자. 아니 그전에 신발을 벗어야지. 기정이는 어떻게 결혼을 하면 되는지 무엇을 하면 되는지 알려준다. 왜냐면 기정이는 결혼을 이미 두 번 해보았기 때문이다. 물론 이곳의 국적을 가진 친구2도 당연히 알고 있었고 이미 여러 차례 절차를 알아보고 준비한 뒤였다. 친구2는 그러나 왜인지 쉽게 신발을 벗을 마음을 못 먹고 있다가 기정이가 그냥 결혼을 하라고 하자 그래 그래버리자라고 그제야 순순히 마음을 먹고 친구1과 결혼을 하러 갔다. 서원이는 친구2가 기정이의 전 부인인지 그것에 관해 들은 이야기는 아무것도 없었지만 그 순간은 왠지 그런 것 같다는 생각이 들어 무척 슬퍼졌다. 울려고 하지 않았지만 눈물이 나왔다. 방석을 베고 누워서 울었는데 방석에 눈물 자국 콧물 자국이 남았다. 서원이는 방석으로 콧물을 닦고 고개를 들었다. 그사이 기정이는 차를 타고 장을 보고 와 사온 재료로 저녁을 준비했다. 이 집은 다시 기정이의 집이 될 것이다. 서원이의 집은 서원이의 집 이곳은 기정이의 집 그러나 서원이는 두 곳 다 자신의 집이라고 마음속으로 외친다. 그것이 서원이의 진심이고 생각이다. 양파를 썰던 기정이가 뒤를 돌아보았는데 서원이의 코가 검은 재가 묻은 것처럼 까맸다. 기정이가 그것을 알려주려고 할 때 막 결혼을 위한 절차를 진행한 두 사람이 돌아왔다. 두 사람은 손을 잡고 잡은 손을 흔들며 집으로 들어왔다. 손에는 붕어빵 봉투가 있었다. 네 사람은 붕어빵을 먹었다. 친구1이 말없이 서원이의 코를 닦았다.

뭐가 묻은 거지?

서원이는 화장실에 가서 코에 묻은 재를 닦았다. 거의 없어졌지만 완전히 없어지지는 않았다. 어디서 묻은 걸까. 아마 방석에서 묻었나봐 생각하며 화장실을 나와 남은 붕어빵을 먹고 때마침 다 만들어진 저녁을 함께 먹었다. 닭볶음과 계란국이었다. 친구2는 결혼이라는 현실적인 절차를 마쳤기 때문인지 여전히 산새 소리는 내지만 다소 정리된 목소리로 나머지 처리할 일을 마치고 함께 고향인 제천으로 가겠다고 하였다. 짐은 다음 주 안으로 정리하겠다고 그간 정말 고마웠다고 말했다.

어, 더 있어도 되는데.

기정이는 정말로 여유 있게 말했다. 서원이의 코에 재가 묻은 것과는 별로 상관이 없을 테지만 모든 음식의 냄새가 강도를 높여 선명하고 분명하게 다가왔다. 서원이는 집 안에 떠도는 닭볶음 냄새를 깊은 심호흡을 통해 감상하고 즐겼다. 그것이 서원이의 코에서 일어난 일이었다.

콧물이 떨어지면 입술로 흐르는데 콧물 아래 입술에서 벌어진 일은 다음과 같다. 그것은 코에서 벌어진 일보다 훨씬 더 전의 일이다. 일을 마치고 돌아온 서원이는 씻고 나와 쉬면서 장을 보러 가야겠다고 생각했다. 빵을 먹으면서 빵이 떨어져서 사와야겠다고 생각했는데 피곤해서인지 며칠 전부터 부르튼 입술에서 피가 번져 빵에 묻었다. 피 묻은 빵을 먹었지만 빵에서 피맛이 나는 것은 아니었다. 이미 입술에서 배어나온 피를 맛보고 있었기 때문에 구분할 수 없었다. 빵을 먹다 말고 부르튼 윗입술을 가볍게 물고 피를 빨다가 피가 어느 정도 멎은 것 같아 바셀린을 입술에 바르고 머리를 침대 위에 누이고 팔을 양쪽으로 편 상태로 다리도 넓게 벌리고 눈을 감은 채로 몸속을 흐르는 피를 생각했다. 피는 기차처럼 혈관을 따라 움직인다. 그것을 그림으로 그린다면 서원이의 몸은 온통 쉬지 않는 철도가 되고 기차에는 아마도 손님이 꽉 차 있을 것이다. 서원이의 입술로 빠져나온 손님들 어디로 가고 싶으신가요? 바셀린에 섞여 굳어가는 손님들 객실을 이탈한 손님들 기차는 많은 사람들을 실어 나르는데 모두 도착지를 아는 것은 아니다. 하지만 어딘가로 도착해 갈 곳을 향해 나아가는 손님들을 떠올리는 것은 슬프고도 기쁘고 애처로운 일이었다. 그들이 바르셀로나에 포르투에 갈 수는 없겠지. 아니다. 서원이가 낯선 바닷가로 갈 때 서원이의 피들도 함께할 것이다. 서원이는 피가 멎자 피 묻은 남은 빵을 다 먹고 빵을 사러 나갔다. 그것은 기정이와 함께 살던 여름보다 훨씬 전 기정이를 만나기도 전의 일이었다.

여름이 지나 기정이는 자신의 집으로 돌아가고 서원이와 기정이는 가끔 기정이의 작업실에서 커피를 마셨다. 기정이에게 사랑을 받을 수 없다는 것이 서원이를 괴롭게 해서 슬퍼서 우는 날이 많았지만 (그렇다 그것이 서원이의 눈에서 벌어진 일!) 기정이가 자신의 집으로 돌아가고 작업실에서만 만나자 왜인지 또 별생각이 없어졌다. 왜 작업실에서 보는 기정이는 더 늙어 보일까? 모르겠다! 두 사람은 커피를 마시고 기정이는 친구들의 일이 다 해결이 되었다고 했다. 다 잘되었어. 제천이 마음에 든대. 이제 기정이는 자기 이야기를 하기 시작하였는데 원래 아이가 없는 줄 알았는데 알고 보니 첫 번째 부인과 두 번째 부인 사이에 만난 여자가 아이를 기르고 있었다고 하였다. 그 아이를 기를 거야.

지금 사는 그 집에서?
응. 운전을 하면 되니까.
그러면 결혼을 또 하는 거야?
아니 그 사람은 아파서 아이를 돌보기가 힘들어서 내가 돌보는 거야.
아이는 몇 살인데?

기정이가 돌보게 될 아이는 열세 살이었고 기정이와 그 여자가 만나기도 전에 태어난 것이었다. 그러면 너의 정자로 만들어진 아이가 아니란 말이지? 그렇지. 기정이는 자신의 정자로 만들어진 아이가 아니기 때문에 그 아이에게 막연한 사랑만 생긴다고 하였다. 그래서 더 존중하고 돌볼 수 있을 것이라고 했다. 그것은 기정이의 정자에게 일어난 일은 아니군요. 기정이는 일을 하고 주말에는 여자의 병원에 가서 여자를 돌보고 평일에는 아이를 학교에 보내고 일을 하고 아이의 수업이 끝나면 다시 차를 타고 아이와 함께 집으로 돌아왔다. 그러면서도 시간이 날 때마다 병원으로 가 여자를 돌보았다. 서원이는 한동안 기정이를 만나지 않고 일을 하고 집에서 혼자 밥을 먹었다. 가끔 영화를 보러 외출을 했고 시장을 구경했다. 왜인지 기정이가 기르는 그 아이를 생각하면 마음이 이상해졌다. 아 어쩌면 내가 낳아서 어딘가에 둔 아이가 아닐까 나에게 그런 일이 사실 있었던 것 아닐까 하는 생각에 그 아이를 보러 갈 수가 없었다. 서원이의 자궁에서 그런 일은 벌어지지 않았지만 그 아이를 만나는 것을 떠올리면 왜인지 어려운 기분이 되었다. 그러나 그 아이는 사람이다. 한 명의 사람으로 생각하면 된다. 혈관을 달리는 기차를 몸에 가지고 매일 물을 마시고 밥을 먹는 사람이자 또한 주민등록표에 기록된 한 사람의 시민이다. 서원이는 그렇게 생각하기로 하였다. 그러자 한 명의 사람으로 그 아이를 대할 수 있을 것 같았다. 그 아이는 기정이의 일이 끝나기를 기다리며 작업실 소파에 앉아 신문을 보고 있었다. 그 아이는 경제신문을 보며 세상이 어떻게 돌아가는지를 살펴보고 있다고 하였다.

신문을 읽어요?

재미있어요. 신문 보는 거.

뭔가 알게 되면 알려주세요.

제가 알려드릴 테니 꼭 잘 들어주세요.

그 아이의 이름은 그러니까 그 사람의 이름은 준우라고 했다. 준우는 서원이를 잘 따랐고 서원이는 실제의 준우를 만나자 그가 자신의 아들이 아니라는 것을 확실히 이해했다. 기정이는 준우의 엄마와 결혼을 결심하였으나 준우의 엄마는 그것을 원치 않는다고 하였다. 서원이는 이전처럼 기정이의 사랑을 원하는지 자신은 없지만 아직 그런 것도 같았다. 그렇게 서로가 원하는 것이 달랐고 준우는 무엇을 원하는지 알 수 없었지만 네 사람은 각자의 현실을 열심히 살아갔다. 그것은 매일 밥을 잘 먹고 소화를 잘 시키고 잠을 잘 자는 것이었다. 내일 먹을 밥을 생각하며 잠이 드는 것이었다. 서원이는 온갖 곳을 돌아다니고 또 걸어다니며 이곳에 살면 어떨까 저곳에 살면 어떨까 생각했다. 겉으로 보면 이것을 산책이라고 할 수 있다. 여기저기 멀리 다니는 것은 아니었다. 그런 일들을 하며 하루하루를 보냈다. 어느덧 한 해가 저물어 크리스마스가 되었다. 준우는 자신이 사는 곳으로 서원이를 초대했다. 몇 개월 전 서원이는 그곳에서 이제 막 결혼을 결심한 두 사람을 보았는데 몇 번 안 가보았지만 그때 이 집이 자신의 집이라고 한순간 마음먹었던 것을 기억했다. 준우는 이제 그곳을 자신의 집이라고 말했다.

아. 나는 일이 있어서 못 갈 것 같아.

나는 서원이가 왔으면 좋겠어요.

서원이와 준우는 기정이의 작업실에서 기정이를 기다리며 창밖을 바라보았는데 오래된 상가 근처에는 아무도 오가지 않고 가끔 한두 명만이 수레를 끌며 지나갔고 그러다 또 한 명이 커피가 담겼을 종이컵을 들고 지나갔다.

내년에 만나자. 내년에 중학교 가는 거지?

네.

그럼 곧 열네 살이 되는 건가?

아니요. 저 사실 열네 살이에요. 내년에는 열다섯 살이 돼요.

준우는 서원이의 옆으로 다가와 할 말이 있는 것처럼 팔꿈치를 손으로 꼭 붙잡았다. 서원이는 소리를 내지 않고 팔꿈치가 수축되는 감각을 맛보았다. 그것을 매 순간 의식하며 준우의 왼 손가락들 사이에 놓인 오른쪽 팔꿈치를 관찰하였다.

그러면 새해에는 꼭 오세요.

준우는 그 말을 하고 팔꿈치를 놓았다. 서원이의 팔꿈치에 무슨 일이 일어났다고 할 만한 것은 최근 몇 년간 이것이 처음이었다.

서원이는 연말부터 회사에 일이 없어서 한가했지만 기정이를 만나러 가지는 않았고 이곳에 살면 어떨까 저 골목에는 뭐가 있나 골똘히 생각하느라 이곳저곳을 걸으며 시간을 보냈다. 크리스마스에는 집에서 청소를 하고 빨래방에서 이불을 돌렸다. 그러고는 또 밖으로 나와 걸어서 명동성당까지 갔다. 명동성당 안으로 들어가지는 않고 명동성당이 보이는 근처 건물 옥상으로 올라가 성당을 보며 기도를 하였다. 저를 보살피시는 신이시여. 감사의 인사를 드리옵나이다. 한 해가 저물어가고 고요한 시간을 보낼 수 있음에 더욱 깊은 감사를 드립니다. 저는 사랑을 만나 그것이 저의 눈앞에서 실현됨을 보게 되기를 원하옵나이다. 당신의 이름을 받들어 기도드립니다. 아멘. 추운 겨울 꽉 맞댄 두 손은 손톱과 손가락 끝만 하얗게 변해 있었고 손등과 손목은 군데군데 붉었다. 그리고 빵을 사서 배낭에 넣고 또 조금 걷다가 집에 돌아와서 유자차를 마셨다. 청소를 마저 하다가 세탁을 마친 이불에서 잠이 들었다. 다음날 서원이는 뉴스에서 새해까지 한파가 지속될 것이라는 예보를 보았다. 눈은 오지 않는다!

서원이는 떡을 데워서 먹고 유자차도 타 먹고 배낭에 책과 지갑을 챙겨 따뜻하게 입고 밖으로 나가 걸었다. 평소 산책하던 방향과 반대 방향으로 가 한참을 걷다가 떡만둣국을 사 먹고 나와 또 한참을 걷다 보이는 호텔로 들어가 이틀을 결제하고 열쇠를 받아 방으로 올라갔다. 서원이는 배낭을 멘 채로 창으로 가 창에 손을 갖다 댔다. 손가락 끝이 차가웠다. 가운으로 갈아입은 서원이는 침대로 가 가져온 책을 펼쳤다.

아직 써야 할 것이 많은 나이에 세상을 떠난 저자는 죽음과 함께 영원한 신화의 자리에……

　　서원이는 이 책을 자주 읽고 좋아했는데 이전까지는 아무렇지 않게 넘어갔던 이 구절이 새롭게 읽히기 시작했다. 누군가에게는 죽어도 다른 스테이지가 있을지도 모른다는 생각이 들었다. 이 작가는 죽고 나서 죽은 사람들이 사는 세계에서 신작을 발표하였다. 그의 신작은 죽은 사람들이 읽을 수 있다. 장콕토가 리처드 브라우티건이 앤 무어가 그의 신작을 읽고 새롭게 등장한 이 신인 작가에게 열광하였다. 그는 그들과 친구가 되었다. 거기서도 소설의 왕이 되었고 그곳에서야말로 영원한 신화의 자리에 오르게 되었다. 서원이는 죽은 사람들만 이 사람의 신작을 읽을 수 있다는 것을 알았다. 이런 일로 죽을 수는 없다. 그러나 서원이가 예전에 책에서 본 열광적이고 열정적인 옛날 사람들은 몸을 깨끗이 씻고 제일 아끼는 옷을 입고 이 작가의 신작을 읽기 위해 독을 먹을 수도 있을 것 같았다. 삼키는 순간 깨닫겠지. 이렇게 하지 않아도 언젠가는 죽는다는 것을 말이다. 서원이는 전화가 울렸지만 받지 않았고 아예 휴대폰을 호텔 침대에 두고 옷을 갈아입고 나가 호빵 한 봉지와 1.5리터 우유와 인스턴트커피 한 상자를 사서 돌아왔다. 커피포트를 씻고 물을 채워 끓이고 챙겨온 나무젓가락을 커피포트 위에 올리고 그 위에 호빵을 얹고 데워서 우유와 먹었다. 죽은 작가들의 세계는 너무나 치열하다. 그러나 그곳에서도 완전히 죽어서 더 이상 문학의 세계와 그곳에서 벌어지는 일에 관여하지 않겠다고 선언한 작가들도 있다. 셰익스피어 같은 사람. 그런데 죽은 지 얼마 안 된 사람들은 좀 더 해보고 싶을 것이다. 왜냐면 죽은 작가들은 살아 있는 작가들과 비슷한 일을 반복할 것이기 때문이다. 소설을 읽고 시시하다 생각하며 비웃고 반면 어떤 소설은 너무나 사랑하게 될 것이기 때문이다.

텔레비전을 보다 호빵과 우유를 더 먹고 커피도 마시고 씻고 잠이 들었다. 한파가 지나가고 새해가 되면 또다시 새로운 해라는 하루하루를 눈을 똑바로 쳐다보며 살아갈 것이기 때문이다. 마치 준우가 팔꿈치를 붙잡고 놓아주지 않았을 때 자신의 팔꿈치에 생긴 일이 어떤 것인지 목과 어깨와 등까지 집중해서 느꼈던 것처럼 말이다. 다음 날은 그 전날 먹었던 식당에서 떡만둣국을 먹고 호텔 근처를 산책하다가 돌아왔다. 돌아오며 저녁에 먹을 김밥과 함께 붕어빵을 샀다. 호텔 침대 위에서 붕어빵과 남은 우유를 먹고 어제 읽던 책을 마저 읽었다. 서원이는 엊그제 명동성당을 향해 기도했던 것을 떠올리며 그때처럼 손을 모으고 창 앞에 섰다. 해가 지고 있는 것이 마치 해가 떠오르는 것처럼 보였다.

새해가 되면 열다섯 살이 돼요. 준우와 서원이는 새해에 보기로 했지만 준우는 해가 바뀌기 하루 전 서원이를 보러 왔다.

성이 서이고 이름이 원이에요?

조금 늦게 물어보는 것 아니니?

서원이는 성이 따로 있고 이름이 서원이라고 말하면서도 성이 무엇인지 알려주지 않았다. 준우는 매일 신문을 읽고 도서관에서 책을 읽고 필요한 강의를 듣는다고 하였다.

나중에 정말로 알고 싶은 것이 생기면 저에게 물어봐주세요.

그 이야기를 듣자 왠지 서원이는 사주를 봐야겠다고 별자리의 움직임을 물으러 길을 떠나야겠다고 생각했다. 그것들은 과거를 통해 현재의 자신을 진단하고 미래를 알려줄 것이다. 그리고 서원이는 필요할 때 기도를 한다. 선운사에도 갈 것이다. 명동성당은 자주 가도 좋았고 그 외에도 들르는 성당들이 있었다. 그런데 준우에게는 무엇을 물어봐야 하지? 서원이와 준우는 서원이가 포장해온 피자를 먹고 진한 커피를 마셨다. 이런 걸 벌써 마셔도 되나. 그러나 준우는 서원이가 마시는 것을 그대로 달라고 하였다. 두 사람은 그렇게 느긋한 시간을 보냈다. 마음이 평화로웠고 더 이상 원하는 것이 없다고 서원이는 잠시 생각했다. 저녁이 되어 기정이가 준우를 데리러 왔을 때 준우는 서원이의 양어깨에 가볍게 손을 얹고 서원이의 눈을 바라보며 다시 말했다. 저에게 꼭 물어봐주세요. 힘든 일을 저에게 해달라고 부탁해주세요. 눈은 투명하고 마주한 눈은 다시 돌이킬 수 없다. 이것이 서원이의 어깨에서 일어난 일이자 서원이의 눈에서 벌어진 일이며 마음에서 벌어진 일.

새해가 되고 얼마 안 지나 준우의 엄마는 돌아가셨다. 서원이는 열다섯이 된 준우를 기정이의 집이 아니라 장례식장에서 만나게 되었다. 기정이는 준우의 엄마와 결혼하지 못했다. 준우는 기정이의 집이 아닌 친척집에서 성인이 될 때까지 살기로 정해졌다. 서원이는 이제 기정이에게 사랑을 원하지 않는다. 어째서 이 사람에게 사랑을 구했지? 그러나 두 사람은 가끔 만나서 준우의 이야기를 했고 기정이는 이제 개를 키우게 되어서 서원이는 기정이네 개를 보러 갔다. 서원이는 형광 노랑 패딩을 입은 희고 큰 개를 산책시켰다. 털이 많은 털쟁이야 너는 많이 춥니? 구정이 지나고 준우가 기정이네에 놀러 와서 세 사람은 함께 저녁을 먹었다. 3월이 되면 준우는 이제 큰아버지가 사는 거제로 간다고 하였다. 거기에서 중학교를 다닐 것이라고 했다. 준우와 서원이는 개를 데리고 산책을 갔다.

거제면 부산이랑 가깝잖아.
맞아요.
건강히 잘 지내.
곧 다시 만나게 될 거예요.
대학생이 되면?
아니요!
방학 때?

200

곧 다시 곧이요.

개가 갑자기 뛰어가고 두 사람도 따라서 뛰었다. 서원이는 준우
에게 물어야 할 것이 무엇인지 갑자기 떠올랐다. 그런데 숨이 차서
물을 수가 없었다.

3월이 되고 서원이는 바빠진 회사일을 하느라 이곳저곳 돌아다
닐 수 없었다. 가끔 점심 대신 두유를 마시며 나뭇잎을 바라보았다.
현재라는 것을 실감할 수 없는 시간들이 빠르게 지났고 가끔 사람들
을 만나고 돌아오는 길은 괴롭고 쓸쓸했다. 왜 어떤 때는 달려 나갈
수 있고 어떤 때는 숨고 싶기만 한가요? 서원이는 몇 가지 질문들을
가슴에 품고 시간을 보내게 되었다. 그사이 기정이는 다리를 다쳐 서
원이가 다니는 회사 근처 병원에 입원했다. 서원이는 가끔 문병을 갔
다. 기정이의 옆 침대에는 기정이처럼 다리를 다친 초등학교 남교사
가 입원해 있었다. 그는 얼굴도 희미한 느낌에 조용한 사람이었는데
보호자인 누나는 웃는 얼굴에 활발한 사람이라 금세 기정이와도 서
원이와도 편하게 이야기를 나누게 되었다. 초여름의 병원 화단은 아
름다웠으며 서원이는 병원 식당에서 밥을 먹고 기정이를 보고 산책
을 하고 걸어서 집으로 돌아왔다. 술을 마시다 알게 된 친구의 친구
와 몇 번 만나고 함께 지내다가 너는 무서운데 이상하게 지루하다는
이야기를 들었다. 서원이는 눈물이 조금 났다. 그래서 병원 화단에서
산책을 하다 또 울었다. 기정이 옆 침대의 보호자는 화단에서 서원이

를 보고 자두를 나누어주었다. 병실로 돌아가는 길에는 커피도 사주었다. 어느샌가 두 사람은 연락을 주고받게 되었고 그리고 며칠 후 서원이의 집으로 대저 토마토가 배달되었다. 서원이는 토마토를 먹으며 이미 퇴원한 기정이의 옆 침대 남자와 남자의 누나이자 보호자인 에너지가 넘치는 웃는 얼굴의 여성분을 떠올렸다. 그 여성분이 기정이와 함께 살게 된 분인데 서원이는 두 사람은 곧 결혼하게 되고 그 결혼은 아마도 기정이의 마지막 결혼이 되지 않을까 하는 강력한 예감이 들었다. 여성분에게는 아들이 있었고 얼마 전까지만 해도 준우가 함께 살던 기정이의 집에는 기정이와 여성분과 그의 아들 그리고 개가 함께 살게 되었다. 그 아이는 이제 다섯 살이었고 서원이는 당연히도 그 아이에게는 이 아이가 자신의 아들일까 하는 의심은 전혀 갖지 않았다.

서원이는 수박을 좋아하는데 바빴지만 여름이 가기 전 그래도 수박을 많이 먹었다. 냉면도 먹었다. 운전 연수를 받게 되었고 중고차를 샀고 여전히 자주 걷지만 이제는 차를 타고 나는 어디서 살아야 할까를 생각하며 시간을 보내기도 하였다. 차를 가지고 부산까지 운전을 해서 갔는데 가면서 무서웠고 이제 날씨는 쌀쌀해지고 초겨울로 접어들고 있었으나 막상 부산에 도착하니 양지에 있으면 등이 따뜻했다. 그런데 바닷바람은 거세고 차가웠다. 서원이는 준우에게 연락을 하였지만 번호가 바뀌어 있었다. 그리고 보니 기정이도 준우와 연락이 되지 않는다고 하였다. 서원이는 준우에게 일어난 일들을 그제야 천천히 더듬어보게 되었다. 연락이 된다고 하여도 준우는 기정이의 아들이 다시는 될 수 없다. 될 수 있을까? 서원이는 그런 일까지 생각하기 시작하면 모든 것이 너무 어렵게 느껴졌다. 우리에게서 일어나는 일 자신의 머리카락과 이마 눈썹과 피 눈물과 피부에서 일어나는 일들을 생각한다는 것이 마치 바람의 흐름을 살피고 구름과 별의 움직임을 생각하는 일처럼 중요하였고 서원이는 자신과 주변의 일들을 하나씩 천천히 생각했다. 차를 주차하고 호텔에서 열쇠를 받아 엘리베이터를 타고 객실로 향했다. 준우를 알게 된 그때부터 지금까지 서원이가 준우에게 물어보고 싶은 것은 두 가지였다. 1. 사랑은 어느 때 나에게 찾아오고 나는 그것을 두 손으로 움켜쥘 수 있는가. 2. 나에게 일어났는지 아닌지 알 수 없었던 일들이 어느 날 나를 찾아오면 그것은 무엇이라고 이해하여야 하는가. 서원이는 해가 지는 창을 향해 서서 다시 두 손을 모으고 눈을 감았다. 이제 그것을 대답해줄 준우와는 만날 수가 없다.

부산에서는 매 끼니 미역국을 사 먹었고 시내 운전을 할 때는 무서워서 진짜로 울었다. 울면서 욕하며 운전하는 서원이는 어깨가 너무 아파 하루 만에 몸살이 나서 마사지를 받았다. 그리고 팥이 든 도넛과 우유를 저녁으로 먹고 다음 날 새벽에 일어나 남은 도넛과 우유를 아침으로 먹고 커피를 마시고 서울로 출발하였다.

다시 기억나지 않는 며칠과 주말과 몇 주가 흘렀다. 서원이에게 일어난 일은 운전이 능숙해지고 스트레칭으로 어깨 근육이 유연해진 것이었다. 서원이는 개가 없다. 개와 산책할 수 없었는데 그것에 대해 아무런 생각이 없다가 한강을 따라 걸으며 기정이네 개와 준우를 떠올렸다. 거제까지 가보아도 좋았을 것이다. 갈 수 있다. 정말로 이제는 가볼 수 있다고 그러나 동시에 왜 그때 부산에서 거제로 향하지 않았던 것인지 깊이 후회하며 집으로 돌아왔다. 서원이는 차에 개를 태울 수 있고 이제는 사람을 태우고 그곳으로 가자고 말할 수 있다. 좀 더 큰 곳으로 이사를 간다면 너희들과 개가 이곳에서 살아도 좋다고 (아니 그것은 기정이가 친구1, 2에게 한 말인데) 말할 수 있으며 너희가 아니라 너에게 누군지 모를 너에게 너는 내 옆에 있어도 좋다고 말할 수 있다. 그런 생각을 하며 한강에서 걸어서 집으로 돌아왔다. 크리스마스에는 어김없이 집에서 청소를 하였으며 크리스마스가 지나고 명동성당 근처 건물 옥상으로 가서 성당을 바라보며 기도를 하였다. 옥상 바닥에 둔 바닐라라테에서는 커피의 김이 올라왔고 해는 지고 있었고 서원이는 주황색 황혼이 아름답다고 느꼈다. 많은 건물들이 보이고 그것은 각자의 자리에 서 있고 어떤 것은 오래되었고 어떤 것은 오래되지 않았다. 옛날은 생각보다 멀지 않고 사람들은 오래오래 산다. 그러나 이제 준우를 만날 수 없을 것이다. 서원이는 주황색 지는 해 속에서 성당을 바라보며 그것을 깨달았다. 준우는 나에게 세상이 어떻게 돌아가는지와 자신이 생각하는 해결 방법과 지혜를 알려주고자 하였으나 이제 그럴 수는 없을 것이다. 그와 함께 준우에게 물어보고 싶었던 것들도 이제는 알고 싶지 않아졌다는 것도 깨달았다. 성당 계단의 비둘기들이 일제히 날아올랐고 처음부터 준우는 서원이의 아들이 아니었고 이제 누구의 아들도 아니다. 그러면 그는 누구인가. 만날 수 없게된 사람을 언제 어떻게 곧 다시 곧 만나게 되는 것일까? 서원이는 아무것도 알 수가 없었다.

옥상에서 바닐라라테를 다 마신 서원이는 오늘은 날이 별로 춥지 않다고 생각했다. 기도를 할 때 꽉 쥔 손톱과 손가락 끝은 하얗게 변해 있고 삼킨 커피는 천천히 몸 구석구석으로 퍼진다. 그것은 피처럼 기차가 되어 서원이의 몸 구석구석으로 나아가며 도착지는 같기도 하고 다르기도 하다. 계단을 내려올 때 서원이는 그럼에도 거제에 가 보아야겠다고 생각했다. 성당 근처 건물에서 나와 좀 더 걸었다. 시청역 근처 어느 조용한 골목에서 서원이는 앉아서 쉬었다. 오래 걸은 것은 아니었지만 앉고 싶다는 생각이 들었고 왜 우는지 알 수 없었지만 눈물이 나왔다. 하지만 서원이는 스스로도 그럴 수 있다는 것을 알았다. 눈물을 흘릴 수 있고 슬프고 막연했다고 말할 수 있으며 이것으로 심판을 받거나 놀림거리가 될 필요가 없다는 것을 말이다. 고개를 들어 앞을 바라보았을 때 맞은편 담 위에서 천사가 내려와 서원이에게 다가왔다. 천사는 긴 손가락을 서원이에게 뻗어 서원이의 눈물을 닦아주고 콧물을 닦아주었다. 천사는 엄지손가락과 검지손가락으로 서원이의 코를 닦고 콧물을 바지에 닦았다. 서원이는 고개를 들어 자신에게 다가온 이를 바라보았다.

누구신가요?

저는 쌀입니다.

쌀이라고요?

서원이는 자신의 콧물을 닦아준 이 자가 천사이자 자신이 어느 시기 찾아 헤맸던 사랑임을 그 순간 알아차리게 되었다. 서원이는 몸을 일으켜 양손으로 쌀이의 팔꿈치를 움켜쥐었다. 그리고 준우가 자신의 팔꿈치를 움켜쥐었던 일이 다른 방식으로 반복됨을 완전히 이해하게 되었다. 고개를 들어 쌀이의 눈을 바라보았고 마주친 눈은 돌이킬 수 없다. 쌀은 자신의 팔꿈치를 잡은 서원이의 손을 부드럽게 풀고 서원이의 어깨에 가볍게 손을 올렸다.

저에게 궁금한 것을 물어보아도 좋아요. 내가 누구인지 어디서 살고 있는지 당신에게 무슨 일이 벌어질지 말이에요.

아니요. 저는 아무것도 궁금한 것이 없어요.

서원이는 자신의 사랑을 만나자 궁금한 것이 사라졌다. 그와 동시에 모든 사랑은 언제나 늦게 찾아오며 이미 시작되어 있다는 것, 이미 시작되었고 다른 세계에서 찾아온다는 것을, 또한 사랑은 어긋나며 어긋난 대로 반복된다는 것을 깊이 이해해버리고 말았다. 그것이 서원이가 사랑을 만나고 알게 된 것이며 서원이의 콧물에서 벌어진 일이자 서원이의 몸과 마음에서 일어난 일이었다.

아가씨 유정도 하지

|

은희경

©이승환

1995년 동아일보 신춘문예에 중편소설 〈이중주〉가 당선되어 등단했다. 소설집 《타인에게 말 걸기》, 《행복한 사람은 시계를 보지 않는다》, 《상속》, 《아름다움이 나를 멸시한다》, 《다른 모든 눈송이와 아주 비슷하게 생긴 단 하나의 눈송이》, 《중국식 룰렛》, 장편소설 《새의 선물》, 《마지막 춤은 나와 함께》, 《그것은 꿈이었을까》, 《마이너리그》, 《비밀과 거짓말》, 《소년을 위로해줘》, 《태연한 인생》이 있다. 문학동네소설상, 동서문학상, 이상문학상, 한국소설문학상, 한국일보문학상, 이산문학상, 동인문학상, 황순원문학상을 수상했다.

1

에이미는 3시에 오기로 되어 있었다. 외출 준비를 마치고 30분 전부터 호텔 로비에 내려와 그녀를 기다리던 어머니가 갑자기 소파에서 일어났다. 에이미의 전화번호가 적힌 수첩을 챙기지 않았다며 방에 다녀오겠다는 거였다.

맞은편 의자에 파묻혀서 멍하니 휴대폰을 들여다보던 나는 고개를 들었다. 조금 뒤면 만나게 될 사람의 연락처가 굳이 필요하냐고 대꾸하려 했지만 이미 어머니는 에코백에서 카드키를 꺼내고 있었다. 나는 하는 수 없이 몸을 일으켰다. "제가 갔다 올게요." 입을 열자마자 술냄새가 훅 풍겨 나왔다. 간밤에 잠을 청하려고 면세점에서 산 위스키 병을 땄다가 결국 반 넘게 비우고 말았던 것이다. 호텔 조식도 걸렀고 오후에야 침대에서 일어나 가까스로 씻고 나온 참이었다.

그사이 어머니는 혼자 식당에 내려가 식사를 마쳤을 뿐 아니라 내가 좀처럼 깨어나지 않자 다시 1층의 카페에 내려가 커피까지 마시고 왔다고 했다. "검은색 수첩이야. 내 캐리어 안에 있을 거다." 어머니는 내 얼굴을 빤히 쳐다보며 냉장고 안에 생수병이 있다고 덧붙였다.

어머니의 캐리어는 창가 쪽 침대 옆에 세워져 있었다. 지퍼를 열자마자 꽃무늬 우산 아래 놓인 검은색 노트가 눈에 들어왔다. 하지만 꺼내보니 그것은 수첩이 아니라 검은 비닐커버를 씌운 불경이었다. 책갈피 안에는 빛바랜 편지 같은 것이 몇 장 끼워져 있었다. 흰 봉투의 테두리를 따라 빨강과 파랑의 사선이 띠처럼 둘러 있는 국제 봉함엽서였는데, 한참을 들여다보고서야 소인이 1955년이란 것을 알아보았다. 영어 알파벳으로 적혀 있어 낯설었지만 수신인의 이름은 최유정이었다. 60년 전쯤에 미국에서 어머니에게 보내온 편지였다.

나는 그것들을 불경 갈피에 도로 끼워 캐리어에 집어넣었다. 그리고 군데군데 보풀이 인 모직 숄 밑에서 수첩을 찾아내 옆구리에 끼었다. 생수병을 꺼내 반쯤 마신 다음 그것도 챙겨 들었다.

도심 뒷골목에 자리한 오래된 고층 호텔의 엘리베이터는 몹시 느리게 움직였다. 나는 눈을 한쪽씩 번갈아 떴다 감았다 하면서 숫자 버튼을 읽어보았다. 봉함엽서의 소인이 1955년이 아니라 1995년이었는지도 모른다는 생각이 들었다. 그건 어느 쪽이든 상관없지만 노안이 진행된 건 확실했다. 한국에 돌아가면 돋보기부터 맞춰야 할 것 같았다. 카페에서 작업하던 랩톱을 버리고 대형 모니터와 노안용 키보드를 구입해야 할지도 모른다고 생각하니 갑자기 우울해졌다. 엘리베이터가 느리게 느껴지는 것도 노화 탓일 수 있었다. 늙으면 뇌가 시간을 인식하는 방식과 속도가 달라져서 성질이 급해진다고 어디선가 읽은 기억이 났다. 예전에는 숙취도 이렇게 심하지 않았다. 나는 얼굴을 찡그렸다. 사실 이 여행의 모든 게 다 마땅찮았다.

2

나의 뉴욕행은 뉴욕시 도서관협회가 주관하는 아시아 문학주간이라는 행사의 초청으로 이루어진 것이었다. 한 차례의 낭독회, 그리고 대만과 말레이시아 작가와 함께 '아시아 문학의 미래'라는 뻔한 주제로 대담을 해야 했다. 그 행사의 한국 측 실무를 맡은 문화재단은 4박 5일의 빠듯한 일정을 코디네이트 해주었을 뿐 따로 직원을 출장 보내지는 않았다. 호텔에서 행사장까지 나를 안내하는 일은 현지 통역자에게 맡겨졌다. 예정대로라면 나 혼자만의 여행이었다.

출발하기 한 달쯤 전에 둘째 조카의 결혼식이 있었다. 피로연 자리에서 오랜만에 가족이 한자리에 모여 앉았다. 서로의 근황을 주고받다 보니 나도 자연스럽게 그 여행에 대해 이야기하게 되었다. 뒤늦게 나의 신혼여행지가 뉴욕이었다는 게 떠올라 조금 후회스러운 기분이 들긴 했다. 이혼한 지 2년이 지났지만 수진과 관련된 이야기는 여전히 불편한 화제였던 것이다. 다행히 그걸 기억하는 사람은 없었다. 형수는 뉴욕이라니 너무 부럽다는 말로 예의를 차렸고 형은 역시나 무관심했다. 기억력이 좋은데다 말을 가려 하지 않는 누나는 신부의 어머니로서 하객들을 챙기느라 가족석에서 멀리 떨어져 있었다.

그 자리에서 별다른 반응을 보이지 않던 어머니가 전화를 걸어온 것은 며칠 뒤였다. 뉴욕에 같이 가도 되냐고 물었는데 이유는 '그냥 한번 가보고 싶어서'였다. 나는 핸드폰을 귀에 댄 채 잠시 침묵했다.

어머니는 평소 자식들 일에 그다지 관여하지도 또 의존하지도 않는 타입이었다. 아버지가 남긴 연금과 세놓은 아파트의 월세로 혼자 노년의 살림을 꾸려가고 있었고 명절이나 기념일을 빼고는 만나는 일도 많지 않았다. 나는 어머니 집에 불려가서 벽에 못을 박고 매뉴얼을 읽어가며 가전제품을 손본다거나 인터넷으로 공과금 자동이체 신청을 한다거나 정기검진 같은 데에 동행할 필요가 없었다. 그런 일은 어머니가 주변의 도움을 받든지 아니면 사람을 사서 대부분 혼자 해결했다. 솔직히 나로서는 그런 어머니의 독립적인 성격이 편했다.

어머니가 운전면허를 딴 것은 환갑이 넘어서였다. 아버지의 장례를 치른 뒤 승용차를 처분하는 대신 자신이 그것을 몰기로 마음먹었던 것이다. 어머니는 가족 모임보다 친구들과 어울리는 걸 더 좋아했다. 어머니가 운전을 하게 되자 주변 할머니들은 환호했다. 남편이나 자식들에게 부탁하지 않고도 가고 싶은 곳에 마음대로 가고 또 차 안에서 남의 눈치 볼 필요 없이 실컷 떠들 수 있게 되었던 것이다. 여고 때 배웠던 〈울산 아가씨〉나 〈매기의 추억〉 같은 애창곡을 크게 부른다고도 했다. 어머니가 노인 불교대학에서 컴퓨터를 배운 것 또한 일흔이 다 되었을 때였다. 할머니 학생 중에서는 유일했다. 어머니 집 식탁에 놓여 있던 노트를 우연히 들춰본 적이 있었는데 컴퓨터의 구성에서 시작해 도표 편집에 이르기까지 꼼꼼히 필기한 분량이 40페이지가 넘었다. 그리고 요즘도 계속하고 있는 시니어 요가는 지역 대회의 단체전에서 본선까지 올라간 실력이라고 했다.

그렇다 해도 어머니는 82세였다. 한때는 주변에 이메일 쓸 줄 아는 친구가 하나도 없다고 불평하며 내 계정으로 생일축하 카드를 보낼 만큼 적극적이었지만 백내장 수술을 한 뒤로는 거의 컴퓨터를 쓰지 않았다. 친구들이 죽거나 하나둘 거동이 불편해지면서 운전도 그만둔 지 오래였다. 여행을 가는 대신 텔레비전의 여행 프로그램을 찾아보는 쪽으로 취미를 바꿨다고 하더니 갑자기 왜 미국까지 갈 생각을 한 걸까.

게다가 어머니는 평소 내가 작가라는 것도 그리 자랑스러워하지 않았다. 내 책은 읽어본 적이 없었으며 내 낭독회 역시 전혀 관심사가 아니었다. 왜 이 여행에 동반하려 하는지 나는 도무지 이해할 수가 없었다.

나는 건강에 대한 갖가지 염려를 내세우며 어머니를 설득하려고 시도했다. 오십을 앞둔 나이에 어머니와 단둘이 외국 여행을 하는 기특하거나 딱한 아들이 되고 싶지 않았으므로 다소 열심이었다. 하지만 항공권을 누나가 사주기로 했다는 데에서 말문이 막히고 말았다. 늘 바쁘고 무심한 형과 나 대신 그나마 어머니를 챙기는 누나와 이미 의논이 끝났다는 뜻이기 때문이었다. 누나조차 말리지 못했다면 어머니의 용건은 부탁이 아니라 통보였다. 또 팔순의 어머니를 외국의 호텔방에서 홀로 잠들게 해서는 안 되므로 방도 같이 써야 했다. 하루뿐인 자유 일정은 물론이고 행사 때에도 어머니를 호텔에 혼자 둘

수는 없었다. 닷새 동안 어머니와 한시도 떨어질 수 없는 여정이 된 것이다.

문화재단에 연락해 행사에 못 간다고 말할 궁리까지 해보았다. 전동 킥보드를 타다가 넘어져 중족골을 다쳤다거나 노모가 입원했다는 식의 핑계를 떠올리기도 했다. 그러다가 동료 작가와 다른 일로 통화를 하는 중에 뉴욕 행사에 원래 초청된 작가가 내가 아니라는 사실을 전해 들었다. 주최 측에서 원하는 사람은 요즘 활동이 활발한 젊은 작가였으며 초청은 그의 책이 미국에서 출간된 올해 초에 이루어졌다는 거였다. 그 작가가 같은 기간 유럽에서 열리는 도서전에 참가하기로 마음을 바꾸는 바람에 주최 측은 시간이 되는 다른 작가를 급히 섭외해야만 했다. 나는 그제서야 왜 문화재단에서 나 같은 어중간한 중견작가에게, 그것도 출발이 두 달밖에 남지 않은 시점에 연락을 해왔는지 이해가 되었다.

'시간이 되는' 것은 좀처럼 기회가 오지 않는 해외 행사에나 해당되는 것일 뿐 나는 늘 돈벌이를 위한 원고들에 쫓겼다. 신작을 쓰는 일은 점점 뒤로 밀려났다. 스트레스를 핑계로 과음을 하거나 예열 과정이라고 강변하며 게으름을 피우는 일만으로도 시간은 빠르게 흘렀다. 그러다 보면 어느새 잡다한 마감은 코앞에 닥쳐 있었고, 나의 작가 생활이란 것이 그처럼 중요하지도 않은 급한 일과 정말로 중요한 일 가운데 급한 일만 처리하면서 발등의 불만 끄다가 끝날 것이라는 자탄에 빠지곤 했다. 그러는 사이 그럭저럭 출발 날이 가까워져 있었다.

긴 비행시간 내내 어머니는 그다지 힘든 기색을 보이지 않았다. 오히려 출발 직전까지 미뤄왔던 마감을 맞추느라 밤을 새운 내 컨디션이 더 엉망이었다. 나는 와인을 곁들여 기내식 먹는 시간을 빼고는 계속해서 곯아떨어졌다. 간간이 눈을 떠서 옆자리를 보면 어머니는 돋보기를 걸치고 독서등 아래 불경을 펴놓고 있거나 승무원에게 물을 청해 마셨고 손거울로 주름진 얼굴을 살피고 아니면 팔짱을 낀 채 뭔가 생각에 잠겨 있었다. 나를 깨우는 일도 없었다.

마침내 비행기가 땅에 내렸을 때 어머니는 안전벨트를 풀며 이렇게 중얼거렸다. "이렇게 제 발로 의자에 묶여서 열두 시간 넘게 앉아 있는 동물이 세상천지에 어디 있겠냐. 세상에 인간같이 지독한 게 없어." 그 말조차 안 했다면 나는 어머니가 아주 편안하게 시간을 보냈다고 여겼을 것이다.

수하물을 찾은 뒤 우리는 교대로 화장실에 다녀왔다. 내가 남자 화장실에서 나왔을 때 어머니는 두 개의 캐리어 손잡이에 각기 한 손을 얹은 채 긴장한 얼굴로 서 있었다. 나는 어색함을 무릅쓰고 어머니를 부축하기 위해 팔을 붙잡았다. 그러나 어머니는 그 손을 완강하게 밀쳐냈다. 걸음은 느렸지만 택시가 그려진 안내판도 먼저 발견했고 그곳까지 자신의 캐리어도 손수 밀었다.

택시가 강을 건너 맨해튼에 들어서자 10여 년 만에 보는 거리와 건물들이 나에게 어쩔 수 없이 감회를 불러일으켰다. 티파니 매장에서 수진의 하트 목걸이를 사고 스테이크 하우스에서 고기를 썰어 서로의 접시에 놓아주던 게 기억났다. 휘트니 미술관에서 수진이 유난히 오래 바라보던 호퍼의 〈바닷가 방〉을 기억해두었다가 기념품숍에서 그 그림이 프린트된 엽서를 골라주기도 했다. 뮤지컬 〈라이온 킹〉을 볼 때는 민스코프 극장을 찾지 못해 시작 직전에 가까스로 입장을 했는데 수진이 어둠 속에서 손수건을 꺼내 내 목덜미에 흐르는 땀을 닦아주었다.

"뉴욕은 처음인가요?" 나의 멍한 표정을 옆눈으로 흘끔거리며 택시 기사가 물었다. 나는 겨울에 오는 건 처음이라고 대답했다. 그 여름은 몹시 더웠다. 흰색 모자에 민소매 원피스를 입고 브라이언 파크의 벤치에 앉아 콘 아이스크림을 먹던 수진. 그 모습을 카메라에 담고 있던 나는 셔터를 누르려던 손길을 멈추고 잠시 뷰파인더 안의 그녀를 가만히 바라보고 있었다.

택시 기사와 내가 뉴욕의 겨울 날씨에 대해 몇 마디 주고받고 또 라디오에서 음악방송 진행자가 빠르고 높은 목소리로 혼자 떠들어대는 동안 어머니는 줄곧 차창 밖만 내다보았다. 땡큐 외에는 영어를 한마디도 못 알아듣는 어머니는 그러나 방에 들어오자 택시 기사에 대해 예리한 인물평을 했다. 주의가 산만하고 불만이 많고 한국 기사들에 비해 계산이 느리다는 거였다. 불필요하게 차선을 바꾸는 운전 습관이며 투덜거리는 듯한 말투, 그리고 룸미러를 통해 뒷좌석을 흘끔거릴 때의 눈빛에서 알아챘다고 했다. 택시 기사가 어머니의 나이를 물어본 다음 자기 어머니에 대한 불평을 늘어놓지 않았냐고도 물었는데 그것도 정확했다. 택시 기사는 자기 어머니가 하는 말이라고는 아프다는 말과 돈 필요하다는 말뿐이라고 내게 투덜댔던 것이다.

누나는 삼남매 중 내가 가장 어머니를 닮았다고 말하곤 했다. 사람을 관찰하고 판단하기 좋아해서 어머니에게 친구가 많은 것이며 똑같은 이유로 내가 소설가가 되었다는 거였다. 그리고 어머니와 달리 내게 친구가 없는 건 냉정한 성격만 닮았을 뿐 어머니가 가진 너그러움이 부족한 탓이라고 했다. 나와 어머니의 그런 차이는 고생을 많이 하고 안 하고에서 온다는 분석도 덧붙였다. 그렇게 단순화시킬 이야기는 아니었다. 어머니가 선을 긋는 게 분명하면서도 일단 그 안에 들인 사람에게 너그러운 건 사실이었다. 그러나 그 너그러움은 타인에 대한 기대가 적어서일 수도 있었다. 내 생각에 누나는 어머니의 자기 위주인 성격을 가장 많이 닮았다.

사춘기 때 누나는 어머니를 미워했다. 그것은 국어 교과서에 실린 《자모사》라는 시조만 보더라도 매우 정당한 감정이었다. "바릿밥 남 주시고 잡숫느니 찬 것이며, 두둑히 다 입히고 겨울이라 엷은 옷을." 누나는 어머니가 교과서에 나오는 대로 자신에게 헌신적이고 자애로운 어머니이길 원했다. 하지만 그때 막 사십 대로 접어든 어머니는 삶의 다른 국면을 맞이하고 있었다. 남편의 사업 빚에 쫓겨 온 가족이 야반도주하다시피 고향을 등졌는데 정작 일거리를 찾겠다고 다른 도시로 떠난 남편은 몇 달째 소식이 없었다. 수험생인 고3을 비롯해 고1과 갓 국민학교에 입학한 세 자식들의 치다꺼리를 하면서 어머니는 주인집이기도 한 양품점의 일을 도와 봉지쌀을 샀다. 새벽에 주인집과 같이 쓰는 셋집 부엌에서 도시락 네 개를 싸고, 한밤중에는 퉁퉁 부은 다리를 주무르며 가계부에 엎드려 잠들었다.

그러는 가운데 누군가에게 편지를 썼다. 누나가 훔쳐본 그 편지에는 곤궁한 생활 속에서 자식들과 씨름하며 누구에게도 이해받지 못하고 사는 나날이 지겨워서 다 팽개치고 도망이라도 가고 싶다는 구절이 있었다. 누나는 충격을 받았다. 가출을 꿈꾸는 것은 가정형편도 어렵고 어머니와 불화하는 자신이어야 했다. 어머니가 너무나 무책임하고 파렴치하게 여겨졌다.

하지만 그처럼 희생과 자애를 덕목으로 삼지 않고 자기애가 강했기 때문에 어머니가 노년에 스스로 알아서 자신의 인생을 살아가고 있다는 게 요즘 누나의 결론이었다. 덕분에 자식들이 신경 쓸 일이 적지 않느냐는 거였다. 그 또한 간단히 결론지을 이야기는 아니었다. 어머니가 아들과 마찬가지로 딸에게도 집안일을 시키지 않았다는 걸 누나는 깨닫지 못했다. 어떤 헌신은 당연하게 여겨져 셈에서 제외된다. 시기와 처지에 따라 개인의 욕망에 대한 도덕적 해석이 바뀌는 것도 이상했다. 그리고 자기애가 강하다고 해서 모두가 자신의 삶에 긍정적이지 않다는 건 누구보다 내가 잘 알았다.

3

뉴욕에 도착한 순간부터 어머니는 곳곳의 풍경을 어머니 방식으로 스캔하기 시작했다. 첫날 저녁 내가 호텔 근처에서 어렵게 찾아낸 좁고 어두운 중국 음식점의 위생 상태, 이튿날 호텔 조식을 먹고 주변 산책을 하면서 마주친 노숙자들의 당당하고 공격적인 태도, 록펠러 센터 스케이트장을 구경하던 관광객들이 남긴 쓰레기 더미 같은 건 어머니의 눈을 피해갈 수 없었다. 어머니는 호텔 벨보이들이 문손 잡이를 잡아주는 것만으로 팁을 받는 장면이며 슈퍼마켓 계산대의 점원이 동양인에게 유독 불친절한 것도 유심히 보았다. 그런가 하면 고급스러워 보이는 빌딩이나 화려한 전광판 앞에서 걸음을 멈추고 내게 설명을 요구했으며 때로 감탄스러운 표정을 지었다. 이래서 최고에서 최하로 노는 나라라고 하는구먼,하고 중얼거리기도 했다.

나의 낭독회는 도착한 다음날 오후였다. 통역자인 김 선생이 구형 어코드에 나와 어머니를 태워 퀸즈에 있는 조그마한 시립 도서관으로 데려갔다. 김 선생은 내 또래로 보이는 인상 좋은 남자였다. 유학을 왔다가 한인교회에서 만난 교민 여성과 결혼해 미국에 눌러앉았는데 작은 사업을 하면서 이런저런 교민 커뮤니티의 일을 돕고 있다고 자신을 소개했다. 시 도서관협회의 행사라고는 해도 진행이나 홍보는 사실상 초청 작가의 교민 커뮤니티가 맡아 하고 있었다.

관객은 교민과 유학생이 대부분이었지만 그렇지 않은 사람들도 꽤 눈에 띄었다. 아마 한국 작가보다는 한국에 관심이 많은 사람들일 것이다. 어머니는 그들 가운데 한 자리를 차지하고 앉았다. 내 모습이 잘 보이는 위치였다. 이따금 옆자리에 앉은 검은 슈트 차림의 젊은 한국인 여성과 몇 마디 주고받기도 했다. 낭독회는 무리 없이 끝났다. 김 선생의 영어가 그리 유창하지 않아 의외였지만 나도 김 선생도 준비해온 부분을 천천히 읽어내려가기만 했으므로 별문제는 없었다. 질문 시간이 길어진 것은 한국 걸그룹에 대해 궁금증이 많은 금발 청년과 이민 오기 전 젊은 시절에 읽었던 한국 문학에 대해 긴

소회를 늘어놓는 교민 노인 때문이었다. 약간 지친 기분으로 사인을 하면서 보니 어머니는 검은 슈트 여성과 그때까지도 계속 이야기를 나누고 있었다. 그녀가 에이미였다.

에이미는 김 선생과 잘 아는 사이였고 그의 적극적인 추천으로 낭독회에 왔다. 김 선생의 소개에 따르면 바이올린을 전공하는 음대 학생이고 틈틈이 한국인 커뮤니티에 연주 봉사를 하는 착실한 교회 신도였다. 그날도 교회 연주를 마치고 오느라 슈트를 입은 모양이었다. 그녀는 한국 작가는 물론이고 작가를 가까이에서 본 것은 처음이라고 스스럼없이 말하며 나를 향해 활짝 웃었다. 나는 김 선생이 몇몇 교민들과 주고받는 눈인사로 그가 자리를 채우기 위해 아는 사람들을 동원했다는 걸 눈치채고 있었다. 에이미도 그중 한 명일 거라고 생각했다. 김 선생이 저녁을 대접하기 위해 우리를 데려갔던 케이 타운의 한식당까지 동행하는 걸 보면 좀 더 가까운 사이 같기도 했다. 그녀는 악기 케이스를 손에 들고 우리를 따라왔다.

그리 크지 않은 식당이었다. 만면에 사람 좋은 웃음을 띤 채 김 선생이 어머니 쪽으로 반찬 접시를 옮기며 말했다. "어머님, 뉴욕 구경은 좀 하셨습니까." 그러고는 대답을 듣기도 전에 에이미에게 관광 안내를 부탁하는 게 어떠냐고 제안했다. 에이미는 오전의 바이올린 레슨을 빼면 시간이 많다며 흔쾌히 고개를 끄덕였다. 어머니도 굳이 반대하지 않는 표정이었다. "잘됐네요." 김 선생이 그렇게 말하며 손뼉을 한번 쳐 보임으로써 그 화제를 마무리 지었다.

김 선생은 어머니를 향해 싹싹한 어조로 이런저런 말을 이어갔다. "어머님, 일정을 좀 길게 잡지 그러셨어요. 나이아가라 폭포랑 우드버리 아울렛이랑 갈 데가 얼마나 많은데요. 한국 할머니들은 모두 다 그런 데를 좋아하시더라구요." "이 집 음식 괜찮죠? 한국 사람은 어딜 가나 김치에 국물을 떠먹어야 힘이 나요. 안 그렇습니까, 어머님." "그나저나 대단하세요. 그 연세에 미국 여행을 오시고. 작가 어머니라 뭐가 달라도 다르신가 봐요." 어머니는 애매한 웃음을 지을 뿐 아무 대꾸도 하지 않았다. 미리 끓여두었다가 데우기만 한 김치찌개에는 딱 한 번 숟가락을 가져갔고 단맛이 강한 불고기도 조금밖에 먹지 않았다.

호텔로 돌아온 뒤 나는 어머니에게 내키지 않으면 관광은 취소해도 된다고 말했다. 어머니는 되려 "닷새 동안 어떻게 너하고만 계속 붙어 있어"라며 고개를 젓더니 에이미가 고학생이니 비용을 좀 넉넉히 줘야겠다고 대꾸했다.

어머니와 에이미는 그사이 꽤 많은 이야기를 나눈 것 같았다. 에이미는 시카고 출신이고 브루클린 외곽에 룸메이트와 살고 있었다. 부모가 맞벌이를 했기 때문에 할머니 손에 자랐는데 덕분에 한국말을 잘하는 거였다. 어머니와 나이가 비슷한 그 할머니는 젊은 나이에 이민을 와서 고생을 많이 했지만 지금은 미시건 호수 근처의 노인 주택을 분양받아 혼자 살고 있었다. 한국식 취향대로 집을 꾸며놓았고 친구들과 어울려 인디언 카지노로 점심을 먹으러 다니는 게 낙이었다. 어머니는 예리함을 발휘해 에이미의 말에 깃든 경상도 억양을 알아차렸다. 할머니가 울산 사람이란 것까지 알게 되었다. 또 에이미는 부모와 사이가 좋지 않았지만 할머니와는 며칠에 한 번씩 영상통화를 할 만큼 가까웠다. 어머니는 그런 이야기들을 마치 잘 아는 사람의 이야기인 것처럼 내게 전했다.

4

에이미는 이미 도착해서 어머니와 이야기를 나누는 중이었다. 내가 앉았던 맞은편 의자가 아니라 소파에 나란히 앉아 있었다. 후드가 달린 패딩에 숏팬츠와 앵클부츠를 신은 그녀는 어제보다 훨씬 앳돼 보였다. 나와 눈이 마주치자 활짝 웃으며 인사를 건넸다. "선생님, 제트 랙 시차 괜찮아요?" 에이미의 한국어는 유창했지만 어딘지 조금 어색했다. "유정 선생님은 푹 잤대요. 컨디션 좋아서 오늘 우리 재미있게 놀 거예요." 에이미는 어머니도 자연스럽게 이름을 붙여 불렀다.

"어느 쪽으로 갈 건가요?" 어머니에게 수첩을 건네준 뒤 빈 의자에 엉덩이를 내려놓으며 내가 물었다. "아직 못 정했어요. 근데 유정 선생님이 뉴욕을 잘 알아요." 나는 어리둥절했지만 곧바로 '유정 선생님'이 컴퓨터 검색을 할 수 있다는 데에 생각이 미쳤다. 어머니 집에는 여전히 구형 데스크톱이 식탁에 한 자리를 차지하고 있었다. 어제 호텔 주변을 산책할 때 내가 엠파이어스테이트 빌딩과 라디오 시티를 알려주자 걸음을 멈추고 여기가 거기냐며 알은 척하던 것도 그래서였을 것이다.

에이미가 콧등을 찡그리며 장난스러운 표정으로 다시 말했다.

"그런데 우리 마지막은 '밀크 앤 하니' 갈 거예요. 내가 좋아하는 플레이스인데, 유정 선생님이 거기 가보고 싶대요." 아마 '사라베스'나 '레이디 엠'처럼 관광객에게 인기 있는 베이커리쯤 되는 모양이라고 생각하며 나는 건성으로 고개를 끄덕였다. 사실 그들의 행선지에는 별 관심이 없었다. 천천히 장갑을 낀 뒤 에코백을 집어 드는 어머니에게 나는 무리하지 마세요,라고 의례적인 말을 건넸다. 불안한 마음 같은 건 별로 들지 않았다.

어머니와 에이미가 호텔의 회전문 안으로 들어가는 걸 보며 나는 천천히 생수를 마셨다. 키가 큰데다 두툼한 패딩까지 입은 에이미는 활기차 보였다. 그에 비하면 잿빛 코트와 털목도리에 감싸인 어머니의 뒷모습은 전에 없이 작고 쇠약하게 느껴졌다. 주변 경관이 낯설고 건물들이 크기 때문일까. 어쩌면 어머니의 뒷모습을 먼발치에서 지켜본 적이 없어서인지도 모른다. 나는 그들이 시야에서 사라질 때까지 한참 동안 바라보았다. 에이미는 어머니를 부축하는 대신 손을 잡고 있었다. 그러느라 어머니를 향해 한쪽 어깨를 약간 기울이며 걷고 있었는데 그것은 뜻밖에도 자연스럽고 다정한 풍경이었다.

쓰레기통에 빈 생수병을 버리고 나도 자리에서 일어났다. 브로드웨이 극장가와 타임스스퀘어 부근을 조금 걷다가 적당한 바를 찾아 로컬 브루어리 맥주나 한잔할 생각이었다. 그 정도면 뉴욕 관광은 충분했다. 주최 측에서는 아시아 작가들을 배려하는 한편 과시할 의도로 맨해튼 한복판에 숙소를 잡았겠지만 관광지나 미술관이나 쇼핑 같은 건 더 이상 나의 관심사가 아니었다.

이미 수진과 섭렵한 코스이기도 했다. 목적지를 검색하고 동선을 짜고 티켓을 예매하고 교통편을 알아보고, 또 지하철역을 찾고 길을 헤매고 물건을 고르고 메뉴를 살피고 팁을 계산하고. 지금 생각하면 내 인생의 가장 예외적인 시간이었다. 피곤한 열정과 확신 없는 인내심을 감당할 만한 젊음은 그 시절에 다 소진되었다. 이제는 내 인생 전체가 별 볼 일 없는 쪽으로 거의 다 결론이 나 있었으며 그것은 힘들거나 외롭다기보다 대체로 언짢고 피곤한 상태였다.

코끝이 조금 차가웠지만 걷기에 나쁘지 않은 날씨였다. 공기도 제법 맑았다. 나는 코트 주머니에 손을 찔러넣고 타임스스퀘어로 몰려드는 관광객들과 반대 방향으로 걸었다. '쉐이크쉑 버거' 앞에 길게 줄이 늘어서 있는 게 보였다. 불현듯 허기가 느껴져 그 끝에 가서 섰다. 종업원이 줄을 선 사람들에게 미리 메뉴판을 나눠주었다. 살펴볼 필요도 없이 선택은 머쉬룸 버거와 밀크 쉐이크였다. 하지만 워낙 붐비는 매장인데다 벽에 기대선 채로 급히 먹은 탓에 수진과 처음 먹었을 때와 같은 감흥은 없었다.

다시 8번 애비뉴 쪽을 따라 걷기 시작했다. 시간에 쫓기지 않고 행선지도 없이 낯선 거리를 걷는 건 정말 오랜만이었다. 숙취로 무거웠던 머리도 한결 가벼워지는 느낌이었다. 발길 가는 대로 몇 블록을 걸었던 것 같다. 펜 스테이션과 매디슨 스퀘어 가든을 지나면서부터는 더 이상 볼 만한 것도 없고 다리도 좀 무거웠다. 서서히 돌아가야겠다는 생각이 들었지만 술을 마시기에는 이른 시간이었다.

나는 커피숍으로 보이는 간판을 향해 골목 쪽으로 걸음을 옮겼다. 가까이 가보니 커피숍이 아니라 작은 극장이었다. 유리문에 붙은 포스터에는 눈에 익은 여배우가 풍성한 스커트와 스웨터 차림으로 브라운 스톤 담장에 기대 서 있었다. 그녀의 머리 위로는 브루클린 브릿지가, 발치에는 여행가방이 놓여 있었다. 새로 개봉한 영화인 모양이었다. 극장에 들어가 표를 산 다음 나는 구석의 카페테리아에서 뜨거운 커피를 마시며 몸을 녹였다.

영화는 1950년대의 아일랜드와 뉴욕을 배경으로 하고 있었다. 영어를 다 알아듣지 못하는 데다가 중간에 졸기까지 해서인지 그다지 흥미롭지는 않았다. 1950년대 미국이 배경이라면 먼저 매카시즘이나 인종차별을 떠올리는 나의 선입견 탓이기도 했다. 어머니의 캐리어에 들어 있던 편지의 소인이 1955년이 맞을 거라는 생각은 왜 떠올랐는지 알 수 없었다. 그 편지를 받았을 무렵 어머니도 여주인공 같은 플레어스커트와 스웨터를 즐겨 입었을지도 모른다는 생각이 아무 맥락 없이 잠깐 스쳐갔다.

사실은 어머니와 함께 와도 괜찮았을 거라는 생각을 했던 것 같다. 러브 스토리도 있고 고향을 떠나는 이야기도 나오고 무엇보다 여성의 패션이 있었다. 시대 배경 또한 〈가을의 전설〉이나 〈흐르는 강물처럼〉 같은 영화를 좋아하는 어머니의 취향에 맞았을 것이다. 어머니는 미국 영화를 즐겨 봤다. 몇 년 전부터는 자막을 생략하고 화면으로만 영화 보는 방법을 터득하고 있었다. 시력이 약해지면서 어머니는 아침 드라마 같은 단순한 화면밖에 집중을 못했지만 거기에서 재미를 찾는 건 포기해야 했다. 노인들이 그런 드라마를 좋아하는 건

익히 아는 소재이고 화면이 단순하고 이야기 전개가 극단적이어서 이해하기 쉽기 때문일 것이다. 그러나 어머니는 뻔한 이야기와 볼거리가 없는 화면을 좋아하지 않았다.

그사이 어둠이 내리면서 거리는 전광판과 붐비는 인파로 더욱 요란해져 있었다. 기온이 내려가서 코트의 단추를 목까지 채워야 했다. 호텔 쪽으로 걸으며 간단히 한잔할 만한 바를 찾았지만 눈에 띄지 않았다. 패스트푸드점이나 푸드 트럭, 아니면 비싸 보이는 다이닝뿐이었다. 그런 곳은 비용도 비용이지만 서툰 영어로 주문을 하고 외국인들 사이에서 혼자 식사를 해야 하니 피곤했다. 나는 뉴욕 타임스 빌딩 안의 '딘 앤 델루카'에 들어가서 초밥과 탄산수, 견과류 한 봉지를 샀다. 오프너를 구하기 귀찮아서 와인은 호주 와인으로 골랐다. 전날 어머니와 함께 왔을 때는 생수와 치약을 샀었다. 어머니는 또 계산대 앞에 걸려 있던 에코백을 골랐는데 계산원이 무심히 흰색 백을 봉투에 넣자 검은색으로 바꿔달라고 요구했었다.

5

호텔 방으로 들어와 시계를 보니 7시 가까운 시각이었다. 예상대로 어머니는 아직 들어오지 않았다. 나는 봉투 안에 든 것들을 탁자 위에 펼쳐 놓고 먹었다. 와인병도 땄다. 다음날에 있을 아시아 문학의 미래에 대한, 누구도 궁금해하지 않을 토론은 오후 1시였다. 원고를 써서 주최 측에 미리 보내두었으므로 따로 준비할 건 없었다. 그 원고에 뉴욕 출신 여성 평론가의 인터뷰를 인용한 부분이 있어 그것

226

만 책에서 확인해볼 생각이었다. 공항으로 떠나기 전에 갑자기 생각이 나서 챙겨 넣었던 그 인터뷰집은 탁자 위에 놓여 있었다. 어머니가 내 침대 옆 사이드 테이블에 있던 걸 가져다 놓은 것이다.

내가 오후가 되어서야 술냄새를 풍기며 눈을 떴을 때 어머니는 탁자 앞에서 그 인터뷰집을 보고 있었다. 불경 외에 책을 읽는 모습은 처음 보았다. 샤워를 마치고 욕실에서 나왔을 때까지도 같은 자세였다. "그걸 왜 보고 있어요?" "그냥. 뭐라고 써 있나 하고." 어머니가 어지간히 지루했던 모양이라고 생각하며 나는 건성으로 물었다. "뭐라고 써 있던가요?" "여기 네가 접어놓은 페이지만 읽어봤는데, 맞는 말을 해놨네." 어머니는 돋보기를 벗으며 "뭐 다 아는 당연한 말이지만"이라고 한마디 덧붙였다. 내가 뭔가 한마디 대꾸하려는 걸 눈치챘는지 "살다 보면 그럭저럭 알게 되는 이야기라는 말이야. 책이란 게 다 그렇지"라고 고쳐 말했다. 그러고는 두 손으로 책을 들고 표지를 물끄러미 들여다보았다.

표지에는 창턱에 비스듬히 걸터앉아 정면을 응시하는 여성 평론가의 전신사진이 박혀 있었다. 통 좁은 바지에 부츠를 신은 한쪽 다리를 길게 늘어뜨리고 한쪽 팔꿈치로는 책 더미를 짚고 있는, 지적이면서도 다소 도발적인 사진이었다. 시선을 그대로 사진에 둔 채로 어머니가 중얼거렸다. "이 여자가 나랑 나이가 같더라." "그래요?" 나는 대수롭지 않게 대꾸했다. 어머니가 태어난 해를 외우고 있지도 않았으므로 대화는 거기에서 끊어졌었다.

나는 비어 있는 잔에 와인을 따라 한 모금 마신 다음 그 책을 집어 들었다. 책날개에서 여성 평론가의 출생연도를 확인하고 나서 핸드폰 검색을 시작했다. 필립 로스, 모리무라 세이치, 올리버 색스…… 어머니와 나이가 같은 유명인들이었다. 오노 요코는 지난여름 모마에서 전시회를 가졌던 모양으로, 링크된 특집 기사에 생애가 요약돼 있었다.

어머니와 오노 요코는 같은 해에 집안의 장녀로 태어났다. 한 사람은 이른바 내지에서 한 사람은 조선에서. 둘은 그곳에서 같은 시기에 같은 전쟁을 겪었다. 그러나 단지 그뿐이었다. 오노 요코는 황실 혈통의 은행가를 아버지로 재벌가의 딸을 어머니로 두었고 명문 대학에서 철학을 공부했고 유럽을 거쳐 뉴욕에서 활동하며 화제를 몰고 다니는 유명한 전위 예술가가 되었다. 그리고 존 레논의 아내였다.

하지만 누가 됐든 개인의 삶은 각자에게 유구한 역사이다. 어머니의 생애를 정리하면 무엇을 말할 수 있을까. 시골 지주의 육남매 중 맏딸로 태어났고 고향의 여고를 졸업했고 슬하에 2남 1녀를 두었고 지금은 신도시에서 혼자 살고 있다 정도일까. 계산해보니 어머니는 열세 살에 해방을 맞이했고 한국전쟁이 일어났을 때는 여고생이었다. 비교적 유복하고 평화로웠던 어머니의 집안은 전쟁 때 완전히 무너졌다. 외조부는 부리던 사람의 손에 끌려가 죽음을 당했고, 외조부의 형이 토벌작전에 동원되어 돌아오지 못한 경찰이었던 탓에 일가친척 모두 고초를 겪어야 했다. 그 당시 어머니의 이웃이기도 했던 아버지에게서 전해들은 이야기였다.

어머니는 그 시절 이야기를 한 번도 입 밖에 낸 적이 없었다. 고생담은 물론이고 옛날이야기 하는 것 자체를 좋아하지 않았다. '그때 살아봤다고 해서 다 옛날을 잘 아는 건 아니야'라든가 '사람이 자기의 현재에 살아야지'가 입버릇이었다.

내가 어머니의 이야기를 쓴다면 뭘 쓰게 될까. 어린 시절 나는 밥상 위의 반찬들이 유리그릇에 담겨 있는 걸 보고 본격적인 여름의 시작을 알았다. 다시 도자기 그릇으로 바뀌면 겨울이 된 것이었다. 그 돈이면 반찬 한 가지를 더 올리겠다며 주변의 빈축을 샀지만 어머니는 작은 사치를 포기하지 않았다. 종이를 오려 인형 옷 만들기를 좋아했던 누나가 친구들에게 인기가 있었던 데는 이유가 있었다. 어머니에게 백과사전만큼 두꺼운 미국 통신판매 책자가 있기 때문이었다. 어떻게 구했는지는 알 수 없지만 60년대의 미국 전역에 뿌려졌을 그 카탈로그에는 온갖 신기하고 멋진 물건들이 가득 차 있었으며 색상이 화려하고 종이가 얇아 인형 옷을 오리기에 맞춤이었다.

어머니는 또 김치나 장을 담그는 데 특별히 솜씨가 없었던 대신 요리 강습에서 배우는 서양요리에 관심이 많았다. 아랫목에 두었던 미니 제빵기 안에서 카스텔라 반죽이 익는 냄새는 지금도 기억이 났다. 그리고 그것을 발로 차버리는 게 형이었다. 형은 넉넉지 못한 살림에 아무 쓸모없는 꽃을 사고 집에서 차를 마실 때조차 립스틱을 바르는 어머니가 허영심 많고 사치스럽다며 싫어했다. 그때마다 어머니는 '내가 이래서 자식 같은 건 안 낳으려고 했다'라고 차갑게 말했고 형은 어머니의 직설법에 상처를 받았다.

어머니는 내가 형과 나이차가 많은 이유도 직설적으로 말했다. 어머니는 그 시절 여성 중에는 드물게 가족계획 예찬론자였다. 형을 낳은 뒤 이제 출산은 끝냈다고 생각했다. 그러나 '소파 수술'을 하도 많이 하는 바람에 몸이 상해서 어쩔 수 없이 나를 낳았다는 거였다. 어린 내가 무슨 책을 읽고 그랬는지 나중에 돈을 벌어서 어머니에게 과수원을 사주겠다는 크나큰 포부를 밝힌 적이 있었다. 꽃향기와 탐스러운 과실들, 아름답고 평화로운 전원 풍경 같은 걸 상상했을 것이다. 어머니는 시골 생활도 싫고 과수원 일도 하기 싫다며 한마디로 거절해서 나에게도 상처를 주었다.

효도 같은 건 결코 하지 않겠다고 굳게 결심했던 내가 어머니와 화해한 것은 얼마 뒤의 어린이날이었다. 내키지 않아 하는 누나와 형까지 동원해서 온 가족이 영화를 보기로 했는데 아버지가 약속시간에 나타나지 않았다. 아버지가 약속을 어기는 건 자주 있는 일이었지만 우리는 극장 앞에 서서 한 시간을 넘게 기다렸다. 어머니에게는 온 가족의 극장표를 살 돈이 없었기 때문이었다. 결국 어머니는 극장 옆에 있는 전당포에 결혼반지를 맡기는 방법으로 우리를 극장 안으로 데려갔다.

대여섯 살 무렵 어머니와 어머니 친구들을 따라 해수욕장에 갔던 이야기는 어떨까. 아마 내가 기억하는 가장 젊은 어머니의 모습일 것이다. 해가 지고 있었고 해수욕을 마친 어머니는 젖은 수영복 위에 원피스를 걸쳐 입는 중이었다. 온몸이 모래투성이인데다 술에 취해 있었다. 나와 눈이 마주치자 갑자기 팔을 뻗어 나를 어찌나 세게 끌어안았던지 그만 두 손으로 밀쳐버렸었다. 나중에 어머니가 기억 못하리라고 믿었기 때문에 있는 힘껏 밀쳤는데 다음 순간 나는 당황하고 말았다. 수영복에 감싸인 어머니 피부의 단단한 느낌이 전혀 예상치 못한 것이었기 때문이다.

하지만 이런 이야기 모두 내가 아들로서 바라본 어머니의 모습일 뿐이다. 결국은 어머니가 아니라 나의 서사인 것이다. 그것은 어머니가 원하지 않는 또 하나의 관형적인 해석 틀일 수도 있었다. 그런 점에서 어머니는 확실히 까다로운 사람이었다.

천생 여자라는 말을 들으며 자랐지만 어머니는 그 말을 싫어했다. 현모양처, 알뜰한 당신, 어머니 손맛 같은 말도 마찬가지였다. 여자와 노인이 합해진 의미에서의 할머니로만 대해지는 것 역시 탐탁지 않게 생각했다. 희생과 헌신, 고향의 이미지, 경제적 무능, 부지런함과 절약, 쇠약함과 퇴행, 그리고 자애라거나 지혜로움 같은 미덕까지. 어머니는 힘들게 살아온 것은 인정을 하되 누구에게도 그것을 동정할 권리는 없다고 생각했다.

누나는 어릴 때 같은 반의 고아원 아이가 도시락을 싸오지 못해 불쌍하다고 말했다가 어머니에게 야단을 맞은 적이 있었다. 불쌍한 게 아니라 너보다 운이 나쁜 거다, 뭐 그런 식으로 혼내는데 어린애가 어떻게 알아듣느냐며 누나는 지금까지도 억울해했다. 어머니는 관공서의 현수막에 있는 어르신이라는 표현도 호들갑스럽다고 싫어했다. 귀여운 할머니라는 말 역시 좋아하지 않았다. 아버지가 틀니를 아무 데다 벗어놓는 걸 보고 눈살을 찌푸렸지만 그것은 결코 싫어하면 안 되는 물건이었으므로 귀엽게 여기려고 노력했고 결국 성공했으며, 귀여움은 그처럼 너그럽게 보아주거나 기특한 느낌인 경우에 쓰는 말이라는 거였다.

어머니는 '할머니 같다'라는 말 못지않게 '할머니 같지 않다'는 말에도 거부반응을 보였다. "내가 인자하게 대하면 할머니라서 그렇다고 하고 냉정하게 대하면 할머니인데도 그렇다고 하고, 결국 할머니가 인자하다는 생각은 안 바뀌지. 근데 내가 냉정한 것하고 할머니인 것하고는 아무 상관없어. 그럼 누가 잘못 생각한 거겠냐. 그 사람들이냐 나냐." "뭐가 그렇게 복잡하고 까탈스러워요." 형은 어머니가 보통의 어머니답지 않은 말을 할 때면 곧잘 짜증을 냈다. "그래봤자 할머니는 할머니잖아요." 그 말에 어머니는 곧바로 대꾸했다. "내가 할머니지만, 그 사람들이 아는 그 할머니는 아니야. 그러니까 아는 척 좀 하지 말라는 거야." 어머니 말이 맞았다. 어머니의 서사는 그 누구의 서사와도 다른 게 당연한 일이었다. 갑자기 내 머릿속에는 어머니의 불경에 끼워져 있던 편지가 떠올랐다.

6

국제 봉함엽서라는 것은 처음 보았다. 봉투를 조금 떨어뜨려서 거리 조절을 해야 했지만 가벼운 노안으로 못 읽을 정도는 아니었다. 뒷면에 조그맣게 인쇄된 영어 문구가 먼저 눈에 들어왔다. '만약 봉투 안에 뭔가가 동봉되었다면 보통우편의 요금을 물릴 것이다.' 전쟁이 끝난 지 얼마 안 된 궁핍한 시절다운 경고문이었다. 보낸 사람의 주소는 Camp Upshur Quantico. 콴티코라면 〈양들의 침묵〉 첫 장면에 등장하는 미군 훈련소가 있는 곳이다. 나는 금방이라도 바스라질 듯 얇고 누렇게 변색된 봉함엽서의 네 귀퉁이를 천천히 펼쳤다.

휴일이면 워싱턴이나 뉴욕에 자주 놀러갑니다. 눈이 부시다 할 만합니다. 이곳 미국인들은 몹시 친절하며 우리가 말을 못하여 가만히 있으면 밥까지 입에 가져다줄 정도입니다. 한편 재미있는 점도 많고 또한 창피하며 씁쓸할 적도 많습니다. 사실인즉 미군장교들 사이에 끼어 교육받기가 힘이 드는군요. 1955. 7. 12

1950년대에 미국 땅을 밟은 청년이 고향에 전하는 짧은 안부 편지였다. 아마 한국전쟁에 참전했던 미군 부대에 인연이 닿아 그 나라 군인의 신분을 갖게 됐을 것이다. 그다음 편지는 조금 더 긴 내용을 담고 있었다.

요즈음은 크리스마스 휴가를 17일간이나 얻어 유명한 곳, 그리고 낯선 곳을 막대한 금액을 투자하면서까지 구경 다니고 있습니다. 평생 떠나지 못할 줄 알았던 고향 마을을 떠올리면 그야말로 촌놈 동물원 구경 다니는 격이지요. 어제 저녁에는 세계에서 제일 큰 극장 라디오 시티 뮤직홀에서 어마어마한 시설에 아주 날씬한 쇼에 눈이 뒤집히고 말

있습니다. 여기에 엠파이어스테이트 빌딩이 있으면 저기에
는 아주 음침한 스트립쇼가 있고 그러는가 하면 거지가 득
실득실한 판입니다. 하여튼 이놈의 미국이란 나라는 최고
에서 최하로 놀고 있는 나라입니다그려. 앞으로 남은 시간
동안 세상 경험을 제대로 쌓아볼까 합니다. 귀국은 내년 4
월경입니다. 1955. 12. 22

날짜 아래에 적힌 발신인의 이름을 유심히 읽어보았다. 박형만.
내가 아는 사람은 아니었다.
　세 번째 편지는 종이가 가장 많이 닳아 있어서 접혔던 부분이 금
방이라도 찢어질 듯했다.

지난 주말에는 코니아일랜드라는 곳에 갔습니다. 정녕 이
세상이 아닌 것 같았습니다. 그 풍경을 도저히 편지에 담을
수가 없군요. 언젠가는 꼭 나의 유정한 사람과 그 해변을
걷고 싶다는 꿈을 갖게 되었습니다. 1955. 8. 6.

나는 편지를 다시 제자리에 넣어놓고 캐리어를 닫았다. 청년 박
형만의 꿈은 이루어지지 않았다. 누구보다 내가 잘 아는 사실이다.그
러나 그 편지는 60년 동안 간직되었고 미국까지 따라왔다. 그 60년
은 박형만의 고향 처녀가 다른 남자와 결혼을 하고 세 아이를 낳아
기르고 서울 외곽 도시로 여덟 번인가 아홉 번 이사를 다니고 일을

벌이기 좋아하지만 도망치기도 좋아하는 남편의 작은 사업에 경리 일을 도맡아 함으로써 끝없이 생겨나는 빚을 갚아나가고 친정의 맏이로서 다섯 동생들을 챙기고 수많은 관혼상제를 치르고 남편과 사별하고 세 번에 걸친 딸과 며느리의 출산을 수발하고 노인 불교대학의 봉사단원으로 10년 넘게 보육시설의 아이들을 돌봐왔던 시간이었다. 결코 짧은 시간이 아니었다.

그사이 와인을 다 마셨으므로 나는 먹다 남은 위스키 병을 가져와 잔에 따랐다. 어머니는 여고 졸업 이후 읍사무소에서 일했고 온갖 혼담을 물리치면서 객지로 나간 아버지가 돌아오기를 기다렸다. 그 정도로 아버지에게 완전히 반해 있었다는 건 아버지의 입을 통해 자식들 모두 알고 있는 사연이었다. 아버지의 장례식을 마친 날 눈가가 빨개진 누나가 어머니에게 물었었다. "엄마, 뭘 보고 그렇게 아버지한테 반했어?" 어머니는 아버지가 반말을 하지 않는 점이라고 대답했다. 어머니 주변에 아버지처럼 어린애나 여자에게 하대를 하지 않는 남자는 드물었다. "그 시절엔 왜 그랬나 몰라. 어머니들이 더했어. 딸이 엄니, 하고 부르면 응, 하고 대답하는 게 아니야. 왜, 이년아! 다들 이렇게 대꾸했지." 그리고 누나의 말대로라면 아버지는 어머니의 첫사랑이자 생애 유일한 남자였다.

마지막 잔을 비울 때까지도 어머니는 돌아오지 않았다. 시간은 9시가 가까워져 있었다. 어머니의 휴대폰은 해외 로밍이 안 되어 있었으므로 나는 국제 전화로 몇 번이나 통화를 시도해 봤다. 연결이 되지 않았다. 할 수 있는 일은 한 가지뿐이었다. 나는 김 선생에게 전화를 걸었다.

김 선생의 목소리는 여전히 친절했지만 사무적인 냉랭함이 느껴졌다. 그는 늦은 시간에 웬일이세요,라며 자신의 업무를 벗어난 일이란 걸 명확히 한 다음에야 에이미가 믿을 만한 사람이라고 나를 안심시켰다. 그러나 에이미의 연락처는 모른다고 했다. 지난주에 그가 관여하고 있는 한 한인단체의 자선 모금 파티가 있었다. 뷔페식당을 빌려 후원금을 모금하고 단체에 공로가 많은 관계자들에게 기념패를 전달하는 큰 행사였다. 에이미는 그 모금 파티에서 음악을 연주하는 봉사대의 일원이었다. 행사를 마치고 뒷마무리를 하는 자리에서 처음 인사를 나눴다고 했다. 나는 술이 확 깨는 기분이었다. "김 선생님이 잘 아는 사람이라고 하지 않았나요?" "그 정도면 잘 아는 사람이죠. 여긴 교민 커뮤니티예요." 김 선생의 말투는 변명보다는 훈계조였다. "여기는 각자가 알려주고 싶은 만큼만 알면서 살아요. 그게 잘 아는 거예요."

통화를 마치기 전 갑자기 떠오르는 게 있었다. '허니 앤 밀크'라는 장소를 아느냐고 묻자 김 선생은 꾸짖듯이 말했다. "거기는 왜요? 위험한 술집인데. 왜, 금주법 시대 기분 낸다고 비밀스럽게 영업하는 데 있잖아요. 그런 데에 혼자 가시면 절대 안 됩니다. 제가 책임 못 져요." 나는 고맙다고 말한 뒤 전화를 끊었다.

7

코니아일랜드로 가는 지하철은 D라인이었다. 우리는 웨스트4역에서 만나 함께 D라인을 탔다. 빈자리가 많아 곧바로앉을 수 있었다. 강을 건너면서부터 전동차가 지상으로 올라왔는데 창밖 풍경은 내내 흐리고 스산한 잿빛이었다. 소박한 동네와 공장 지대 같은 곳을 지났고 바다는 좀처럼 나타날 것 같지 않았다.

수진과 갔던 날은 화창한 여름날이고 금요일 오후였다. 전동차 안은 맨해튼 도심에서 벗어나 해변으로 향하는 사람들의 흥분과 열기로 가득 차 있었다. 포터블 음향기기에서 흘러나오는 요란한 힙합 음악에 맞춰 브레이크 댄스를 추는 흑인 소년들은 손잡이와 선반을 자유자재로 이용하며 놀랄 만한 유연함을 과시했다. 적지 않은 승객들이 소년들의 야구모자에 선선히 돈을 던져 넣었다. 그 장면을 의아하게 바라보는 내게 수진은 금요일에 해변으로 떠나는 사람들의 기분이란 저런 것이라고 작게 속삭였다. 그날의 기억 때문인지 이런 날씨에 한산한 전동차에 실려 바다에 가는 일이 더욱 한심하고 청승맞게 느껴졌다.

나와 반대편 자리에 나란히 앉은 어머니와 에이미도 창밖을 바라보고 있었다. 어머니는 다소 피곤한 기색이었지만 풍경을 놓치지 않으려는 듯 허리를 꼿꼿이 세우고 있었다. 에이미는 그런 어머니를 방해하지 않겠다는 조용한 표정이었다. 어젯밤 그녀는 결국 집에 가지 못했다. 10시가 다 되어 호텔로 돌아온 어머니는 아무 말 없이 침대로 가서 눕더니 그대로 잠들어버렸다. 손에는 시든 꽃 한 송이가 쥐어져 있었다. 상황을 알기 전에는 잠이 올 것 같지 않은 나는 결국 에이미를 호텔 바로 데려가야 했다.

긴장했던 마음이 풀리면서 화가 난 탓도 있지만 술이 부족하다는 게 진짜 이유일 수도 있었다. 그렇기 때문에 에이미에게서 경위를 듣는 것보다 내가 빠르게 술잔을 비우며 온갖 이야기를 두서없이 지껄이던 장면이 더 또렷이 기억이 나는 것이다. 시간이 마치 뭉텅이로 빠져나가듯이 흘러갔다. 뉴욕의 지하철은 24시간 운행이었지만 점검 때문인지 노선이 변경되고 정류장이 닫히는 일이 잦았다. 택시를 타겠다고 일어서는 에이미에게 군이 침대를 내주고 나는 소파에 눕자마자 그대로 곯아떨어졌다.

정오 무렵 김 선생이 나를 행사장으로 태워 가려고 프런트에서 연락을 해왔을 때 전화를 받은 것은 어머니였다. 내가 잠들어 있는 동안 에이미와 함께 조식을 먹었고 코니아일랜드에 가기로 일정까지 정해놓았다. 나는 서둘러 준비를 마치고 김 선생의 어코드에 몸을 실은 뒤에야 조금 정신을 차릴 수 있었다. 등받이에 기댄 채 머릿속으로 상황을 천천히 정리해보았다. 연이은 과음 탓에 머리가 지끈거렸다. 그러나 결국은 핸드폰을 꺼내 호텔 방의 어머니에게 전화를 걸었다.

행사를 마친 뒤 달리 할 일이 없어서라고 말하자 어머니는 너 알아서 해,라고 덤덤하게 대꾸했다. 그러고는 에이미에게 전화기를 넘겼다. 만날 장소와 시간을 정한 뒤 에이미는 일기예보 어플에 따르면 오후에 눈이 온다고 말했다. 날이 춥고 구경할 게 별로 없다는 뜻 같았다. 나도 그녀와 같은 생각이었다. 나 역시 어머니가 그곳에 가는 이유는 알았지만 왜 내가 함께 가는지는 확실한 이유를 알지 못했다.

어머니를 혼자 보내도 더 이상 불안한 점은 없었다. 웨스트4역으로 '갈게요'라고 하지 않고 '올게요'라는 표현을 쓰긴 해도 이제 에이미는 잘 아는 사람이 되었기 때문이다.

전날 어머니와 에이미는 미드 타운 근처에서 시간을 보냈다. 처음 간 곳은 '블루 노트'였다. 한가한 시간이라 예약 없이 입장할 수 있었다. 종업원이 다소 무례했고 화장실로 가는 통로에서 담배를 피우던 젊은이들이 험악한 표정으로 보란 듯이 바닥에 침을 뱉었지만 어머니는 신경 쓰지 않았다. 에이미의 말로는 스탠다드 재즈가 연주될 때 콧노래까지 흥얼거렸다고 한다.

그곳에서 나온 뒤에는 피자 가게를 순례했다. "세 가지 집에 피자가 맛이 다 달라요. 1등을 뽑기로 했는데 유정 선생님이 정말 어려워했어요." 어머니는 '조스 피자'의 고소한 치즈와 파삭파삭한 도우, 무엇보다 싼 가격에 감탄했다. 그다음으로 간 곳은 '켓츠 피자'였는데 이태리 피자가 이런 맛이냐며 놀란 표정을 지었고 접시와 양초와 꽃병에서 눈을 떼지 못했다. "그래서 내가 꽃집에 들어가 꽃 한 송이 샀어요." 그것을 받아 든 어머니는 꽃을 받아본 게 몇십 년 만인지 모른다며 향기를 맡았다. 마지막으로 갔던 '존스 피자'에서는 물리기는커녕 피자가 점점 더 맛있어진다며 '조스'와 '존스'의 맛을 확실히 구별하기 위해서 한 번 더 먹어봐야겠다고 마치 다음에 또 올 사람처럼 말했다.

어머니는 음료 대신 물만 조금 마셨고 피자도 한 입씩밖에 먹지 않았으므로 '밀크 앤 허니'에 가서 알코올이 없는 칵테일 한 잔 정도는 충분히 소화할 수 있었다. 그곳은 김 선생이 겁을 줄 만큼 험악한 장소는 아니었다. 허름한 두 건물 사이의 좁은 통로에 문을 달고 지붕을 덮어 만든 간이주점이었다. 문을 열고 한참을 걸어 들어가면 또 다른 문이 나왔다. 세 번째 문을 통과해서야 금주법 시대 복장을 한 불친절한 종업원과 시멘트 외벽 아래 놓여 있는 기울어진 탁자 몇 개가 나타났다. 음악은 올드팝이었다. 어머니에게 무슨 일이 일어난 걸까,라고 나는 생각했다.

어렸을 때 집에 레코드가 꽤 많긴 했다. 그러나 재즈와 올드팝을 좋아하는 건 아버지였다. 물들인 군복을 입고 머리를 파마하고 친구들과 기타를 치며 놀았던 젊은 시절 이야기를 아버지에게서 수없이 들으며 자랐다. 어머니가 무슨 음악을 좋아하는지는 알지 못하지만 레코드의 주인은 아버지였다. 아버지의 회갑연에서 어머니가 불렀던 노래는 신민요인 〈울산 아가씨〉였을 것이다. 또 배달로밖에는 먹어보지 않았다 해도 어머니는 피자라는 음식을 애초에 좋아하지 않았고 그리고 어버이날이면 자주 꽃 배달 서비스를 받곤 했다. 어머니는 마치 다른 사람이 된 것처럼 나의 예상을 벗어나 있었다.

나는 무거운 머리를 차가운 차창에 기댔다. 조금 전 망쳐버린 토론회가 떠올랐던 것이다. 준비한 원고 발표가 끝난 뒤 자유토론 시간에서였다. 도서관협회에서 나온 젊은 미국인 진행자가 내게 한국 작가의 정체성에 대해 질문했다. 내가 특별히 한국의 작가라는 걸 의식하지는 않으며 차라리 전 세계의 작가 중 한 사람이라는 개별성에 더 정체성을 둔다고 대답하자 그의 입가에 엷은 웃음이 떠올랐다. "전혀 예상하지 못했던 답변이네요." 그는 내 말을 한국의 작가가 세계적인 작가라고 주장하는 의미로 알아들었다. 김 선생의 어색한 통역 때문이었다. 내가 설명을 덧붙여봤지만 진행자는 노골적으로 고개를 내저으며 예상 밖이라는 말을 한 번 더 되풀이할 뿐이었다. 나는 당황스러운 한편 불쾌해졌다. 머릿속에는 그런 사회자의 태도가 아시아 작가라는 틀 안에서 자기 나라의 후진성을 고민하고 폭로하길 바라는 제1세계 지식인들의 관음적 우월감이라는 생각까지 스쳐갔다.

나는 원고를 집어 들고 거기 적힌 인용문을 다시 한번 읽었다. '(그녀는) 항상 남성/여성이라든가 젊음/늙음 같은 전형적인 범주에 도전하고 전복하려고 노력했다. 이러한 스테레오타입이 인간으로 하여금 제한적이고 위험을 회피하는 삶을 살도록 유도한다고 보았기 때문이다.' 그리고 이렇게 덧붙이고 말았다. "예상이란 건 스테레오타입에서 비롯된 편견이죠." 그 뒤부터 대만과 말레이시아 작가도 나에게 호의적이지 않은 눈길을 던지기 시작했고 남은 시간 동안 나는 간단한 대답 외에는 거의 아무 말도 하지 않았다.

처음에 오기로 한 젊은 작가였다면 이런 식으로 토론회를 망치지 않았을 것이다. 과민함은 콤플렉스의 표현이기도 하니까. 아마 한국에 돌아가서 돋보기를 맞추고 대형 모니터와 노안용 키보드를 산 다음에 내가 쓸 수 있는 것은 오십에 대한 회한뿐일지도 모른다. 하지만 《삼십세》와 《사십사》라는 소설은 있어도 '오십세'라는 소설이 없는 데에는 이유가 있다. 그쯤 되면 나이 드는 일이 전혀 이야깃거리가 아닌 것이다.

8

코니아일랜드는 마지막 역이었다. 눈은 역에 도착하기 조금 전부터 내리기 시작했다. 차창 밖으로 놀이공원이 나타났고 커다란 관람차의 타원형 휠이 환영처럼 뿌옇게 허공에 떠 있었다. 그 풍경을 덮으며 사선으로 눈발이 날렸다.

전철역을 나왔을 때는 눈발이 더 굵어져 있었다. 흰 눈이 도로 위에 닿아 녹으면서 바닥이 점점 검게 젖어갔다. 에이미가 어머니의 꽃무늬 우산을 펴들었다. 우산 아래 두 사람이 앞장서 걸었고 나는 천천히 그 뒤를 따라갔다. 기념품 상가와 핫도그 먹기 대회의 전광판을 지나 조금 걷자 바다가 나타났다.

펄펄 내리는 눈 속에서 모래와 바다와 하늘이 세 개의 층을 이루며 끝없이 펼쳐졌다. 텅 빈 해변에 수없이 많은 갈매기들이 날고 있었다. 눈송이의 움직임과 갈매기 떼의 날갯짓이 섞여 마치 하늘 끝 소실점을 향해 거대한 군무를 펼치는 듯한 풍경이었다. 갈매기들의 춤은 우리의 머리 위까지 가까이 다가왔다. 어머니와 내가 눈발을 피하기 위해 보드워크가 깔린 안내소로 들어가자 그곳까지 따라 들어왔다. "저것 때문이군." 어머니의 말에 고개를 돌려보니 검은 파카를 입은 남자가 구석에 서서 먹이를 뿌리고 있었다. 순식간에 갈매기들이 남자를 에워쌌다. 나는 춥고 눈 오는 날 먹을 것을 발견해 환호하는 갈매기들을 물끄러미 바라보았다.

수진이 어릴 때 살던 동네에 코니아일랜드라는 브랜드의 아이스크림 가게가 있었다. 어른이 된 뒤에도 수진은 이따금 그 가게를 떠올렸다. 그런데 주변에 아무리 물어봐도 그 이름을 기억하는 사람이 한 명도 없었다. 첫 만남 때 내가 그 아이스크림의 콘을 감싸고 있던 포장지의 삼색 도안을 기억한다는 이유로 그녀는 나를 특별하게 생각했다. 수진이 겨울의 코니아일랜드를 좋아할까. 그럴 것 같았다. 비록 아이스크림 가게는 문을 닫았지만 눈이 펄펄 내리는 날 보드워크를 걸으며 갈매기의 춤을 보는 것도 괜찮을 것이다. 한 번 와본 장소라 해도 전혀 다른 풍경이 될 수 있으니까.

안내소의 처마 아래에 서서 바다를 바라보던 어머니가 혼잣말처럼 중얼거렸다. "바다에 온 게 몇십 년 만인지 모르겠네." 내가 기억하기로 어머니가 여름휴가를 떠나는 누나 가족들과 함께 제주에 갔던 게 재작년이었다. 본인이 친구들을 차에 태우고 놀러 다닌 것만 소풍이나 여행으로 치는 걸까. 수영복을 입고 백사장에서 뒹굴었던 건 언제인지 기억조차 나지 않는다는 어머니의 말에 나는 어린 나와 함께 갔던 해수욕장은 생각이 나는지 물어보았다. 어머니는 고향의 해수욕장은 생생히 기억하고 있었다. "그런데 그때 말예요." 나는 어머니 쪽으로 한 발 다가가며 다시 물었다. "원피스 안에 미리 수영복을 입고 간 거예요?"

어제 보았던 영화에 그런 장면이 있었다. 발 디딜 틈도 없이 인파가 넘쳐나는 1952년의 코니아일랜드. 여주인공은 애인이 펴 들고 있는 타월 뒤에서 몸을 움츠리고 수영복을 갈아입는다. 겉옷 속에 미리 수영복을 입고 오는 그 당시 도시의 유행을 몰랐기 때문이었다. "그랬지." 어머니가 고개를 끄덕였다. "그땐 탈의실이 없어서 다들 수건으로 가리고 해수욕복을 갈아입었어. 근데 나는 미리 원피스 안에 입고 갔어. 내 해수욕복이 땡땡이 가라였는데, 그때 서울상회에서 제일 비쌌지. 그 돈, 너 국민학교 입학 때 가방 사주려던 돈인데." 어머니에게서 거의 처음 들어보는 추억담이었다. "옛날 일인데 기억 잘 하시네." "나이 들면 옛날 일이 더 생생해져." 어머니가 대꾸했다.

에이미는 모래밭 여기저기에 발자국을 찍어가며 혼자 눈을 맞고 있었다. 이따금 우리 쪽을 향해 손을 흔들기도 했다. 처마 밑 난간에 기댄 채 한참 동안 말없이 그쪽을 바라보던 어머니가 이윽고 입을 열었다. "늙으면 이상하게 평소 기억했던 것보다 더 어렸을 때 일이 기억이 나. 내가 마당에서 아장아장 걷고 있는데 우리 아버지가 마루 끝에 앉아서 웃으며 손짓하던 것, 그런 게 말야. 그걸 뭐라고 해야 할까." 어머니는 고개를 돌려 나를 바라보았다. "너는 작가니까, 제대로 말할 수 있을 텐데." 그런 다음 이렇게 덧붙였다. "그게 꼭, 죽으려고 연습하는 게 아닌가 싶을 때가 있어. 지금처럼." 어머니의 목소리는 담담했다.

어머니는 다시 우산을 펴 들고 에이미가 있는 해변으로 나갔다. 어머니와 에이미는 잠깐 우산 아래에 나란히 서서 눈 내리는 바다를 바라보았다. 나도 그들을 향해 걸음을 옮기기 시작했다. 둘이서 무슨 이야기인가를 주고받더니 에이미가 어머니를 향해 큰 소리로 웃었다. 그리고 어머니의 입에서 노래가 흘러나왔다. 동해나 울산은 잣나무 그늘, 경개도 좋지만 인심도 좋고요. 후렴 부분은 에이미도 아는지 따라 불렀다. 울산의 아가씨, 유정도 하지. 쏟아지는 눈 속에서

244

에이미가 큰 소리로 말하는 게 내 귓가로 들려왔다. "유정 선생님, 다음번에는 시카고로 오세요. 우리 할머니도 만나요. 같이 카지노 가서 게임 놀아요."

이제 어머니는 우산을 옆으로 제치더니 우뚝 서서 하늘을 올려다보고 있었다. 허공에서 쉴 새 없이 눈송이가 뿜어져 나와 어머니 얼굴로 떨어져 내렸다. 에이미가 다가가 어머니의 손을 잡았다. 둘은 다시 노래를 시작했고 춤이라도 추듯이 어깨를 들썩였다. 나는 문득 어머니처럼 혼잣말을 중얼거려보았다. 춤춰본 게 언제였는지 기억이 안 나. 나는 머릿속으로 혼잣말을 이어갔다. 하지만 사람은 자기의 현재에 살아야지. 지금 나에게는 누군가와 다시 와보고 싶은 곳이 생겼어. 그리고 우리 어머니는 계속해서 새 친구를 사귀겠지. 노래도 부르고 게임도 놀면서. 눈이 더 빠르게 쏟아지기 시작했다. 순식간에 시야가 흐려졌다. 나는 눈발을 뚫고 어머니 쪽으로 걸어갔다. 미친 듯이 퍼붓는 눈의 율동 때문에 온 세상이 들썩거리는 것 같았고 걸음을 옮길 때마다 몸이 흔들려 마치 춤을 추는 기분이 들었다. 어머니가 부른 노래의 후렴 부분은 내 귀에도 익은 가락이었다. 아가씨, 유정도 하지. 나는 퍼붓는 눈을 맞으며 그 음률에 맞춰 춤을 추듯이 한 발 한 발 어머니에게로 갔다.

***

'나는 항상 상대의 잘못을 탓하기보다는 책임을 지는 쪽을 선호합니다. 나 자신을 희생자로 보는 게 정말 싫어요. 차라리 뭐랄까, 내가 이 사람과 사랑에 빠지기를 선택했는데 알고 보니 개새끼였어, 이렇게 말하는 게 나아요. 그건 '내가 한' 선택이었으니까요.'

이것은 내가 6년 전 뉴욕 여행에 갖고 갔었던 책의 한 구절이다. 그 책에서 왜 이 부분을 접어놓았는지 지금은 기억이 나지 않는다. 그러나 여행이란 죽음의 예행연습이라는 어머니의 말은 잊히지 않는다. 그 여행 내내 어머니는 검은 수첩을 갖고 다녔고 그 안에는 빛바랜 내 신춘문예 당선 기사가 간직돼 있었다. 코니아일랜드에 함께 갔던 여성이 알려주지 않았다면 내가 그 수첩을 갖게 된 지금까지도 몰랐을 것이다. 이따금 나의 가장 오래된 기억이 뭘까 떠올려본다. 대여섯 살 무렵 어머니와 바다에 같이 갔던 날 이전의 기억은 떠오르지 않는다. 아마 나이가 들면 그때에 더 어린 날의 기억이 떠오를 것이다. 그 기억 속에서는 나를 포대기에 안은 젊은 어머니가 아가씨처럼 웃으며 재즈와 올드팝에 맞춰 춤추고 있을지도 모른다.

*인용된 책은 수전 손택과 조너선 콧의 《수잔 손택의 말》.

차고 뜨거운

—

최진영

1981년 서울에서 태어났다. 2006년《실천문학》신인상을 받으며 작품 활동을 시작했다. 장편소설《당신 옆을 스쳐간 그 소녀의 이름은》,《끝나지 않는 노래》,《나는 왜 죽지 않았는가》,《구의 증명》,《해가 지는 곳으로》,《이제야 언니에게》,《내가 되는 꿈》, 소설집《팽이》,《겨울방학》이 있다.

남편은 '건강'이나 '행복'처럼 평범하고도 중요한 가치를 품은 태명을 원했다. 나는 '건강'이나 '행복'의 기준이 모호해서 위험하다고 생각했다.

당신에게 행복은 뭐야?

좋은 거지.

좋은 거?

좋아서 벅차다고 느끼는 거?

오직 좋기만 할 때가 있어? 좋을 때 오히려 불안이나 걱정이 커지진 않아?

그럴 때도 있지.

나는 행복 같은 건 번거로워.

번거롭다고?

남편의 되물음에 나는 고개를 끄덕였다. 행복은 인기가 많아서 언제나 수많은 팬을 몰고 다녔고 열성적인 팬들—불안, 걱정, 두려움, 연민, 후회, 원망, 의심, 죄책감 등—은 행복을 그냥 두지 못하고 엉겨 붙었다. 나는 온전하게 행복하다고 느꼈던 몇몇 순간을 떠올리며 나의 배를 내려다봤다. 생명이 만들어지고 있다는 어떤 실감도 없었다. 하지만 의사는 축하한다고 말했지. 그 말을 듣는 순간 두려움이 밀려왔다. 그러므로 이것은 행복인가?

첫 증상은 고열이었다. 손발이 덜덜 떨릴 정도로 추웠는데 몸은 뜨거웠다. 출근 뒤 과장에게 사정을 말하고 근처 내과에 들렀다. 의사의 말을 듣고 옆 건물의 산부인과에 가는 대신 약국에 들러 임신 테스트기를 샀다. 이틀 뒤 반차를 쓰고 산부인과에 갔다. 의사가 보여준 초음파 영상에는 회색 바탕에 검은 구멍이 있었다. 책이나 뉴스에서 본 이미지가 떠올랐다. 블랙홀이나 별의 소멸 등을 설명할 때 관련 자료로 사용하던 사진들. 내 몸속에 생긴 검은 구멍으로 내가 천천히 빨려들 것만 같았다. 의사가 이런저런 주의사항을 말해줄 때, 나는 생명의 징조가 아닌 소멸과 적막의 기운에 몰입하고 있었다. 그랬다. 그때 나를 사로잡았던 건 무언가가 생겨나고 있다는 느낌이 아니었다. 확실하게 사라졌다는 느낌이었다.

병원에서 나오자 눈이 부셨다. 구름 한 점 없이 새파란 하늘에 태양이 빛나고 있었다. 타오르는 태양처럼 몸은 뜨겁고 검은 우주에서처럼 나는 추웠다. 추위와 고열의 이상한 공존. 태양을 흘깃거리며 저것은 살아 있는 것인가 생각했다. 불타오르는 것을 살아 있다고 말할 수 있나. '살아 있다'는 표현은 너무 협소해서 우주에 적합하지 않은 것 같았다. 그것만으로는 밝게 빛나는 태양의 상태를 모두 담아낼 수 없었다. 살아 있음과는 다른 상태로 존재하거나 빛나는 것들을 생각하자 돌연 안심이 되었다.

태양이라고 하자.

내 말에 남편은 바로 동의했다.

출산 뒤에도 우리는 아이를 태양이라고 불렀다. 여자애 이름으로 태양은 어울리지 않는다고 시부모도 나의 엄마도 반대했으나 남편과 나는 다른 이름을 상상할 수 없었다. 그럼 차라리 해님이라고 하자. 아니, 별이라고 짓는 건 어때. 별이 더 예쁘지 않니. 시어머니가 말했다. 예쁜 건 중요하지 않다고 생각했다. 늘 확인할 수 있어야 했다. 오직 하나여야 했다. 나보다 오래 존재해야만 했다.

*

어디에서나 태양만이 빛났으며 누구든 태양을 먼저 알아봤다. 나의 하루는 오로지 태양 위주로 움직였다. 남편 또한 회사에 있는 시간을 제외하고는 태양과 나에게 집중했으나…… 나는 남편이 아무것도 모른다고 생각했다. 남편은 매일 내게 고생한다고, 미안하다고 말했다. 남편의 말은 진흙처럼 들러붙어 나를 짓눌렀다. 나는 남편의 사랑과 헌신을 의심하지 않았다. 하지만 '너는 아무것도 모른다'는 생각을 지울 수가 없었다.

엄마는 주말과 공휴일을 제외한─남편이 출근하는─날이면 한 시간 동안 운전을 해서 우리 집에 왔다. 엄마는 '우리 공주님'이란 말을 입에 달고 살았다. 태양을 부르는 말이었다. 나는 엄마가 그런 단어를 말할 줄 아는 사람이라는 사실에 놀랐다. 엄마가 '공주님'이라고 말할 때마다 화가 치솟았다. 나는 수십 번 엄마에게 부탁했다. 아이를 아이 이름으로 불러달라고. 엄마는 내 의견을 중요하게 생각하지 않았다.

제발, 제발.

아이의 기저귀를 갈다가 나는 울면서 빌었다.

넌 정말 별걸 가지고 다 시비다. 내가 개똥이라고 한 것도 아니고. 공주처럼 크라고 공주님이라고 부르는 걸 가지고.

내가 지나칠 정도로 울면서 사정했기 때문에 엄마도 더는 아이를 공주님이라고 부르지는 않았다. 대신 이런 식으로 불렀다. 별님아, 달님아, 우리 예뻐, 꽃순이, 나비야.

엄마는 청소와 빨래를 하고 음식을 만들면서 내게 계속 잔소리했다. 아이를 그렇게 들어서는 안 된다, 아이를 그렇게 눕혀서는 안 된다, 젖병을 그렇게 잡아서는 안 된다, 아이 머리를 그쪽으로 두지 마라, 너는 나이를 헛먹었다, 애만 낳았다고 엄마가 되는 게 아니야…… 엄마가 곁에 있으면 나는 계속 부주의하고 부족한 엄마가 되었다. 생각이 없는, 아무것도 모르는, 가르쳐도 나아지는 게 없는 엄마.

저녁이 가까워지면—남편이 퇴근하기 전에—엄마는 다시 한 시간 동안 운전해서 엄마 집으로 돌아갔다. 해 질 무렵 엄마도 남편도 없이 태양과 나 둘만 집에 남아 있을 때, 태양의 얼굴을 고요히 내려다보며 생각했다. 엄마 역시 아무것도 모른다고.

태양은 자주 우는 편이 아니었다. 필요한 순간에만 우는 것 같았고 원하는 것이 이뤄지면 울음을 멈췄다. 나도 자주 우는 사람은 아니었다. 울려고 하면 자조적인 웃음이 먼저 나오곤 했는데, 태양을 낳고 자주 우는 사람이 되어버렸다. 감정의 표현이라기보다 배출에 가까웠다. 운다는 자각 없이도 눈물이 흘렀다. 얼굴 피부가 쓰라리고 눈을 제대로 뜰 수 없을 정도였다. 내가 울고 있으면 엄마는 '애가 본다' '애가 듣는다' '애가 느낀다' '애는 다 안다'고 말하면서 나무랐다. 나는 아이였던 시절 보고 듣고 느꼈기에 알아버린 것들을 떠올렸다.

정말 그렇게 생각해? 애는 다 안다고?

엄마에게 물었다.

그럼, 당연하지. 애들은 엄마밖에 몰라서 엄마가 느끼는 대로 다 느끼지.

엄마도 그랬어? 외할머니가 느끼는 거 다 느꼈어?

그건 너무 옛날 일이고 내가 어땠는지는 기억도 안 난다.

나는 아빠가 죽어버리면 좋겠다고 생각했어.

나는 내가 죽고 싶었다. 수십 번을 죽으려고 했어.

애가 다 듣는다며 엄마.

니들 아니었으면 나는 벌써 죽었을 거다.

'너희 덕분에 살았다'로 들리지 않았다. '너희 때문에 죽지도 못했다'로 들렸다. 엄마와 아빠는 서로를 탓하고 경멸하기 위해 결혼한 사람들 같았다. 그런 감정을 물려주기 위해 자식을 낳은 것만 같았다. 사실 아빠가 아니라 내가 죽어버리길 바란 적이 훨씬 많았다. 집에 불을 질러서 모두를 없애버릴까, 그러면 이 고통도 사라지지 않을까 생각한 적도 있었다.

엄마는 나를 사랑하는가. 어릴 때는 그렇지 않다고 생각했다. 어른이 되어서는 '엄마라고 꼭 자식을 사랑해야 하는가'로 질문을 바꿨다. 굳이 답을 내리지는 않았다. 질문 자체가 주는 위안이나 홀가분함이 있었다. 엄마가 나를 낳은 나이, 엄마가 어린 나를 키우던 나이와 내 나이가 가까워지거나 같아지면서 깨달은 바가 몇 가지 있다.

엄마는 나의 유일한 보호자였다는 것. 사랑의 방식은 모두 다르다는 것. 엄마는 엄마의 방식으로 나를 사랑했다는 것. 엄마의 방식이란 무엇이냐. 내 자식은 남들보다 부족하기 때문에 내 손이 꼭 필요하다고 생각하는 것. 자식을 무시하면서 엄마의 자리를 견고하게 다지는 방식.

그렇다면 아빠는? 아빠의 세계에는 아빠만 있다. 아빠의 세계에서 아빠 아닌 존재는 대부분 쓸모없고 멍청하다. 아빠는 자기의 옳음과 우월함을 확인하는 수단으로 타인을 이용한다. 너를 쓰겠다는 회사가 있어? 너랑 결혼하겠다는 남자가 있어? 꼴에 자존심은 있어서 남들 하는 건 다 하려고 드네. 겨우 그렇게 살려고 돈을 들이부어 대학까지 다녔냐? 이것이 아빠가 나를 언급하는 방식이다. 나의 세계에 아빠는 없다. 아빠는 내가 열세 살 때 없애버렸다.

아빠가 시뻘건 얼굴로 술 냄새를 풍기며 화풀이를 할 때—내가 열 살이 되기 전까지는—엄마는 아빠를 말리거나 저항했다. 어느 날부터는 징조가 느껴지면 오빠와 나를 데리고 집을 나갔다. 아빠가 사람 없는 집에서 혼자 날뛰는 동안 엄마와 오빠와 나는 밤길을 걸었다. 한겨울에는 너무 추워 오래 걷지 못하고 기차역이나 불 꺼진 상가의 계단에 앉아 시간이 흐르길 기다렸다. 시간이 충분히 지났다고 생각하고 집으로 돌아가면, 아빠는 잠을 자지 않고 우리를 기다리고 있었다.

아빠는 밥솥이 어디에 있는지, 자기 속옷이 어느 서랍에 있는지도 몰랐다. 형광등 하나 갈 줄 모르는 사람이었다. 세탁기 사용법은 알까? 옷을 빨아서 말려야 한다는 것, 쌀을 씻어서 밥솥에 넣어 취사 버튼을 눌러야 한다는 것, 식사 후 그릇은 씻어야 한다는 것, 먼지는 쓸고 닦아야 하며 식재료는 시장에서 사 와 냉장고에 채워 넣는 것이라는 사실에 대해서 한 번도 생각해보지 않고도 잘 살아가는 사람. 가족의 생일은 외우지 못하지만 통장의 잔고는 십 원 단위까지 외우는 사람. 우리 집에서 아빠는 가장 나이가 많았다. 그런데도 어린아이처럼 보호받는 존재였다. 사고를 치고 행패를 부려도 아직 미성숙한 사람이므로 가족의 보호와 관심이 필요한 존재. 아빠는 자기가 누군가를 보호해야 한다고 생각해본 적 없을 것이다. 그러면서도 가족을 위해 희생한다고 생각했을 것이다. 나는 오랜 상상의 힘으로 아빠를 없애버렸다.

고등학교에 입학하면서 나는 기숙사에 들어갔다. 대학생이 되면서 집을 거의 버렸다. 이후 오랜만에 엄마를 만날 때마다 이상한 느낌에 사로잡혔다. 엄마가 아빠의 어떤 부분을 닮아버렸다는 느낌. 엄마는 아빠의 말을 엄마의 방식으로 바꾸어서 했다. 내 인생은 망했고 남의 인생은 하찮고 내 불행은 가엾고 남의 불행은 역겹다는 식으로.

내가 이십 대 중반을 넘어서자 엄마는 사나흘에 한 번 꼴로 전화를 걸어 '누구네 딸은 이러저러한 남자와 결혼한다더라'라는 말을 전하는 낙으로 사는 것만 같았다. 그러다 내가 막상 결혼하겠다고 하자 반대했다. 연애하고 결혼할 시간에 돈을 더 벌라고, 돈이 있어야 무시당하지 않는다고 했다. 엄마는 나의 남편을 싫어했다. 배포도 없고 그릇이 작아서 미래가 안 보인다고 깎아내렸으며 사람 보는 눈이 없다고 나를 책망했다. 남편 앞에서는 어떤 유세를 하듯 못마땅한 표정이나 말투를 숨기지 않았다. 엄마는 선택권을 쥔 사람처럼 평가하고 행동했다. 우리의 조건을 남들의 그것과 지겹도록 비교했다. 젊은 아빠를 보는 것만 같았다.

엄마가 결혼하는 거 아니잖아. 내 결혼이잖아.

너는 세상 물정을 너무 모른다.

서로 사랑해서 하는 결혼이야. 그럼 됐지.

네가 아직 철이 없어서 그래. 어른들 눈에 차지 않는 사람이면 아무리 괜찮아 보여도 뭔가 문제가 있는 거야. 사랑만으로는 아무것도 안 돼.

엄마는 아빠 뭘 보고 결혼한 건데.

네 아빠는 내가 고른 사람 아니다.

그래. 외할머니 외할아버지가 골랐겠지. 어른들 눈에 차는 사람이었겠지. 그래서 좋았어, 엄마는?

나랑 너랑 경우가 같냐.

엄마는 나의 결혼생활이 실패할 경우에 대해서만 말했다. 내가 잘 살 수 있을 거라는 기대는 전혀 하지 않는 것 같았다. 결혼을 준비하면서 나는 엄마를 거의 없앨 뻔했다. 하지만 엄마를 걱정했던 날들이 엄마를 없애려던 나를 가로막았다. 나만큼은 엄마에게 상처를 주면 안 된다는 생각이 커다란 덫이 되어 나를 놓아주지 않았다.

엄마에게는 엄마가 생각하는 엄마의 역할과 딸의 역할이 있었다. 엄마는 고집스럽게 그것을 수행했고 내게 요구했다. 그건…… 나는 불행하고 너도 행복할 리 없으니 우리 서로 껴안고 세상을 원망하며 같이 울자는 관계였다. 아빠에게는 책임감 따위 없었다. 그래서 무시할 수 있었다. 엄마는 달랐다. 복잡한 감정이 심하게 얽혀서 해결하지 못하고 임시방편으로 묶어둔 매듭이 많았다. 때로 엄마는 그 매듭을 가득 모아 내 입속에 처넣었다. 숨을 쉬지 못하고 컥컥거리는 내게 엄마는 이렇게 말하는 것만 같았다.

어떠냐. 맛 좀 봐라. 너를 낳고 키우면서 내가 이렇게 살았다. 너라고 다를 수 있겠어?

세상에서 내가 사랑하는 사람은 엄마뿐이라고 생각한 적도 있었다. 엄마가 내게 했던 말, 사랑만으로는 아무것도 안 된다는 그 말은 남편과 나보다 엄마와 나 사이에 더 적합했다.

엄마는 태양을 아꼈다. 태양에게는 좋은 것, 건강한 것만 주려고 했다. 동시에 태양이 앞으로 겪을 수많은 어려움을 구체적으로 묘사하며 걱정했다. 방긋방긋 웃으며 몸을 뒤집으려고 애쓰는 태양을 바라보며 엄마는 옳지, 옳지, 흥을 돋우다가 말했다.

애가 너무 늦는 것 같아. 벌써 뒤집었어야지.

나는 멍한 표정으로 엄마를 쳐다봤다.

이쯤 되면 엄마 소리도 해야 하는데. 다른 애들은 다 했을 건데.

엄마의 말에 반응하듯 태양이 목에 힘을 주며 나를 봤다. 나는 태양이 몸을 뒤집을 수 있도록 도왔다.

미루지 말고 얼른 둘째 가져. 형제가 있어야 욕심도 배우고 경쟁하면서 남들보다 빨리 클 수 있어. 서로 위할 줄도 알고 나이 들어 외롭지도 않고. 당장 키우기 힘들다고 하나만 낳으면 자기만 알고 못쓴다. 커서 사회생활도 제대로 못해. 나중에 형제 없다고 너희만 원망할 거야. 두고 봐라. 부모 죽으면 애 혼자 남는 거 아니냐. 얼마나 불쌍하겠니.

불행을 모으면서 안심하는 사람. 엄마가 원래 그런 사람이었는지는 모르겠다. 어쨌든 그런 사람이 되어버렸다. 엄마는 내가 불행해야 안심할 것이다. 나의 행복은 의심하고 부정할 것이다. '네가 아직 모르는 게 있다'고 말할 것이다.

우리 공주님, 엄마, 해보자. 엄마.

태양을 안고서 엄마는 아이 같은 목소리로 엄마, 엄마, 맘마 주세요, 반복해서 말했다. 태양이 엄마를 보며 해맑게 웃었다.

어느 겨울이었다. 엄마가 이모네 집에 가자고, 짐을 싸라고 했다. 나는 가방에 일기장과 필통과 색연필과 탐구생활 등을 넣었다. 기차역으로 갔다. 기차의 의자 시트는 파란색이었고 지금의 지하철 의자처럼 마주 보고 길게 이어져 있었다. 기차에서 계란과자와 바나나우유를 사 먹었다. 오빠는 콜라와 프랑크소시지를 먹었다. 기차에서 내렸다. 역 광장에서 이모 부부를 만났다. 이모부는 포대기를 두른 아이를 업고 있었다. 두 사람은 손을 잡고 있었다. 이전에도 분명히 봤겠지만, 텔레비전 드라마에서라도 봤겠지만, 마치 그때 처음 본 것만 같았다. 손을 잡은 두 어른. 다정한 사이. 사랑하는 관계. 나는 엄마 손을 더욱 꼭 쥐면서 물었다.

엄마, 아빠도 나를 업어준 적이 있어?

넌 낯가림이 너무 심해서 엄마 아니면 안거나 업을 수도 없었어. 누가 널 쳐다만 봐도 자지러지게 울었다.

엄마의 대답을 듣고 나는 조금 뿌듯했다. 왜 그런 감정을 느꼈는지 알 수 없지만.

이모 집은 우리 집보다 좁았다. 작은 방과 더 작은 방이 있었고 주방과 거실은 거의 붙어 있었다. 형광등이 밝아 아주 환한 느낌이었다. 그때 우리 집 거실의 형광등은 미세하게 깜빡거렸고 불을 켜도 어두침침했다. 우리 집은 늘 깨끗했고…… 휑했다. 한 손으로 쉽게 잡을 수 있는 소품이나 생활용품은 없다시피 했다. 이모 집에는 아기

자기하고 예쁜 물건이 많았다. 수납장 위의 동물 모양 장식품들, 텔레비전 위의 작은 인형들, 발코니의 작은 화분들. 협탁에 놓인 노란 스탠드, 스탠드 아래 액자들. 작은 방의 커다란 바구니에는 장난감이 쌓여 있었고 방 가운데에는 귀여운 코끼리가 그려진 이불이 펼쳐져 있었다. 이모부는 이불 위에 잠든 아이를 눕히고 담요를 덮어 줬다.

이모가 전화로 양념통닭을 시켰다. 우리는 거실에 둘러앉아 통닭을 먹었다. 이모부는 이모가 원하는 것을 말하기도 전에 갖다 줬다. 휴지나 젓가락, 물, 맥주 같은 것. 두 사람의 눈빛은 따뜻했고 말투는 다정했다. 비아냥거리거나 언성을 높이지 않았다. 고맙다는 말을 자주 했다. 나는 엄마의 눈치를 살폈다. 두 사람이 다정해서 엄마가 화를 낼 것만 같았다. 나는 엄마와 둘이 있고 싶었다. 엄마와 나란히 앉아서 이모 부부를 흉보고 싶었다. 잠든 아이를 깨워서 물어보고도 싶었다. 야, 너희 엄마 아빠 원래는 안 저러지? 우리가 왔다고 연기하는 거지? 말해봐. 너도 아빠가 무섭지? 그때 나는 세상의 모든 부모는 싸우는 존재라고 생각했다. 그래서 눈앞의 다정한 두 사람은 부모 같지 않았다. 나는 나만의 상상에 빠져들었다. 분명히 비밀이 있을 거야. 한 명이 불치병에 걸렸거나, 도망자거나, 빚쟁이거나, 사기꾼이거나, 아이의 아빠나 엄마가 따로 있거나, 언젠가는 한 사람이 배신할 거야.

이모 집에 머물렀던 며칠 동안 드라마 속에 있는 것만 같았다. 나는 감시하는 눈으로 이모 가족을 지켜봤다. 그들의 다정함이 연기라는 것을 찾아내려고 했다. 그러면서 나도 모르게 그들의 말투를 닮아

갔다. 저절로 그렇게 되었다. 엄마 또한 그랬다. 집에서라면 절대 하지 않았을 행동—두 팔로 나를 안고, 손바닥으로 내 볼을 쓰다듬고, 나의 밥에 계란말이를 얹어주고, 밥을 더 먹으라고 권하고, 잘 자라고 인사하고, 손바닥으로 바닥을 톡톡 두드리며 자기 옆에 앉으라고 말하는 것 등등—을 했다. 엄마와 오빠와 나의 목소리는 높고 밝아졌다. 우리는 이야기를 지어내는 아이처럼 아무 말이나 내키는 대로 했다. 별것 아닌 농담에도 많이 웃었다. 따뜻한 물에 풀어진 휴지처럼 긴장감 없이 떠다니듯 움직였다. 엄마는 어땠는지 모르지만 적어도 나는 연기가 아니었다. 정말 즐거워서 웃고 좋아서 박수를 쳤다. 엄마에게 안기고 싶어서 안겼다.

이모의 배웅을 받으며 기차를 탈 때까지도 엄마는 다정했다. 나는 기차에 타자마자 엄마 무릎을 베고 누워 깊은 잠에 빠져들었다. 엄마가 나를 깨웠다. 플랫폼에 내려서니 차가운 바람이 나를 때렸다. 우리는 말없이 걸었다. 집은 컴컴했다. 스위치를 올리자 거실 형광등이 깜빡거리다가 꺼졌다. 엄마가 안방 불을 켰다. 어쩐지 거실은 더 어두워졌다.

엄마, 배고파.

나는 칭얼거리듯 말했고,

냉장고에 식빵 있어.

엄마는 욕실 문을 열면서 돌아보지도 않고 말했다.

빵 먹기 싫어.

엄마는 대답 없이 욕실 문을 닫았다.

그 겨울의 경험은 얼마 동안 수수께끼 같은 기억으로 남았다. 나는 답을 알고 싶었다. 엄마의 다정함은 정말 연기였을까. 아니면 엄마에게도 있었으나 나올 틈이 없었던 모습이 잠시 새어나와 빛났던 걸까. 엄마는 그렇게 다정할 수도 있는 사람인데 어째서 그 모습을 감추는 걸까. 내겐 사랑을 보여줄 가치가 없어서? 답을 내리고 싶지 않아서 이모 가족을 미워하는 편을 택했다. 가식적이고 이기적인 사람들이라고 생각했다. 이모네 같은 사람들이 곁에 있어서 더욱 불행해지는 사람들이 있다고 믿어버렸다.

이십 대 초반에, 내가 좋아하던 사람이 내게 좋아한다고 말했을 때 제일 먼저 느낀 감정은 기쁨도 설렘도 아니었다. 죄책감이었다. 확실히 그랬다. 무언가 잘못하고 있다는 느낌. 이어서 의심이 나를 덮쳤다. 나를 좋아한다고? 내게 뭔가 바라는 게 있나? 나는 우리를 고통에 빠트리는 방법으로 사랑을 확인하려고 했다. 상대가 맞춰주려고 애쓸수록 나는 난폭해졌다. 상대도 나처럼 표독스러워지길 바라면서. 그걸 반드시 확인하고 싶었다. 나만 나쁜 게 아니라는 것. 우리는 똑같이 엉망이고 구제불능이라는 것. 상대가 참으면 역겨웠고 참지 않아도 역겨웠다. 비교적 평화롭고 행복한 가정에서 자란 사람들을 부러워하지는 않았고, 웃긴다고 생각했다. 뭘 모르는 존재들이라고 얕잡아 봤다. 몇 번의 연애를 처참하게 끝내며 깨달았다. 정신 똑바로 차리지 않으면 나도 아빠 같은 인간이 될 수 있다는 것을. 나는 아빠를 닮고 싶지 않았다. 엄마처럼 살고 싶지 않았다. 사랑이 불러오는 불길한 평온에서 도망치고 싶을 때면 이모 가족을 떠올렸다.

내 안에도 다정함이 있다면 더 늦기 전에 그것을 꺼내고 싶었다.

*

　상상의 힘으로 아빠를 없애버린 후 나는 상상을 내 편으로 두었다. 원하는 대로 써먹을 수 있는 초능력처럼 생각했다. 하지만 태양을 낳은 다음부터 나도 모르게 자꾸 이런 상상에 빠졌다. 엄마나 남편이 교통사고를 당하는 상상. 태양을 화장실이나 계단에서 떨어트리는 상상. 발코니에서 빨래를 털던 엄마가 아래로 떨어지는 상상. 뾰족한 물건에 찔려 피를 철철 흘리는 상상. 태양에게 뜨거운 물을 엎지르는 상상. 뭔가가 폭발하는 상상. 폭발하여 불타오르며 동시에 사라지는 상상.

　분명 내가 겪은 출산인데도 때로 모든 게 거짓말 같았다. 태양이 갑자기 사라진다면…… 내 앞에서 연기처럼 흩어진다면…… 그런 상상이나 하는 나를 죽이고 싶었다. 한편에는 수긍하는 내가 있었다. 태양이 사라진 자리를 바라보면서도 전혀 충격을 받지 않고 그래, 그렇지, 역시 꿈이었던 거야, 내 예감이 맞잖아 하고 중얼거리는 나. 태양이 사라져서 자살할 만큼 고통스러운 나와 태연하게 수긍하며 아무 충격도 받지 않는 나는 상상 속에서 이물감 없이 함께 존재했다.

　결혼 전, 갑작스러운 두드러기와 가려움증 때문에 고생한 적이 있다. 병원에서 여러 검사를 받았다. 스트레스가 심하거나 면역력이 떨어지면 급성 피부 발진이 나타날 수 있다고 의사는 말했다. 의사는 항히스타민제와 신경안정제 등을 처방해줬다. 원인을 해결하는 약이 아닌 증상을 억제하는 약. 예방은 불가능했다. 징조와 증상을 알 수 있을 뿐. 그때와 비슷한 느낌으로 불안은 찾아왔다.

어느 새벽, 잠에서 깬 남편이 나를 찾아 주방으로 나왔다.

안 자고 왜.

남편이 물었다.

가스 불을 제대로 껐는지 확인하려고 했다. 불이 분명히 꺼진 것을 확인하고 돌아서면, 방금 나의 확인이 의심스러웠다. 다시 돌아보고, 또다시 돌아보고, 내 눈을 믿을 수 없어 화구격자 위에 손을 대보고, 손을 댄 채 쇠의 차가움을 느끼는 중에도 여전히 의심스럽고…… 나는 침대에 누울 수 없었다. 눈을 감을 수가 없었다. 가스레인지와 가장 가까운 곳에 앉아서 어두운 그것을 계속 쳐다보고 있는 것만이 불안을 잠재우기 위해 내가 할 수 있는 일이었다. 급기야 나는 이렇게 믿었다. 내가 저것을 보고 있기 때문에 저것은 잠잠하다고. 내가 방심하는 순간 불은 치솟고 불행은 시작되리라고. 이런 말은 누구에게도 하면 안 된다고 생각했다. 사람들은 나의 불안 심리와 출산을 묶어서 생각할 테고, 나는 그런 생각을 견딜 수 없었다.

잠이 안 와? 어디 안 좋아?

남편이 물었다. 행복이란 강력한 자석을, 그것에 들러붙는 수많은 감정을 생각하면서 나는 고개를 끄덕였다. 나는 행복했다. 나는 불행했다. 나는 그런 것에 들러붙고 싶지 않았다.

호르몬 때문이래. 당신 요즘 우울하고 예민한 거. 출산 뒤에 당신

같은 경우가 아주 많다고 들었어. 시간이 지나면 괜찮아질 거야.

문득 남편에게 말하고 싶었다. 의사가 했던 이야기를. 태아의 심장박동이 감지되지 않습니다. 심장박동이 사라졌습니다. 그때 의사의 표정이 떠올랐다. 의사는 잠깐 머뭇거렸다가 완전히 확인하려는 사람처럼 뭔가에 집중하더니 단호하게 말했다. 태아가 사망한 것 같다고. 보호자에게 연락을 하라고.

임신 4개월로 접어들던 때였다. 정기 검진을 받으러 병원에 들어설 때도 태아가 죽었다는 어떤 예감도 증상도 느끼지 못했다. 입덧과 가슴 통증은 여전했고 매일 피로했다. 불규칙한 우울감에 자주 빠졌다. 우울과 불안. 의사는 그런 감정이 정상이라고 했다. 호르몬의 증가 때문에 겪는 일이므로 걱정할 필요 없다고. 그러므로 나는 우울감이나 불안증조차 죽음의 예감이었다고 말할 수 없었다. 몸도 정신도 아무것도 느끼지 못한 죽음이, 언제 죽었는지도 알 수 없는 죽음이 내 안에서 일어났고 이유는 없었다. 그런 죽음은 대체 뭐지? 차후에 검사를 해봐야 알겠지만 별다른 이유 없이 계류유산이 일어나는 경우도 많다고 의사는 말했다. 약물을 써서 임신 산물을 배출시킬 수도 있고 수술로 흡입할 수도 있다고.

태양 이전의 아이. 아무 일 없기를 바라며 우리가 '무사'라고 부르던 존재.

의사는 죽은 무사를 어떻게 했을까. 의료폐기물 봉지에 넣어서 버렸겠지. 하지만 나는 내 몸속에 뭔가가 남아 있다고 느꼈다. 체온이나 숨과 같은 영역에서, 초음파에 잡히지 않는 형태로, 우울과 불안의 방식으로. 그래서 우울해도 괜찮았다. 불안을 피하려고 하지 않았다. 때때로 숨이 잘 안 쉬어져도, 복통이나 두통이 밀려와도, 몸에 알 수 없는 상처가 생겨도 놀라지 않았다. 남아 있기에 나타나는 증상이라고 여겼다. 남편에게 말하고 싶었다. 두 번째 임신 소식을 들었을 때 나를 사로잡았던 소멸의 기운에 대해. 나는 그때 무사가 완전하게 사라졌다고 느꼈어. 기쁘거나 슬픈 감정 같은 건 느끼고 싶지 않았어. 사라지길 바랐던 것도 같은데 사라져서 무서웠어. 나는 태양도 무사처럼 죽을 줄 알았어. 무사는 그랬는데 태양은 안 그러면 정말 이상하잖아. 하지만 태양은 태어났고 나는 무사의 얼굴도 몰라. 태양이 죽는다면 나도 죽어버릴 거야. 그런데 나는 태양이 죽을 거라고 생각했지. 무슨 말인지 알겠어? 세상은 그런 곳이잖아. 누구나 이유 없이 태어나고 죽잖아. 당신도 나도 마찬가지잖아. 그런데도 나는 왜 우리가 사라질까봐 불안하지? 우리의 불행이 내 탓일 것만 같지? 호르몬 때문이라고 말하지 마. 나를 그렇게 단순한 존재로 만들지 마.

나는 말없이 어둠을 바라봤다.

괜찮을 거야. 들어가서 눕자.

남편은 나를 다독이듯 말했다. 어떤 세계가 있고 그곳에는 오직 나만 살고 있다. 남들 다 그렇다는 말이 산산이 부서지는 세계. 나의 일부는 그 세계에서만 살다가 그 세계에서 죽을 것이다. 그 세계에 속한 나의 얼굴은 아무도 모를 것이다. 남편이 내 손을 잡으며 괜찮을 거라고 다시 말했다. 나는 괜찮아지길 바라지 않았다. 내가 불안한 만큼 모두 무사하기를 바랐다. 그런 나의 바람이 엄마와 닮은 것일까봐 두려웠다. 언젠가 나도 태양에게 엄마처럼 말하게 될까봐.

전부 너 걱정돼서 하는 소리잖아. 세상이 네 뜻대로만 굴러가는 줄 알아?

*

육아휴직이 끝날 때를 대비해 어린이집을 찾아보는 내게 엄마는 일을 그만두라고 했다. 돌배기를 하루 종일 남의 손에 맡긴 채로 불안해서 어떻게 살 수 있겠느냐고. 나는 직장으로 돌아가야 했다. 아이를 다 키워놓고 돌아갈 수 있는 자리 같은 건 없었다. 엄마가 생각하는 답은 두 개뿐이었다. 내가 일을 그만두거나 엄마가 태양을 맡거나. 그 외에는 모두 '말도 안 되는 소리'였다. 엄마에게는 철칙이 있었다. '무슨 일이 있어도 아이는 엄마가 키워야 한다'는 것. 엄마는 그 철칙을 지키며 살았다. 내가 일을 그만둘 수 없다고 말하면 엄마는 비난하듯 중얼거렸다.

뭐 대단한 일 한다고.

일을 해야겠다는 나의 말을 엄마는 '먹고살기 힘들다'는 말로 받아들였다. 나의 꿈, 나의 성취, 내가 원하는 나의 모습 같은 건 엄마 머릿속에 없었다. 엄마가 옳다고 생각하는 엄마의 역할이 있을 뿐이고, 그건 어쩌면, 엄마가 살아온 삶과 가장 닮아 있었다. 지긋지긋해하며 수십 번을 죽으려고 했던 그 삶. 엄마에게 태양을 맡기고 싶지 않았다. 우리 모두가 점점 망가질 것만 같았다. 엄마는 계속 걱정을 늘어놓았다. 애가 엇나갈 것이다, 남편이 바깥으로 돌 것이다, 이도 저도 안 될 것이다, 시댁에서 곱게 보지 않을 것이다, 결국 전부 네 탓이 되고 말 것이다. 엄마의 걱정은 이렇게 마무리되곤 했다.

그러게 내 말을 들었어야지. 이 서방보다 능력 있는 남자랑 결혼했으면 우리가 지금 이런 걱정을 하고 있겠냐.

엄마는 내 탓을 하고 싶은 거였다. 내가 지금 만족스럽다고 해도 엄마가 보는 나는 불행하고 부족한 사람이니까.

엄마가 말하는 남들도 다 그렇게 살아. 맞벌이하면서 아이는 어린이집에 맡기면서.

그렇게 살지 않는 사람들도 많다. 넌 왜 더 편하게 사는 사람들은 쳐다보지도 않니. 애가 크는 모습을 지켜보는 기쁨이 얼마나 큰데. 애가 걷고 뛰고 말하고 숫자 배우고, 그런 걸 엄마가 다 지켜보고 기억해야지.

엄마는 기억이 나? 내가 처음 걷고 말하고 그랬던 거?

그땐 사는 게 너무 힘들었어.

지금은 뭐가 달라?

세상이 얼마나 좋아졌냐.

대체 뭐가 좋아졌다는 거야.

걱정되니까 하는 말이지. 네가 나중에 후회할까 봐.

나는 잘못될 생각부터 하기는 싫어. 나는 복직할 거고 태양이는 잘 클 거야. 물론 아프겠지. 다치겠지. 속상하겠지. 가끔 후회하겠지.

애 아빠하고 나는 싸우기도 할 거고 태양이는 울겠지. 그러면 서로 미안하다고 말하고 화해할 거야. 중요한 일은 같이 고민하고 약속을 지킬 거야. 특별한 날에는 외식도 하고 여행도 갈 거야. 나는 그렇게 살 거야, 엄마.

내가 아이였을 때는 엄마에게 흡수될 수밖에 없었다. 하지만 이 제는 둘 다 어른이어서, 적당한 거리를 지키지 않으면 충돌하고 깨진 다. 깨진 잔여물은 타인을 위협하고 상처는 영영 남는다. 엄마와 아 빠의 충돌처럼. 엄마는 나를 자기 구역으로 끌어들이려고 했다. 나는 엄마와 같은 궤도에 속하고 싶지 않았다.

엄마가 태양을 돌보는 사이 마트에 들러 장을 봤다. 식자재를 재 빨리 카트에 담으며 나는 불안한 상상에 시달렸다. 태양이 침대에서 떨어지는 상상. 새가 집으로 들어와 태양을 쪼는 상상. 두 손 가득 짐 을 들고 현관문을 열었을 때 태양의 소리가 들렸다. 태양은 웃으며 소리를 지르고 있었다. 주방에 짐을 내려놓고 안방으로 갔다. 엄마가 침대에 비스듬히 누운 채로 말했다. 일어날 수가 없다고. 애를 안으 려다가 허리가 나간 것 같다고.

구급차를 부르고 태양의 이유식과 기저귀부터 챙겼다. 엄마는 누 운 채 들것에 실렸다. 엄마가 병원에서 허리 치료를 받는 동안 엄마 를 보호해줄 사람이 필요했다. 오빠를 떠올렸으나 선뜻 연락할 수 없 었다. 네 아이를 돌보다가 병이 난 것 아니냐는 소리를 들을까봐. 그 런 말을 입 밖으로 내지 않더라도 그런 생각을 할까봐. 나는 태양을 안은 채로 엄마 옆에 앉아 핸드폰을 들여다봤다.

민재한테는 말하지 마.

엄마가 말했다. 엄마도 나와 비슷한 생각을 하고 있었나?

괜히 신경만 쓴다. 불쌍한 애가.

엄마는 나와 다른 생각을 하고 있었다.

오빠가 불쌍해?

불쌍하지. 그 나이 되도록 결혼도 못하고.

오빠는 예전부터 결혼 생각 없다고 계속 말했잖아.

그래도 그게 아니지. 남들 다 결혼하고 자식 보고 사는데.

오빠 불쌍하다고 생각하는 사람 아무도 없어, 엄마.

나는 걔가 불쌍하다. 부모를 잘못 만나서.

그건 오빠나 나나 같지.

남자랑 여자가 같니. 남자는 집안이 번듯해야 돼.

지금이 조선시대야? 무슨 그런 말을 해.

세상이 달라졌다고 해도 결혼은 그렇지가 않아.

이후에 나올 말을 너무나 잘 알았기 때문에 나는 자리에서 일어났다. 남편에게 전화해서 엄마의 상태를 알렸다. 오빠는 전화를 받지 않았다. 나는 병원을 통해 간병인을 알아봤다. 남편은 퇴근길에 집에 들러 간단한 생필품과 편한 옷을 챙겨 왔다. 집에서와 달리 태양은 계속 짜증을 내고 울었다. 나는 태양을 안고 병원 복도를 천천히 걸으며 엄마가 섬 그늘에 굴 따러 가면 아기가 혼자 남아 집을 본다는 노래를 반복해서 불렀다. 태양이 깊이 잠든 뒤에야 남편은 태양을 차에 태우고 집으로 갈 수 있었다. 남편을 보내고 오빠에게 전화했다. 오빠는 현장에 나가 있느라 전화를 받지 못했다고, 전화한다는 걸 깜빡했다고 말했다. 나는 엄마의 허리 상태와 예상되는 치료 과정을 알린 뒤 내일부터 낮에는 간병인이 엄마를 돌볼 것이고 밤에는 내가 병원에 있을 거라고 말했다. 오빠는 가만히 내 말을 듣다가 대꾸했다. 네가 고생이 많다. 나도 시간 내서 병원 들를게. 너도 너무 무리하진 마라.

전화를 끊고 나는 잠시 멍한 상태에 빠졌다.

무리하지 말라고.

복도 의자에 앉아 오빠의 말을 되뇌었다.

무리하지 않으면 어떻게 하나.

오빠와 상의하고 싶었다. 오빠는 전화를 받지 않았고, 내겐 오빠의 전화를 기다릴 여유가 없었다. 나는 나의 방식으로 일을 해결했다. 결국 오빠에게는 통보를 한 셈이겠지.

간병인을 구했다고 말하자 엄마는 돈이 아깝다고 했다.

도와주는 사람 없으면 엄마 지금 화장실도 못 가잖아.

그래도 그런 데다 돈을 쓰는 건 아닌 것 같다.

돈 걱정은 하지 마, 엄마. 보험 들어놓은 것도 있고.

네가 있을 수 있잖아.

난 밤에 있을 거라니까. 낮에는 태양이 보고.

우리 셋이 계속 같이 있으면 되지, 여기서.

태양이랑 하루 종일 병원에 있는 건 무리야. 아이 건강도 생각해야지.

겨우 며칠이잖아.

그래, 겨우 며칠 간병인이랑 지내는 거야, 엄마.

난 너를 그렇게 생각하지 않았다. 내 자식 내가 거둔다고 생각했어.

무슨 말이야?

엄마 아픈데 며칠 힘든 걸 못 참겠다는 거잖아, 너는.

더 나은 방법이 있다는 거야.

너도 네 아빠랑 다를 거 없다. 자기 힘든 건 질색하는 그 성질머리.

나는 엄마를 가만히 쳐다봤다. 손끝으로 뭔가가 빠져나가는 느낌이었다. 힘들겠지. 아프겠지. 짜증 나고 화가 나겠지. 화풀이하고 싶겠지. 무조건 자기 말대로 해야 한다고 생각하겠지. 내 앞에 아빠가 누워 있는 것 같았다. 방금 엄마가 말한 사람. 나와 다를 것 없다고 말한 그 사람. 엄마가 나를 아빠와 같은 사람이라고 생각한다면 정말 아빠처럼 해주겠다는 생각이 잠시 들었다. 그게 훨씬 쉬운 방법이니까. 하지만 나는 절대 아빠처럼 하고 싶지 않았다.

나한테 이러지 마, 엄마.

나는 약간 넋이 나간 사람처럼 말했다.

아무리 생각해도 나는 잘못한 게 없어.

네가 잘못했다는 게 아니라……

아니지. 내가 잘살고 있는 게 잘못인 거지. 나도 불행해야 되는데. 매일 남편이랑 싸우면서 못살겠다고 소리 지르고 힘없는 애한테 윽

박지르고. 그렇게 살아야 되는데.

애가 왜 이래.

그럼 나한테도 불쌍하다고 하겠지, 엄마는.

솔직히 네가 부족한 게 뭐냐. 제때 결혼해서 남편 있지, 자식 있지. 시댁에서 유난을 떠는 것도 아니고 부모가 크게 아픈 것도 아니고. 내가 아파서 지금 잠깐 힘든 걸 가지고……

엄마는 늘 나한테 부족하다고 하잖아.

부모 눈에는 자식이 늘 부족해 보이는 거야. 태양이 커봐라. 너라고 다를 줄 아니.

……

너무 나쁘게만 듣지 마. 너 속상하라고 하는 소리도 아니고. 솔직히 너 아니면 누가 내 맘을 안다고.

엄마가 천천히 낮은 소리로 말했다. 계속 깔아뭉개다가 내가 완전히 돌아서기 전에 달래는 방식. 나는 그렇게 훈련되었다. 엄마는 우선 내 탓을 하고, 내가 힘들어하면 그제야 나를 보호하려 든다. 그러면서 우리의 마음을 아는 건 우리뿐이라고 말하지.

엄만 나 몰라. 나도 엄마 모르고.

됐다. 그만하자. 속 시끄럽게.

엄마는 지쳤다는 듯 눈을 감았다.

너도 집에 가. 혼자 있을 수 있으니까.

나는 병실을 나와 복도 의자에 모로 누웠다. 엄마는 나를 보며 과거를 떠올릴 수 있다. 나는 엄마의 모습에서 어떤 미래도 구할 수 없

다. 오빠에게 전화를 걸어,

넌 좋겠다, 아무것도 몰라서, 불쌍해서, 현장에 있으면 되고, 무리하지 말라고 말하면 되니까, 넌 진짜 좋겠다, 거기 있을 수 있어서, 모를 수가 있어서,

쏟아붓고 싶은 마음을 간신히 참았다. 나는 불쌍해지고 싶지 않았다. 나는 다른 사람이 되고 싶었다.

*

내가 아픈 게 죄지.

나는 대답하지 않았다.

내 맘 알아달라는 것도 욕심이지. 내 팔자에 무슨.

나는 대답하지 않았다.

남편 복 없는 년이 자식 복이라고 있겠나.

오빠가 병실 문을 열고 들어왔다. 엄마는 입을 다물었다.

엄마도 이제 좀 내려놓고 엄마 인생 살아요.

오빠가 말했다. 엄마는 무슨 말인지 모르겠다는 표정으로 나를 봤다. 젊은 시절의 아빠처럼, 오빠의 뒤통수를 내려치고 싶었다.

어머니, 허리 치료 끝나면 종합검진 받으세요. 제가 신청해 놓을게요.

남편이 말했다.

어디 안 좋다고 나올까봐 무서워서……

엄마가 마른세수를 하며 대답했다.

안 좋으면 고쳐야지. 더 늦기 전에 고치면 되지. 그걸 왜 미리 걱정해.

내 말을 들으며 엄마는 창밖을 바라봤다.

밤 열시 넘어 남편에게 동영상이 왔다. 영상 속에서 태양은 '맘마'라고 거듭 말했다. 영상 바깥에서 남편은 태양의 말을 똑같이 따라하며 아이처럼 웃었다.

엄마는 보조기구에 몸을 의지한 채 복도를 걸었다. 나는 엄마에게서 한 뼘 정도 떨어져서 엄마와 같은 보폭으로 걷다가 엄마가 잠시 걸음을 멈추면 같이 멈췄다. 운동 시간은 점점 늘어났다. 처음으로 입원 병동을 한 바퀴 돈 다음 엘리베이터를 타고 옥상 정원으로 올라간 날, 따뜻한 베지밀 병을 손에 쥐고 굴리다가 엄마가 물었다.

회사 언제 간다고?

아직 두 달 남았어.

애는 어쩔 건데?

어린이집 신청해 놨어.

하루 종일 맡길 거야?

……

오후에는 내가 데리고 있을게.

괜찮아 엄마. 내가 알아서 해.

태양이 아니면 내가 웃을 일이 없어서 그래.

일단 신청했으니까……

공주님이라고 안 부를게.

……

그래도 공주님처럼 크면 얼마나 좋니. 나한테는 그 애가 세계 최고 공준데.

이모 부부가 귤을 사 들고 병문안을 왔다. 이모 부부는 엄마와 옛날이야기를 한참 동안 나눴다. 배웅하려고 병실을 나섰다가 병원 정문까지 같이 걸었다. 택시를 잡으려는 나를 이모가 말렸다. 우리는 걸어갈 거야. 걸어간다고요? 어디까지요? 이모는 기차역까지 걸어갈 거라고 했다. 병원에 올 때는 택시를 탔지만, 오다보니 걸을 만한 거리더라고.

그래도 역까지는 길이 꽤 멀고 복잡한데요.

괜찮아. 우리는 요즘 이거 따라 걷는 재미에 빠져서. 걷다가 힘들면 택시 타도 되고.

이모부가 핸드폰의 지도 앱을 터치하며 대답했다. 이모부가 출발지와 도착지를 입력하는 사이 이모가 내게 청했다. 아기 사진을 좀 보여줄 수 있느냐고. 나는 핸드폰을 꺼내 태양의 동영상을 틀어줬다. 이모와 이모부는 동영상 속 태양의 말을 따라 하며 웃었다. 너 아기때랑 똑같네. 이모가 말했다. 이모는 그때가 기억나요? 그럼. 너는 정말 잘 웃는 아기였어. 뭐가 그렇게 신기하고 좋은지 어른들이랑 눈만 마주치면 숨이 넘어갈 듯 웃어서, 네가 있으면 분위기가 금세 밝아졌어. 엄마는 내가 낯가림이 심해서 다른 사람이랑 눈만 마주쳐도 울었다던데요. 그랬나. 하긴, 내가 모르는 날들이 더 많겠지. 근데 아기라면 낯가림을 하는 게 또 당연하니까. 이모 말에 이모부가 고개를 끄덕이며 맞장구쳤다. 맞아. 특히 낯을 가리는 시기가 있지.

이모부의 핸드폰에서 130미터 직진하라는 음성이 나왔다. 이모가 이모부의 팔짱을 끼며 내게 그만 들어가 보라고 했다. 어서 들어가. 네, 조심히 가세요. 밥 잘 챙겨 먹고. 네, 걱정 마세요. 나중에 태양이랑 같이 볼 수 있으면 좋겠다. 네, 놀러 갈게요, 이모. 우리는 웃으며 인사하고 또 인사했다. 나는 멀어져 가는 이모 부부를 바라봤다. 정문을 지나 신호가 바뀔 기다리다 횡단보도를 건너던 이모 부부는, 내가 아직 여기 서 있다는 걸 알고 있는 사람들처럼, 뒤를 돌아보며 동시에 손을 흔들었다.

내가 어떤 아이였든 무슨 상관인가.

걸음걸이마저 닮아버린 두 사람의 뒷모습을 바라보며 생각했다. 사람들은 기억하고 싶은 것을 기억할 테고 나는 이제 누구의 기억에도 엉겨 붙지 않을 것이다. 지금을 생각할 것이다. 고개를 들어 태양을 찾았다. 구름이 빠르게 태양을 가리며 지상에 잠시 그림자를 만들었다. 곧 눈이 부셨다. 우리 중 누구도 아빠가 지금 어디에서 무얼 하고 있는지 몰랐으며 관심도 없었다. 아빠를 추억하는 말조차 하지 않았다. 그 정도면 충분하다고 생각했다. 아직은…… 아직까지는.

얼굴을 비울 때까지

—

최윤

©서은영

1953년 서울에서 태어났다. 1988년 중편 〈저기 소리 없이 한 점 꽃잎이 지고〉를 《문학과 사회》에 발표하며 소설가로 등단했다. 소설집 《저기 소리 없이 한 점 꽃잎이 지고》, 《회색 눈사람》, 《속삭임, 속삭임》, 《열세 가지 이름의 꽃향기》, 《첫 만남》, 《숲속의 빈터》, 《동행》을 출간했다. 장편 《너는 더 이상 너가 아니다》, 《겨울 아틀란티스》, 《마네킹》, 《오릭맨스티》, 중편 〈파랑대문〉, 수필집 《수줍은 아웃사이더의 고백》을 출간했다. 동인문학상, 이상문학상, 이효석문학상 대상을 수상했다.

어찌 보면 특수하다고 할 수 있는 내 직업으로 인해서 나는 인생의 매 단계에서 예외적인 사람들을 만났다. 예외적이라는 말은 어폐가 있다. 상식적이기는 하지만 모든 사람이 예외적이니 말이다. 그들은 나와의 관계에서 예외적이 된다는 뜻이다. 나는 초상화를 그려주는 화가다. 초상화가의 관점으로는 매우 그렇다는 얘기다. 초상화만을 그리지는 않지만 나의 생활원은 주로 내게 초상화를 주문하는 사람들이 지불하는 작품 값에서 나오므로 사람들이 나를 초상화가라고 부른다 해서 서운해 할 이유는 없다. 그렇다고 내가 초상화 이외의 그림들, 일테면 풍경화나 추상화 같은 여느 그림을 싫어한다고 생각하지 말기 바란다. 그 반대다. 사실 나는 조금씩 이 협소하고 고루할 수 있는, 게다가 자칫하면 매우 형식적일 수 있는 초상화 장르에 대해 무언가 파격적인 발상 전환이 있어야한다고 생각하는 지점에 이르렀다. 게다가 자신의 초상화를 주문하는 사람들이 점점 더 줄어

들어가는 추세이기에 잠시 나의 행보를 멈추고 잔잔한 마음으로 다음 단계를 생각해야 할 때가 된 것이다. 그러나 초상화가 아주 사라지지 않을 것이란 확신이 내게는 있다.

언제부터인가 초상화를 요청하는 사람들이 나를 찾게 되었고, 최소한 그림이 완성되는 동안은 그 사람과 자주 만나며 시간을 지내다 보니, 누구나 수긍할 수 있는 것이지만, 나는 사람들과 조금은 특수한 관계를 가질 수밖에 없는 위치에 자주 놓였다.

나는 어쩌다가 초상화에 집중하게 되었다. 내가 막 대학을 졸업하고 친구와 함께 입시생들에게 미술을 가르치는 일을 시작했을 때 나는 수강생으로 들어온 한 남자를 만나게 되었다. 그는 당시의 우리 또래나 많아야 서너 살 위의 사람으로 딱하게도 여느 사람들처럼 정규적인 직업이라는 것을 가질 수 없는 흠이 있는 남자였다. 그는 한 초로의 남자 손에 이끌려 우리 미술학원의 문을 두드렸다. 후에 알게된 것이지만, 초로의 남자는 젊은 남자의 아버지였다. 이미 나이 들어버린 한 젊은 남자가 아버지의 손을 잡고 미술학원에 학생으로 오는 일은 흔치 않은 일이었다. 그 즈음의 그를 생각할 때면 어느새 귀에 고통이 감지되며 리시버를 끼고 싶은 충동이 일어나는, 원인을 알수는 없지만 분명 독특한 심리적 문제를 가진 남자였다.

간판을 달지는 않았지만 입시생들은 그곳을 〈말타〉 미술학원이라고 알고 찾아왔다. 내가 보기에는 어디 특별히 광고를 내지도 않는 것 같은데, 이런 저런 이유로 미술을 전공으로 택해볼까 생각하는 중, 고등학생들이 알음알음으로 네 다섯 명 정도는 늘 등록해 있었던 것 같다. 친구는 대화법이라고 부르는 특수한 방법으로 학생이 미술 쪽에 재능이 있는지 알아보겠다며 미술과는 무관한 사적인 질문을 던져 아이들을 당황케 했다. 그리고는 그림을 그려보라고 주제를 준다. 그들이 애써 그린 그림은 쳐다보지도 않는다. 어떻건 그런 식으로 상담을 거친 아이들에게 미술 개인교습을 하는 학원이었고 친구는 이미 대학 재학 중에 이 학원을 시작했다고 했다. 물론 친구는 그럴 수 있는 모든 조건을 갖춘 처지였다. 서영이라는 이름의 보조개 들어가는 미소가 예뻤던 그 친구는 여러 면으로 운이 좋은 친구처럼 보였다.

우선 재능도 있었고 모든 일에 겁이 없는 것처럼 보였다. 적어도 나에 비해서는 그랬다. 서영의 엄마는 한때는 사업에도 재능을 보여 패션업계에서는 꽤 큰손으로 통했던 디자이너였다고 친구는 말해주었다. 패션업계, 큰손, 런웨이…… 이런 단어들이 의미하는 바가 내게는 추상적이기만 했고, 삶의 경험이 매우 협소한 가정에서 태어나고 자라났기에 나는 서영의 말을 주의 깊게 듣곤 했다. 서영의 얘기에 귀기울이다보면, 마치 나와는 다른 세상에서만 쓰는 특수 사전의 단어들을 내가 배우고 있는 것 같았다. 그곳에서 내가 하는 일은 친구의 보조역이었다. 학생들 중 서영이 내게 맡기는 아이들을 나는 데생 기초부터 가르쳐야 했다. 서영이 가장 가르치기 싫어하는 것이 바로 그것이었기 때문이다. 혹은 서영이 아주 바쁠 때 그녀를 대신해서 서영이 맡은 학생들을 가르치기도 했다. 그런 식으로 우리는 수입을 나누었고 지금 생각해도 그 부분에서 서영은 매우 투명하면서도 정확했다.

임대료라도 나누어 내겠다는 나의 제안에 친구는 어차피 자기도 엄마 소유의 장소를 거저 빌려 쓰고 있으니 나 또한 거저 쓰는 것이 당연한 거라고 시원한 어조로 답해 그에 대해 더 묻지 않았다. 건물이 위치한 그 동네는 당시 상업적으로 막 뜨기 시작했기에 친구가 조금 과하게 요구해도 나는 응할 생각을 하고 있었는데 말이다. 서영은 여러 면에서 매우 관대했다고 할 수 있고, 그렇게 사회생활을 시작할 수 있게 배려해 준 서영과 서영이 엄마에게 나는 늘 고마운 마음을 가지고 있다. 그러나 나는 서영의 엄마를 한 번도 만난 적이 없다. 서영의 입에 아예 매달려 있는, 그녀가 ○○ 여사라고 부르는, 한때는 잘 나가는 명성을 얻은 디자이너였다는 서영 엄마의 이름을 지금은 까맣게 잊었다. 그 명성이라는 단어는, 서영을 통해서 알게 된 그 엄마 얘기에 끝도 없이 딸려 나오는 무수한 에피소드 덕분에, 내게는 매우 연약하고 덧없는 어떤 것으로 각인되었는데 시간이 지나고도 이 단어에 대해 내가 가지는 느낌은 변질되지 않았다.

나는 서영과 아이들을 가르치던 이 년여의 기간을 대체로 매우 평화로웠던 시간으로 기억한다. 우리가 쓰고 있는 공간은 작은 건물의 삼층에 위치해 있었는데 가끔 뉴욕을 배경으로 하는 영화에서 보듯이 밖에 지그재그로 설치된 꽤 가파른 쇠 층계를 통해 올라가게 되어 있었다. 삼층에 있던 창문의 자리에 벽을 부수고 문을 내고 층계를 설치한 것은 서영의 아이디어였다고 했다. 서영은 그 층계에 말을 주제로 한 알록달록한 모티브로 색칠 장식을 했기에 누구나의 눈에 띄었다. 매우 이국적으로 들리던 학원의 이름 〈말타〉의 의미가 '말타듯 가파른 계단을 올라오라'는 뜻임을 알고 조금 실망했던 기억이 있다. 처음 오는 학원생들에게 전화로 길을 알려줄 때는 늘 '알록달록한 말장식이 있는 층계집'이라고 설명을 곁들였다.

지금은 외부 층계를 설치한 건물을 때때로 만나지만, 당시로서는 신선하고 팬시한 매력을 풍기는데다 어딘지 도발적인 멋이 있었다. 층계는 가파르고 좁았기에 오를 때보다는 내려갈 때 발을 헛디디지 않도록 조심을 해야 했다. 특히 겨울에 눈이라도 오면 미끄러지다 층계 난간에 매달리는 때도 있었다. 모래를 어디서 구해야할지 몰라, 우리는 훔쳐 온 굵은 흙을 듬뿍 뿌렸다. 시멘트로 뒤덮인 도시 골목에서, 대로변 화단이나 동네 공원에서 흙 서리를 한 사람은 우리 뿐 아니었을까.

서영 엄마 소유의 그 건물은 층계를 제외하면, 가게로 개조한 주변의 빌라들과 다를 바가 없었다. 오래된 집들을 각양각생으로 리모델링을 해서 일, 이층의 가게들에 세를 주었다. 모자나 옷을 파는 집들, 작은 식당, 아이디어 상품이나 가죽 공예품을 파는 가게들이 올망졸망 들어서 있는 동네 한가운데 그 층계집이 자리 잡고 있었다. 그 건물의 아래층에도 빵집과 옷가게와 빈티지 장신구 가게가 있었다. 저녁 시간이 되면 서영은 미술 공부하러온 아이들을 데리고 간단하고도 빨리 음식을 먹을 수 있는, 옆 골목의 피자가게나 일본 식당으로 데려가곤 했다. 물론 나도 함께.

"너희들 먹고 싶은 거 다 시켜. 그렇지만 엄마한테는 우리랑 놀았다고 말하면 안 된다, 알았지!"

나는 서영의 재정적인 여유가 아주 기이한 거래에서 나온다는 것을 어쩌다 알게 되었다.

주로 내가 없는 오전에 이루어졌을 거래가, 아이들이 떠나고 우리 둘만 남은 어느 저녁에 성사되던 것을 기억한다. 따뜻한 허브차가 좋은 인상을 줄 것이라면서, 서영은 누가 올 테니 예의 갖추어 맞으라고 하며 맞은편 건물에 입점한 카페를 향해 서둘러 층계를 내려갔다. 다행히 서영이 차 세잔을 들고 다시 올라왔을 때 방문객이 층계 저 아래서 '이서영 씨'를 불렀다. 그리고 한 여인이 오랜 시간을 걸려서 천천히 계단을 올라 삼층 입구에 모습을 드러냈다. 화려한 외양의, 우리보다 열 살 정도는 많아 보이는, 고상한 제스처가 몸에 배인 여자였다. 서영은 그녀를 의자에 앉히고 사 가지고 온 차를 대접했다. 서영은 휴식장소로 쓰는 작은 방에서 밍크코트를 걸쳐 더욱 무거워진 마네킹을 조심스럽게 들고 나와 여자 앞에 세워 놓았다. 한눈에 보아도 윤기가 자르르 흐르는 새 옷이나 다름없어 보이는 털 코트였다. 나로 말할 것 같으면 그때 처음으로 그렇게 가까이에서 밍크코트라는 것을 보고 만져본 터였다. 여자는 옷을 이리 저리 꼼꼼히 살펴보고는 마침내 코트를 걸쳤다. 서영은 권위 있는 목소리로 단 한 마디 했다.

"유니크한 디자인이죠."

밍크를 걸친 손님은 자기 스스로의 모습에 도취한 듯이 거울 앞에서 여러 자세를 취했다. 우리를 완전히 잊고 있었다. 우리 또한 넋을 잃고 그녀를 바라보았다. 초가을이었다. 밍크에 감싸인 그녀는 더욱 아름다웠다. 마침내 여자는 가방에서 분홍색 봉투를 꺼내 서영에게 내밀었다. 꽤 두툼했다. 아직 여름의 습한 기운이 밤바람에 묻어나는 저녁, 여자는 밍크코트를 걸친 채로 〈말타〉를 서둘러 내려가 어둠 속으로 사라졌다.

서영은 봉투 안의 고액지폐를 꺼내 세면서 무심한 듯 털어놓았다. 자기 엄마가 잘 알던, 유명인들이 드나드는 옷가게가 있는데 손님을 보내주면 이런 식으로 엄마가 입지 않는 고가의 옷을 판다고 했다. 엄마에게는 기억상실증세가 있어 괜찮다고 했다. 게다가 옷이 너무 많아 무엇이 없어졌는지도 모른다는 것이다. 나는 기억상실증? 하고 의아한 표정으로 서영을 바라보았다.

"응 너무 여러 남자를 사귀다가 생긴 병이야."

기억상실증과 여러 남자가 무슨 관계가 있는지 생각하기도 전에 내게 충격을 준 서영의 대답은 지금 다시 떠올려도 역시 충격이 거의 그대로 재생된다. 서영의 목소리의 질감이 그 충격적인 대답과 늘 같이 떠오르기 때문이다. 서영이 그 대답을 했을 때는 플라스틱 대머리에, 쇠다리 위에 서있는 누드의 마네킹을 다시 방으로 들여 놓느라 내게 등을 돌리고 있었기에 나는 그녀의 표정은 보지 못했다. 서영의 목소리에는 울음기가 배어 있었다고 느꼈지만 확인할 길은 없었다. 씩씩해 보이는 서영에게도 때때로 슬럼프의 시간이 없었다고 말할 수 없지만 서영은 대체로 밝은 편이었고 유머도 있었다.

이 조용하고 평화로운 공간에 어느 늦은 저녁, 누군가 층계를 올라오는 소리가 유난히 소란스럽게 울렸다. 그리고 예약도 없이 초로의 남자의 손을 잡고 온 한 젊은 남자가 삼층의 유리문을 조그맣게 두드렸다. 입시철이 막 끝난 즈음이어서 나와 서영은 우리 나름으로 망중한을 즐기고 있던 참이었다. 우리는 각자 막 시작한 작품에 몰두하고 있었다. 졸업동기들과 봄에 있을 단체전에 참가할 생각이었다.

"여기가 〈말타〉군요."

우리가 권유하지 않았는데도 나이든 남자는 작업 테이블 앞에 놓인 의자를 당겨 젊은 남자를 앉히고 자신도 옆의 의자에 자리를 잡았다. 젊은 남자는 집중한 시선으로 실내를 천천히 둘러보았다. 이어 시선을 한 번은 내게, 또 한 번은 서영에게 번갈아 고정하고 무표정하게 똑바로 바라보았다. 우리는 둘 다 그의 태도에서 말로는 설명할수 없는 어떤 특이한 증상을 보았기에 서로 눈짓을 했다.

"아들입니다. 보시다시피 조금 아픈 채로 나이가 들었어요. 그림을 잘 그립니다. 우리는 저쪽 건너편 건물에 살아요. 여기서 아이들이 미술 배우는 것을 알고 왔어요. 건물 아래층에서 슈퍼합니다. 그래서 가게 들리는 학생아이들한테 물어봤어요. 두 분 다 좋은 선생님이시라고……"

겉으로만 본다면 젊은 남자에게 이상한 점은 없었다. 서영과 나는 서로의 의견을 묻는 눈길을 교류했다. 서영은 보일 듯 말 듯 고개를 저었는데 나는 고개를 끄덕였다. 경솔한 한 번의 고개 짓으로 모든 것이 시작된 셈이다. 서영은 그러면 뭐, 하는 뜻으로 어깨를 으쓱

했다. 남자의 아버지는 아들이 집에서 가까운 곳에서 무언가를, 그것도 그림 그리는 것을 배운다는 사실에 고무된 듯 했다.

일주일에 두 번 아이들이 오기 전 오후 시간에 남자는 한 시간씩 와서 그림을 그렸다. 얼마동안은 모든 것이 잘 진행되어 가는가 싶었다. 남자의 이름은 박호수였다. 그는 말이 없고 온순해 보였으며 그림 솜씨도 나름대로 익히고 있었다. 서영은 처음에는 그를 힘들어했다. 그는 나쁜 남자 같아 보이지는 않았지만 모르는 남자와 나만을 혼자 두고 싶지 않다면서 박호수가 올 때는 볼일이 없어도 〈말타〉에 나와 주었다.

그는 나무만을 그렸다. 어디서 찍었는지 모를 나무 사진을 가져와 앞에 놓고 열심히 집중해서 그렸다. 왜 사진을 앞에 놓고 그리는지 알 수 없을 정도로 사진 속의 나무와 조금도 닮지 않은 환상적인 한 그루의 나무가 일주일에 한 그루씩 그의 스케치북에 들어섰다. 내가 도와줄 일은 거의 없었다. 상점들이 한가한 고즈넉한 오후, 집을 나와 〈말타〉에서 또래의 두 '미술 선생님' 앞에서 나무를 그리는 일에 박호수는 혼신을 쏟았다. 의심할 여지없이 그는 행복해 보였다. 우리가 사소한 조언을 주면, 그는 곧 바로 그것을 자신의 그림에 반영했다. 그는 착한 데다 그림에 재질이 있는 학생이었다. 말이 없는 화가 지망생, 박호수. 우리끼리 얘기하면서 그를 이렇게 지칭한지 얼마 되지 않아 나와 서영은 그가 처음 왔을 때 우리가 감지한, 어딘가 이상한 징후 같은 것의 실체를 보게 되었다.

그는 위험한 남자였다. 그 자신에게 위험하다기 보다는 그의 주변 사람들에게 문제를 일으킬 수 있는 이상한 증상을 가지고 있었다. 무엇에 의해 촉발되는지는 알 수 없었지만 그가 어떤 상황에 봉착해 한번 말문을 열면, 그의 목소리가 달라지며 말을 멈추지 않는 증상이 있다는 것을 우리는 알게 되었다. 마치 랩이 유행하기도 전의 래퍼처럼 그는 목소리를 가늘고 날카롭게 해서 듣는 사람의 귀가 아프도록 고음과 고속으로 몸을 흔들면서 끊임없이 말을 했다. 그는 어쩌면 자신이 그린 나무들로 이루어진 깊은 숲으로 빠져 들어가는 듯 보였다. 자세히 들어보면 그는 집안 식구를 비롯해 우리가 알 도리가 없는 그 주변의 사람들에 대해 아마도 그가 직간접적으로 알고 있는 적나라한 얘기들을 쏟아냈다. 그는 그런 식으로 〈말타〉의 실내를 돌고 또 돌았다. 그가 다른 곳에서 나나 서영이에 대해서도 그런 식으로 얘기하리라는 것은 의심의 여지가 없었다. 그러거나 말거나 나도 서영도 상관이 없었다. 우리는 그 현상에 대해 박호수가 "아프다"거나 그것을 "병"이라고 부르지 않았다. 왠지 모르지만 나도 서영도 그를 잘 이해할 수 있을 것만 같았다.

나와는 달리 서영은 박호수의 이상 행동 앞에서 침착했을 뿐만 아니라 비상한 관심을 보였다. 지금 생각하면 우리는 참으로 철이 없었다. 우리는 그것을 고통의 한 표출로 이해할 용기도 성숙함도 없었기에 그저 예술의 한 형태로 봐주자고 작정했던 것 같다. 여러 사람의 목소리를 다르게 흉내내며 실내를 춤을 추듯 돌아다니는 박호수의 행동은 실제로 일인다역을 해내는 일인극 연극배우를 연상시켰다. 우리는 그에게 박폭포수라는 별명을 붙여 주었다. 서영은 박호수가 말의 폭포수에 빠져 실내를 춤추듯 돌 때 장난스럽게 그 뒤를 따라 뛰며 질문을 던졌다.

"박폭포수 씨, 지금 누구 얘기하는 거예요?"

서영은 한 걸음 더 나아가, 박호수의 뒤에서 그의 몸짓을 흉내내며 뛰었다. 그녀 또한 박호수처럼 머리에 떠오르는 대로 아무 얘기나 빠른 속도로 뱉어 냈다. 부조리극이 따로 없었다. 나는 한 걸음 떨어져, 웃지 않을 수 없는 둘의 모습을 스케치하기 시작했다. 서영은 숨이 차는지 멈추어 서서 손을 내저었다.

"아, 못하겠다. 폭포수 씨 잠깐 멈춰봐요. 저기서 그리고 있잖아요."

서영이 말을 채 끝내기도 전에, 스케치를 하고 있는 나를 본 박호수는 순간적으로 모든 것을 멈추고 평소의 그로 돌아왔다. 그리고 내가 부탁이나 한 듯, 내 앞의 의자에 앉아 포즈를 취했다. 그는 온순하고도 호수처럼 고요하게 내가 그의 얼굴의 스케치를 멈출 때까지 포즈를 취해 주었다.

서너 번의 유사한 경험을 통해 우리는 박호수와 관련해 흥미로운 사실을 알게 되었다. 내가 그를 향해 스케치북을 들고 앉으면 박호수는 그의 일인극을 멈추고 아무 일도 없었던 것처럼 광증 같은 말 폭포수를 멈추고 온순하게 맞은편에 와 앉았다. 나의 착각인지도 모르겠지만 이후 내가 그의 초상화를 완성하는 시간 동안 나는 박호수의 얼굴이 놀랄 만큼 달라져 가고 있는 것을 보았다. 누군가가 자신을 집중해서 바라보아 주고 자신을 그림으로 그려준다는 것이 그 얼굴에 나타난 평온의 이유가 되는 것일까. 박호수가 초상화가 그려지는 시간을 즐기고 있음에 틀림없었다. 그는 예정시간 보다 일찍 와 깊은 생각에 젖은 듯, 길 위에서 서성거리며 〈말타〉의 층계를 오르는 시간을 기다렸다. 그의 변화는 신기하게도 나와 서영에게 은연중에 큰 힘이 되었다. 우리는 그에게서 작은 기적이 일어나기를 기다렸지만 그런 일은 일어나지 않았다. 그는 정상적인 젊은 남자로 되돌아오지 않았다. 다만, 적어도 〈말타〉에서 박호수는 더 이상 박폭포수가 되지는 않았다.

그렇게 해서 내가 그린 첫 초상화이자 박호수가 모델이 된 작품이 나오게 되었다. 〈호수〉라는 제목을 단 그 작품은 준비 중이던 단체전에 나의 출품작이 되었다. 나와 서영은 박호수의 아버지에게 우리의 관찰을 알려주고 아들에게 건강을 되돌려주려면 그림을 배우라고 했다. 우리는 박호수의 아버지가 '발작'이라고 부르는 말의 폭포수가 집안 식구들에게 고통스러우리라는 것을 잘 알기에 한 조언이었다. 실제 그의 목소리는 매우 날카로와져 일, 이분이 지나면 귀가 아파져 오는 것을 경험으로 알고 있기 때문이었다. 전시 후, 아무도 사가지 않은 〈호수〉를 나는 박호수에게 선물로 주었다.

박호수의 아버지나 누나가 그림을 배웠는지, 박호수가 이후 그림으로 인해 건강을 회복했는지 나도 서영도 알 수 없다. 그로부터 얼마 지나지 않아 우리는 헤어지게 되었기 때문이다. 서영 엄마의 건강 악화로 서영이 나서서 건물을 팔아야했고, 엄마의 고향인 제주도로 갈 계획이어서 〈말타〉 문을 닫을 수밖에 없었기 때문이다.

나는 이따금 박호수에 대해 생각했다. 무엇이 그의 말 폭포수를 멈추게 했을까, 이리 저리 질문을 던져보지만 딱 부러지는 답이 나올 리가 없었다. 그것은 전문가가 밝혀내야 할 영역에 속했다. 다만 나는 그림 그리는 사람, 그중에서도 초상화를 그리는 사람이 가지게 되는 어떤 존재적 특성이 그림의 성패를 결정짓는다는 것을 경험으로 알게 되었다. 그러나 그것이 무엇이냐고 물으면 설명할 길은 없다. 그걸 구태여 설명해 보라면 이런 식 아닐까. 어느 날 물방울이 한 방울씩 내 몸의 어딘가에 고이기 시작한다. 그동안에 나와 초상화 주문자 사이에는 은밀한 무언가가 일어나며, 그 방울방울은 한 움큼의 물로 고인다. 물이 어느 정도 고였다고 느낄 때 그림을 시작하면 된다. 그것이 박호수와 함께 시작된 내 초상화의 원칙이다. 이런 걸 어떻게 말로 설명할 수 있겠는가. 이런 이유로 나는 사진을 가져와 그것으로 초상화를 그려달라는 사람의 요청을 수락한 적이 없다.

〈말타〉 이후 나를 맞은 곳들이 여러 곳이었다. 내 두 손 외에는 딱히 기댈 만한 것이 아무것도 없는 것을 알기에, 성실함과 부지런함을 동원해 나는 꾸준히 그림그리기를 멈추지 않았다. 그림들은 더러는 팔렸고 더러는 아직도 여러 곳에 나뉘어 보관되어 있다. 나는 초상화 이외에도 여러 장르의 그림을 그려 팔았고, 시간이 쌓이면서 갤러리들이 전시 제안을 꺼리지는 않는 화가가 되었다. 때로는 미술 전문학교에서 강의 요청을 받기도 했다. 그러나 내게는 수락할 만한 실력도

조건도 되지 않았다. 자랑거리는 아니지만 나는 한 번도 제도권 안에서 일할 기회를 가져보지 않은 사람만이 가질 수 있는 자유로움을 누렸다고 말할 수 있다. 그런 자유로움이란 늘 어느 정도는 생활의 불안정과 함수관계를 가진다는 것을 부인하기는 어렵다. 그러나 이 문제를 나는 일찍이 낙관적으로 해결했다. 나는 큰 잘못만 저지르지 않으면 굶어죽지는 않는다는 검증되지 않은 확신이 있다. 그래서 조심조심 살려고 노력하는 편이다. 수입만큼만 살기로 결정을 하니 어느 해는 풍성했고, 어느 해는 빈곤했다. 그러나 역시 그런 것으로 사람이 죽지는 않는다.

그러다보니 안정적 생활을 위해 멀리 갔다가도 나는 다시 초상화로 되돌아왔다. 역시 한번 소문이 나면 그것을 되돌리기는 쉽지 않다. 나의 이름 뒤에는 자주 초상화 화가라는 꼬리표가 붙는데 나는 그것을 다행으로 여긴다. 그러나 내 속생각을 털어놓자면 나는 인간의 가장 중요한 부위인 얼굴을 그려주기를 요구하는 구체적인 생명체 보다는, 정물이나 풍경 같은 부동의 물질적 대상을 그릴 때의 평화가 어떤 건지 알고 있다. 초상화라는 긴장의 작업 사이사이에 선물같이 주어지는 평화.

그럼에도 부인하기 어려운 것은, 역시 초상화가 내게는 가장 어렵다는 것, 그럼에도 불구하고 중독된 사람처럼 초상화를 떠나지 못하고 되돌아온다는 것이다. 다행히 세상에는 초상화를 필요로 하는 사람이 적지 아니 있었다. 그들이 원하는 세부적 요청사항도 다양했기에 그에 따라 나는 가격을 요청했다. 서영이 얘기해준, 그녀가 만난 엄마 주변의 사람들에 내 상상력이 가미되어 만들어진, 그 연약하고 덧없는 명성이 있는 사람들도 적잖이 만났다. 이름이 알려진 갑부들과 내로라하는 정치인, 이름 있는 문화계 인사들……

그러나 대부분은 알음알음으로 찾아오는 사람들이었다. 어느 날 그들은 초상화 화가에 대한 소문을 듣는다. 그리고 자신의 얼굴에 관해 궁금증이 일기 시작한다. 자신의 얼굴과 정직한 관계를 가진 사람들은 드물기에 인생의 어떤 지점에서 그들은 자신의 초상화에 관심을 가진다. 역량에 한계가 있는 화가로서 모든 요구 사항을 다 들어주지는 못하지만, 이들과 한 두 시간 만나 시시껄렁한 일상의 얘기들을 나누다 보면 어느 순간 상대방의 얼굴이 마치 보이지 않는 액자 속에 고정되듯이, 각자가 고집스럽게 가꾸어왔다고 생각한 어떤 특성이 초상화가가 요청하는 시간 속에서 흐트러지고 이완되며 마침내 포기되는 어떤 순간에 다다르게 된다. 그건 참 운이 좋은 시작이 될 수 있는 것이다. 그렇다 그건 시작일 뿐이다.

나는 사진도 좋아하고 실제 작품을 출품할 정도는 못 되어도, 이름을 대면 다 고개를 끄덕이는 사진작가의 촉망받는 문하생이기도 하다. 그러나 사진작가들에게는 정말 죄송한 얘기를 하자면, 나는 사진이 초상화를 능가할 수 있다는 말을 믿지 않는다. 글쎄 평면과 입체의 차이라고나 할까. 질료가 무엇이건 초상화의 얼굴에는 체적이 있고, 무엇보다 사진은 포착할 수 없는 극적인 시간의 깊이와 결을 화가가 손에 쥔 붓의 터치는 길어낼 수 있다,고 나는 생각한다. 이것은 여전히 갈 길이 먼 나 같은 사람의 부족한 사견임을 밝히며 이에 동의하지 않는 분들에게는 미안한 마음을 가지지 않을 수 없다. 자주 이런 사견은 불필요한 논란을 불러일으키는 것을 목도했기에 여기서는 내 생각을 더 멀리 밀고 나가지 않는 게 좋을 것 같다.

가끔 사람들은 묻는다. 지금까지 그린 초상화 중 가장 맘에 드는 작품은 어떤 것이었느냐고. 매우 당황스런 질문이다. 그것은 당사자에게 물어보아야 하는데 나는 완성된 그림에 가장 적합한 액자를 고르고 내가 디자인한 포장지에 정성껏 작품을 싸서 주문자에게 내어줄 때에 한 번도 그들의 의견을 물은 적이 없다. 그러니 아쉽게도 그런 질문에 대답이 마련되어있지 않다. 내가 그리면서 만족스런 기쁨을 맛본 작품들이 없는 것은 아니다. 그러나 주문자도 같은 기쁨을 맛보았을까? 그건 복잡한 얘기다. 작품이 완성되어 주문자가 원하는 공간에 놓인다는 것은 언제나 기계적으로 일어나는 일은 아니다. 일단 완성이 되었다는 것은 완성된 초상화와 주문자 사이의 애증의 드라마를 이겨낸 작품이라는 뜻이다. 그러나 모든 주문자가 그러했는가. 그렇지 않다. 화가 앞에 앉아 시간을 보내는 많은 사람들을 사로잡는 것은 만족감이 아니다. 그들이 스스로에 대해 생각하고 있는 얼굴과 그려지는 중인 얼굴 사이에는 너무도 큰 차이가 있어 사실 첫 반응에서 공격적인 대응을 하는 것을 자주 보았다. 비록 예의를 갖춘 공격이라고 해도 말이다. 화가 앞에 앉아 있는 초상화 주문자가 무슨 생각을 하고, 그의 내면에 어떤 보이지 않는 사건들이 지나가는지 나는 상상을 할 뿐이다. 많은 사람들이 자신의 얼굴에 대해 가지는 불화와 불만족, 부정과 결핍감 등 몇 개의 명사로 요약할 수 없는 복합적인 과정을 건너 뛸 수 없는 것이다. 초상이 진전되는데 따라 내면의 동의가 이루어지고, 주문자는 화가와 함께 자신의 참을 만한 얼굴을, 혹은 드물지만 때로 자신이 닮아 갈 만한 얼굴을 찾아 가는 것이다.

작품으로 완성된 자신의 초상에 동의하는 일은 누구나에게 주어 진 선물이 아닌 것 같다. 나는 서로의 요구사항을 세밀히 나누었음에 도 불구하고, 완성한 초상화를 찾아가지 않는 사람도 여럿 만났다. 그런가 하면 내가 캔버스 앞에 앉기만 하면 졸다가, 급기야는 코를 골며 아예 자버리는 사람도 있었다. 그들은 예외 없이 고매한 사람들 이어서 그림 값을 지불하지 않는 결례를 범하지는 않았다. 그렇게 나 를 모욕한 것이었을까. 자기 자신에 숨어있던 어떤 부분이 초상화로 고정되는 것을 인정하고 싶지 않다는 표현이었을까. 어떻건 모든 사 람이 이 마지막 난관을 잘 넘기지는 않는다.

안타깝게도 주문 요청을 받은 모든 초상화를 완성하지는 못했다. 시간을 많이 들여도 결국 완성되지 않는 초상화가 있었고 아예 초기 에 내 편에서 시도를 포기한 경우도 적지 않다. 물론 주문자가 마음 을 바꾸는 것은 더 자주 있는 일이다. 진행되는 자신의 얼굴을 증오 하다 못해 나를 증오하고 떠나는 사람도 있었다. 또는 주문자가 끝까 지 요청사항에 만족하지 못해 여러 달에 거쳐 여려 버전이 그려졌던 적도 있었다. 그들은 때로 "망친" 그림을 요청하기도 한다. 마치 덤으 로 달라 듯이. 그러나 내게도 원칙이 있다. 나는 상대방이 동의한 완 성작 말고는 주문자가 보는 앞에서 차선의 초상화 위에 붓으로 X표를 그려 그 작품이 폐기될 것임을 알려준다. 이렇게 초상화는 나와 주문자가 같이 만들어가는 작품이어서 그것을 매개로 우정과 존중과 때로는 사랑이 싹트기도 한다. 부디 오해 없으시기를. 한 얼굴을 함께 완성해 가면서 생성된 우정과 존중이 혼합된 그런 예외적인 만남의 내밀한 확인을 사랑이라고 부르지 못할 이유가 없다. 아, 인간은 정말 복잡하고 세심하며 신비하게 불가해하구나, 이것이 어느 날 내 입에서 터져 나온 탄식이었다. 모든 주문자들이 화가의 붓질 앞에서 박호수 같이 순진하게 즐겁고, 무구하게 집중해, 아이처럼 그려지는 그림 안으로 자기를 비워버리는 능력이 있다면 얼마나 좋을까. 인간으로서 그런 것은 거의 불가능한 것이기에 박호수는 예외적이었고, 그는 아팠던 것이다. 그는 슬픈 사람이 되었던 것이다.

시간이 흐르고 경험이 쌓이다 보니 내게서 초상화를 배우겠다고 연락을 하는 사람들이 한둘씩 생겼다. 나는 내가 겪은 당황스러운 사례들을 이들에게 얘기해 주기도 한다. 기운 빠지게 하거나 이 일의 의미를 과장하기 위해서가 아니라 이 일을 하다보면 자기 얼굴을 찾은 사람보다는 그렇지 않은 사람이 더 많다는 얘기를 하기 위해서. 새 지망생이 올 때 나는 그 옛날에 서영이 가르쳐준 나름의 방식을 기억에서 떠올려 그들을 상담했다. 기준? 내게 그런 것이 있었겠는가. 서영에게도 그런 것은 없었음을 확신한다. 나는 서영이 그랬던 것처럼 상대방의 눈빛을 도전적으로 바라보면서 질문을 던지지 못한다. 그녀는, 애인 있어요? 코 예쁘네, 수술했어요? 혹시 물건 훔쳐

본 적 있어요? 같은 도발적인 질문을 했을 것 같다. 나는 서영처럼 할 수는 없다. 그 때문일까. 많은 사람들이 나를 찾아 왔지만 아주 소수만이 머물렀다.

나는 도시 외곽에서 찾은 낡은 농가를 고치고 다듬어 그곳을 일종의 작업실로 만들었다. 〈말타〉의 층계를 흉내내 보았다. 내가 화가로서 첫 걸음을 내디딘 〈말타〉에 대한 노스탤지였을까. 아마 그랬을 것이다. 외벽을 값나가는 보석처럼 알록달록하게 칠했지만 어딘가 기품이 나는 조화로운 색을 택했다. 그곳에서 몇 명의 초상화가가 탄생했다. 나는 그들에게 가르쳐 준 것이 없으니 감히 '제자들'이라고 부를 수는 없다. 그들 중의 한 명이 제주도의 한 고등학교의 미술교사로 임용이 되어, 그곳에서 초상화 화가로서 활동을 시작했기에 나는 오랜만에 서영에 대해 생각했다.

서영 특유의 거의 남성적인 필치와 저돌적인 색채로 제주의 산들을 선보인 두 번의 개인전을 끝으로 그녀가 작품 활동을 그만둔 것은 안타까운 일이었다. 그녀를 아는 사람들은 모두 서영의 화가적 재능을 높이 샀기 때문이다. 그녀는 타고난 화가였는데…… 제주도로 내려가 그녀의 창작혼은 절정에 다다른 것만 같았다. 한두 해 간격으로 연이어 열린 서영의 개인전은 제주도에서는 물론 모든 미술계의 찬사를 받았다.

그런데 어느 날 들려온 소식에 의하면 서영은 갑자기 결혼을 하게 됐고 화가로서의 활동을 '미련 없이' 포기했다. 나는 직접 읽어보지는 못했지만 서영의 개인신상에 대한 인터뷰가 한 월간잡지에 실렸다는 얘기도 들었다. 결혼과 함께 서영은 화가보다는 사업가로 제주도에서 더 유명한 사람이 되어 있다고 했다. 제주도 특산품인 희귀 약재를 아시아의 여러 나라로 수출하는 부유한 약재상 집안의 아들과 결혼한 서영은 사업수단을 발휘해 침체해 있었던 이 사업을 키우고 있다는 소문도 들려왔다. 다른 사람들은 놀랐겠지만 내게 그 소문은 매우 설득력 있게 들렸다. 서영에게는 그런 쪽으로도 특출한 재능이 일찍부터 엿보이지 않았던가.

　나는 서영에 대한 무수한 소문을 들으면서 이따금 질문을 던져본다. 한 재능 있는 예술가가 어떻게 그 재능을 포기하게 되는 것일까. 서영에게 어머니라는 악재는 늘 그녀를 따라다니는 그림자 같은 것이다. 그녀가 미술 판을 떠나 제주도로 내려간 것도 그렇지만 엉뚱하게 약재상 집 아들과 만난 것도 서영이 엄마의 병을 치료하는 과정에서 그렇게 되었을 것이다. 어떤 사람에게 인생에서 만나는 악재는 약이 되기도 한다. 악재로 인생에 근육이 붙는 사람들을 가끔 만나지 않던가. 그런데 서영은 그 엄마라는 악재에 지고 말았다. 그녀는 늘 지고 있었다. 정상적인 모녀 사이의 관계와는 다른 어떤 관계의 패턴이 서영과 서영의 엄마 사이에는 형성되어 있었다. 기억 상실증과 엄마의 많은 애인은 무슨 관계가 있었을까. 우리가 함께 보낸 2년 동안 서영이 엄마에 대해 부정적으로 얘기한 것은 그때 단 한 번뿐이었다.

　그녀가 제주도로 내려가기 전에 한두 번 만났지만 서영은 마치 지난 시간이 닳아 없어져 버린 것처럼 다른 이야기만 했다. 우리가 그나마 공유하고 있는 단체전 얘기보다는 지루한 그 뒷이야기들. 〈계단〉이라는 제목의 서영의 참가작은 구상과 추상을 대담하게 결합한 것으로, 우리의 단체전에서 단연 돋보이는 꽃이었다. 전시장을 방문했던 은사들도 서영에 대한 각별한 기대를 숨기지 않았다. 내 기억이 옳다면 그 작품으로 서영은 신인화가에게 주는, 상금이 결코 가볍지 않은 상을 받았던 걸로 기억한다. 그 상은 몇 년 운영되다 없어졌는데 그것도 서영의 그림 포기만큼 안타까웠다.

이후에도 우리가 최소한 각자의 전시회는 알리기로 약속한 대로, 몇 년에 한 번 정도 서영에게 전화로 알리고 안부도 물었다. 그러나 서영은 그림과는 아주 멀어진 사람의 무심하고 나른한 어조로 지킬 수 없는 약속을 여일하게 했다.

"그래. 이번에는 꼭 가도록 노력할게."

서영은 한 번도 전시장에 나타나지 않았다. 우리가 헤어진 후, 나는 서영이 엄마의 고가 옷을 비밀리에 거래하는 깜찍한 사업을 계속했는지 알지 못한다. 만약 그랬다면 서영의 엄마는 우리가 내다버린 마네킹처럼 되지 않았을까. 서영 엄마의 건물이 서영의 말주변과 수완 덕분에 '좋은 가격'에 팔려 각자의 집으로 이삿짐을 옮긴 후 우리는 마지막 정리를 하러 그곳에 갔었다. 실내는 어느새 텅 비어 있었다. 그 저녁 왠지 서영은 조심성이 없었다. 겨울이었고 늦은 오후였을 뿐인데 서둘러 어둠이 내려앉아 있었다. 그녀는 어떤 상념에 빠진 듯 불안해 보였다. 이제 실내는 비었고 마지막으로 그 사이 서영에게 효녀 노릇을 한, 옷들을 수없이 걸치느라 수고한 마네킹만 층계 아래로 내려다 놓으면 되었다. 옷이 걸쳐져 있지 않은 나체의 마네킹은 서영의 거친 동작으로 인해, 작은 방문에 걸려 잘 빠져나오지 못했다. 마네킹은 거기서 나오기를 거부하는 것 같았다. 서영이 번쩍 들고 옆으로 안고 나올 때 기둥에 얼굴 한쪽이 걸려 조각이 떨어져 나갔다. 마네킹은 둘이 들기에도 가볍지 않았다. 삼층 층계를 내려가다가 미끄러져 셋이 모두 굴러 떨어질까 봐 조심조심 한 계단씩 내려갔다. 한 층을 내려오니 빛이 한 단계 어두워졌다. 마네킹의 머리 쪽을 잡고 있던 서영은 어둠 속에 멈추어 서서 상체를 돌려 내 시선을 찾았다. 그 순간 나와 서영은 동시에 우리를 사로잡은 이상한 기분에 서로를 말없이 바라보았다. 어두운 밤에 둘이 공모해 해치운 시체를 옮기는 것만 같은 묘한 느낌. 그러나 서영은 이내 딴청을 부렸다.

"에잇, 이대로 저 밑에 던져 버릴까?"

갑자기 우리 둘은 동시에 웃음을 터트렸고 그 웃음을 멈출 수가 없었다. 웃다 보니 양손에 힘이 빠져 하마터면 진짜 마네킹 시체를 놓칠 뻔 했다. 마네킹을 어두운 골목에 세워 놓고 우리는 막 떠나온 빈 〈말타〉를 올려다보았다. 실내에 불을 켜놓은 채였다.

"내가 올라가 불 끄고 올게"

어렵사리 내려온 층계를 다시 오르려 했을 때 서영이 내 팔을 잡아 당겼다.

"〈말타〉의 마지막 기억이 환해야지! 켜 두고 가자. 하루 저녁 전기요금으로 새 주인 망하지 않을 거야."

갑자기 골목에 몰아친 바람에 서영은 내 팔을 끼고 걸었다. 골목을 나와 건널목 앞에 서있는데 "선생님!"을 부르며 박호수의 부친이 뛰어왔다.

"오늘로 아주 떠나시네요. 그사이 고마웠습니다. 저도 이제 아들 녀석을 제법 그리게 됐어요. 한번 꼭 연락 주세요."

그는 지갑을 뒤지더니 꼬질꼬질한 기색이 역력한 명함을 한 장 꺼내들었다.

"이런 한 장 밖에 없네⋯⋯"

그는 서영과 나를 번갈아 보다가 잠시 망설이더니 명함을 내 쪽으로 내밀었다. 나는 그것을 받아 무심하게 가방에 집어넣었다. 그때까지 우리는 명함이 필요 없는, 무소속의 미성숙한 개인들이었고, 나로서는 난생 처음 받아본 명함이었다. 우리는 동네 슈퍼 주인아저씨에게, 친구에게 하듯 경망스럽게 이별의 손을 흔들며 그곳을 떠났다. 그리고 그 동네에서는 마지막으로, 마침 초록색으로 바뀐 건널목을 건넜다.

그랬다, 서영은 끝내 그녀를 따라다니는 악재의 그림자에서 벗어나지 못했다. 그것이 서영을 붙잡고 놓아주지 않는 것이다. 마치 어두운 밤 골목에 세워둔 마네킹이 스산하게 버려진 채 지금까지 그 자리에 그대로 서있는 것처럼. 그래서 서영에 대해 생각하면 나는 괜히 내 일처럼 억울하고 나도 모르게 우울해진다. 깊은 밤, 서영의 말문이 터질 때마다, 기이한 에피소드의 주인공으로 등장하는 서영의 엄마, 한때는 명성을 날린 패션 디자이너였던 그 엄마를 서영은 내게 보여주지 않았다. 너무 애인이 많아 기억상실증을 앓는 서영의 엄마를 그래서 나는 한 번도 보지 못했다.

초상화가에게는 두 가지 특수한 난점이 있다. 한 가지는, 자신의 초상화를 그려달라고 요청이 들어왔을 때 어떤 선입견이나 편견으로 거절할 수 없다는 것이고. 다른 하나는 자신이 그려낸 초상화로 전시를 열 수 없다는 것이다. 묘하지 않은가. 그러나 사실이다. 일반적으로 모든 그림이 그렇기는 하지만 각별히 초상화가의 작품은 사라져 버리기 위해서 존재하기 때문이다. 말 그대로 초상화의 초상권은 화가에게 있지 않은 것이다. 그것을 결여의 미학이라고 부를 수 있을까. 그에서 기인하는 초상화가의 운명은 자신이 그린 초상화가 어디에 어떻게 걸려있는지에 대해 궁금해하지 않아야 한다는 것.

그런데 나는 지금에 와서 처음으로 초상화가의 규약을 깨려 하고 있다. 화창한 봄 날, 아주 오랜만에, 새롭게 문을 연 한 화랑에서 개인전 제안이 들어왔다. 후배 소유의 화랑이었다. 타인의 얼굴을 그린다는 초상화의 현실적 한계와, 화가와 주문자 사이의 운명적인 긴장에서 벗어나고자 나는 시간이 날 때마다, 시골집 주위의 풍경들을 그리고 있었다. 그림과 건강관리와 사색이라는 세 마리 토끼를 잡으러, 나는 부쩍, 내가 직접 주문 생산한 가벼운 재질의 바퀴달린 그림 도구함을 끌고 집 가까운 자연 속으로 숨어들어 갔다. 그러다보니 자동연상처럼 나무만 그리던 박호수를 생각했다. 그것은 박호수에 대한 관심이라기보다는 나 자신에 대한 관심이었다. 박호수가 〈말타〉의 층계를 오름으로써, 서영이 아니라 바로 내가 박호수 부친의 제안에 고개를 끄덕임으로써 내 삶의 저울은 예상치 않은 방향으로 기울었다. 여기까지 걸어온 짧지 않은 내 생애에 〈호수〉를 그릴 때만큼 맹목적으로 한 사람의 얼굴을 집중해서 바라본 적이 있었던가. 지금 나는 〈호수〉에서 얼마나 멀어져 있는가. 아니 얼마나 가까이 다가가 있는가. 나무만 그리던 기이한 문제적 남자, 박호수. 그가 그리던 나무들은 지금쯤은 숲을 이루었을까. 기이하게도 내가 이사를 다닐 때마다 따라오던 잡동사니를 넣어두는 상자 속에서 나는 이미 오래전에 버린 줄 알았던 박호수 아버지의 명함을 찾아냈다. 명함을 받던 이십여 년 전에도 이미 명함 주변이 낡아있었기에 나는 반신반의하면서 명함에 적힌 전화번호를 눌러보았다. 안내의 말대로 전화번호는 잘못된 것이었고, 나의 때늦은 수소문은 초상화가로서는 확실히 잘못된 호기심이었다. 그런데 그때 한 목소리가 말을 걸어왔다.

"한 번 확 망가져봐. 가 봐!"

그 명령이 심장을 두근거리게 했다. 이따금 전화 속에서 들려오던 모서리가 둥글려진 나른한 서영의 목소리가 아니라, 우리가 재수없게 철없던 시절, 스타카토로 음절을 자르듯, 거친 허스키로 수험생 아이들을 매료시키던, 허세와 도발과 선동인줄 알면서도 모두가 이끌렸던 서영의 젊은 목소리였다. 그것을 핑계로 삼고, 나는 어느 날 〈말타〉의 시간 속으로 되돌아갔다. 손에 잡히지 않기에 더욱 절실했던 그림에 대한 정처 없는 열기에 휩싸여, 가난도 미래에 대한 불안도 모두 괄호 안에 가두었던 그 시절로. 헐렁한 바지에 운동화를 신고 나는 서울 행을 감행했다.

그 언저리만 가면 당장 찾을 줄 알았는데, 살아 있는 왕뱀처럼 먹이를 찾아 똬리의 방향을 수시로 바꾸는 서울의 지리이다 보니, 〈말타〉가 있던 동네를 찾는 것은 쉬운 일이 아니었다. 너무도 우리 자신에 집중해 있던 때였기에, 오롯이 〈말타〉가 올라앉아 있던, 지금은 사라진 건물의 모양만 겨우 기억에 부유하고 있었다. 모든 거리가 비슷비슷하게 불분명했다. 한 시간 남짓 골목을 돌다가 나는 겨우 박호수의 아버지가 운영하던 슈퍼의 자리라고 추정되는 모퉁이 건물 앞에 다다랐다. 무엇을 알아보기에는 우리 기억의 자료가 부족했다. 명함의 주소가 도움이 되었다. 슈퍼가 있던 자리에는 놀랍게도 미술학원이 자리 잡고 있었다. 통유리로 내부가 들여다보이는 실내 안쪽에, 여느 미술학원이 그렇듯이, 〈말타〉가 그랬듯이, 작업 테이블들이 여럿 설치되어 있었다. 그중의 하나에, 등이 넓적하고 살이 붙은 남자가 거리에 등을 돌리고 앉아 있었다. 그 옆에는 내 나이 정도로 보이는, 옆얼굴이 단아한 한 여자가, 무성영화의 한 장면처럼, 천천히, 고요히 과일을 깎고 있었다. 아직 학생들이 학원으로 몰리지 않는 한가한 낮 시간이었다. 나는 기계적으로 실내의 벽을 훑어보았지만 나무를 그린 어떤 그림도 걸려 있지 않았다. 아마도 그 학원을 거쳐 갔을 무수한 아이들의 서툰 그림들이 이름표를 달고 벽을 가득 채우고 있을 뿐이었다. 문을 열고 들어가, 누군가를 혹은 무언가를 찾을 엄두가 나지 않았다. 등을 보이고 있는 남자와 그 옆에서 과일을 깎는 여인이 만들어내는 정물화 같은 시간을 방해할 권리가 내게는, 결단코 없었다.

벽에 걸린 그림을 그린 이 많은 아이들이 그렇듯, 나 또한, 아주 어릴 때부터 왜 그토록 절실하게 그림 그리는 사람이 되고 싶었던 걸까. 무엇 때문에 나는 무언가를 그리는 그 시간에 그토록 넋을 잃고 몰두했던 걸까. 오랫동안, 나는 내가 중독처럼 빠져들던 그 농밀한 시간의 정체를 모르고 있었다. 그림을 그릴 때, 바로 그때만 완벽하게 내가 나를 잊는 자유로운 부재의 경험. 마치 액체로 된 한 존재가 그리는 대상 속으로 흘러들어가 완전히 비어지는 그 황홀한 느낌, 나는 그것을 처음으로 박호수를 그리면서 어렴풋이 맛보았던 것 같다. 박호수가 나무를 그리면서, 스스로 나무가 되면서 그의 말 폭포수에서 벗어났듯이.

그래서 나는 발뒤꿈치를 돌려 그 거리에서 멀어졌다.

문장 하나하나에 눈물겨운
공감·연대 담아

문학상 심사가 아름다운 순간은 단지 대상 수상작을 결정하는 최종적 목표에 도달할 때가 아니다. 우리가 함께 읽고 있는 이 작품들 모두가 이 시대의 가장 찬란한 중심에서 활화산처럼 타오르고 있다는 사실을 깨닫는 순간. 우리는 단지 문학상 수상작을 결정하는 형식적인 토론의 자리가 아니라, 문학이라는 여전히 포기할 수 없는 사랑의 대상을 공유하는 가슴 뜨거운 동지가 된다. 바로 그 때문에 이번 제22회 이효석문학상 최종심은 눈부신 깨달음의 순간들로 반짝였다. 제22회 이효석문학상 최종심에서는 6편의 작품들이 치열한 경합을 벌였다. 하지만 이 치열한 경합은 단 한 편의 대상작을 뽑기 위한 경쟁이 아니라, 이 모두가 대상작이 되어도 전혀 문제가 없는 아름다운 작품들이 빚어내는 찬란한 감성의 축제였다.

김경욱의 〈타인의 삶〉, 김멜라의 〈나뭇잎이 마르고〉, 박솔뫼의 〈만나게 되면 알게 될 거야〉, 은희경의 〈아가씨 유정도 하지〉, 이서

수의 〈미조의 시대〉, 최진영의 〈차고 뜨거운〉이 마지막까지 각축전
을 벌인 가운데, 이서수의 〈미조의 시대〉가 만장일치로 제22회 이효
석문학상 대상 수상작으로 결정되었다. 대상 수상작뿐 아니라 모든
작품이 한국소설의 치열한 진화 과정을 증언하는 뜨거운 작품들이
었다.

　여성서사의 괄목한 만한 진화를 보여준 은희경과 최진영의 작품
은 단지 여성이 아니라 '삶을 결정하는 주체'로서 한 인간이 성장해
가는 경이로운 극복의 드라마를 보여주었다. 아버지, 할아버지, 남편,
오빠로 형상화되는 가부장제의 한계에 대한 비판을 넘어서서, 남성
주체의 도움 없이 오직 여성 스스로의 힘으로 자기만의 세계를 만들
어가는 주인공들의 분투가 한국소설의 새로운 장을 개척하고 있다.
'남성의 반대편에 존재하는 여성'을 넘어 '존재 그 자체로 빛나는 여
성'으로 진화하고 있는 주인공들의 서사는 은희경, 최진영에 이르러
절정의 단계를 보여주고 있는 것으로 보인다. 은희경은 노련미 넘치
는 거장의 빈틈없는 묘사력으로 찬사를 받았고, 최진영은 매번 작품
이 발표될 때마다 한 걸음씩 진화하는 성실함과 치열함으로 찬사를
받았다. 김경욱의 작품은 '소설이란 무엇인가, 작가란 어떤 존재인가'
를 다시금 생각하게 만드는 묵직한 화두를 던져줌으로써 심사위원
들의 찬사를 받았다. 김멜라의 작품은 한 걸음 한 걸음 그야말로 처
절하게 타인을 향해 다가가고자 분투하는 주인공 앙헬의 눈물겨운
사투를 그려내어 찬사를 받았다. 몸이 불편하고 발음조차 부정확할
수밖에 없는 주인공의 삶을 미학적으로는 아름다우면서도 심리적으

로는 냉정한 거리를 두고 그려냄으로써 이 작품은 '공감의 대상일 수
는 있지만 완전히 사랑받을 수 없는 주인공'의 아픔을 핍진하게 그려
냈다. 박솔뫼의 작품은 극한의 아픔조차 원한도 증오도 고통도 없이
묘사해내는 냉정한 화술로 독자의 마음을 사로잡는다. 사랑도 있고
그리움도 있고 아련한 후회의 감정도 있지만 그 모든 복잡다단한 감
정의 결을 마치 감정 자체가 없는 사람처럼 정확하고도 냉혹한 언어
로 그려내는 박솔뫼의 독특한 문체와 세계관에 눈길이 가지 않을 수
없었다.

이서수의 〈미조의 시대〉는 모든 면에서 완벽에 가까운 작품으로
평가받았다. 빈틈없는 스토리라인, 한 명 한 명 핍진하기 이를 데 없
는 캐릭터의 형상화, 미묘한 갈등과 애증의 서사로 엮여 있는 주인공
들의 인간관계, 애정의 대상이지만 증오의 대상이기도 한 서로를 향
한 미세한 감정변화에 이르기까지, 스토리 전개는 물론 문장 하나하
나가 엄청난 공력으로 이루어진 탄탄한 작품으로 평가받았다. 혼신
의 힘을 다해 단 하나의 단편소설을 세상 속으로 쏘아 올리는 작가의
눈물겨운 혈투에 찬사를 보내게 된다.

5,000만 원이라는 아버지의 유산으로 서울에 전세방 하나 제대
로 구할 수 없는 현실은 소수의 특별한 고통이 아니라 대부분의 서
민이 겪을 수밖에 없는 보편적인 고통이 되어버렸다. 〈미조의 시대〉
는 바로 이 현실의 심장부로 깊숙이 들어가 '만년 취업준비생인 20
대 여성(미조)'과 그녀의 절친한 벗 수영의 갈등을 그려낸다. 성인 웹
툰을 그리며 자신의 재능을 혹사당하고 있는 또 다른 20대 여성 수

영은 미조의 둘도 없는 지기였지만, 자신도 여성이면서 같은 여성을 고통스럽게 학대하는 성인 웹툰을 그리는 일을 '밥벌이의 수단'으로 합리화함으로써 미조를 망연자실하게 한다. 딸이 건네준 노트북으로 더듬더듬 시를 쓰면서 우울증을 극복하고 있는 '엄마'는 미조를 고통스럽게 하면서도 동시에 미조의 정신적 버팀목이기도 하다. 더 이상 집을 나간 장남 충조에게는 아무것도 기대할 것이 없음을 확인하면서, 미조와 엄마는 '5,000만 원'이라는 한계 내에서 어떻게든 살 집을 구해야 하는 현실의 팍팍함을 온몸으로 견뎌내려 한다. 독자는 이 작품 속의 모든 인물에게 연민과 공감을 느끼지 않을 수 없다. 작가가 얼마나 깊고 따스한 애정을 가지고 이 인물을 그려냈는지, 그 인물들이 얼마나 우리 주변의 소중한 사람들을 생생하게 닮았는지, 그 살갑고 눈물겨운 공감과 연대의 과정이 문장 하나하나에 뚜렷이 새겨져 있기 때문이다.

모든 작품이 더할 나위 없이 훌륭하지만 이서수의 〈미조의 시대〉는 젊은 작가의 새로운 실험이 유독 돋보이는 수작이었으며 나아가 한국문학의 밝은 미래를 온몸으로 증언하는 참신한 작품이었다. 팬데믹 이후 더욱 깊어진 생존의 고통 속에 시름하는 우리 사회의 젊은이들에게 거짓 희망이 아니라 진정으로 삶의 고통을 견뎌낸 자만이 줄 수 있는 묵직하고도 따스한 위로를 전해주는 작품이기도 하다. 아무런 이견이 없는 완벽한 만장일치로 대상을 수상한 이서수 작가의 찬란한 미래를 향해 뜨거운 박수를 보낸다. 아울러 최종심에 오른 모든 작품 하나하나가 우리 모두의 기억 속에 눈부신 한국문학의 약진으로 기록될 것임을 믿어 의심치 않으며, 모든 우수작품상 수상자들에게 힘찬 축하의 박수를 보낸다.

제22회 이효석문학상 심사위원단
오정희, 구효서, 김동식, 윤대녕, 정여울
(심사위원 정여울 평론가 대표 집필)

이효석 작가 연보
1907. 2. 23~1942. 5. 25

1907년 1907년 2월 23일, 강원도 평창군 진부면 하진부리에서 부친 이시후李始厚와 모친 강홍경康洪卿의 1남 3녀 중 장남으로 출생. 전주 이씨 안원대군의 후손인 부친은 한성사범학교 출신으로 교육계 사관仕官으로 봉직하였음. 아호는 가산可山, 필명으로 아세아亞細兒, 효석曉哲, 문성文星 등을 쓰기도 함.

1910년(3세) 서울에서 교편을 잡고 있던 부친을 따라 서울로 이주.

1912년(5세) 가족과 함께 평창으로 다시 내려왔으며, 사숙私塾에서 한학을 수학修學.

1914년(7세) 평창공립보통학교 입학.

1920년(13세) 평창공립보통학교 졸업. 경성제일고등보통학교(현재의 경기고등학교) 입학.

1925년(18세) 경성제일고등보통학교 졸업(제21회). 경성제국대학(현재의 서울대학교) 예과 입학. 예과 조선인 학생회 기관지인 《문우文友》 간행에 참가. 《매일신보每日申報》 신춘문예에 시 〈봄〉 입선. 유진오俞鎭午, 이희승李熙昇, 이재학李在鶴 등과 사귀며 《문우》와 예과 학생지인 《청량淸凉》에 콩트 〈여인旅人〉 발표.

1926년(19세) 〈겨울시장〉, 〈거머리 같은 마음〉 등 수 편의 시를 예과 학생지 《청량淸凉》에 발표. 콩트 〈가로街路의 요술사妖術師〉, 〈노인의 죽음〉, 〈달의 파란 웃음〉, 〈홍소哄笑〉 등을 《매일신보》에 발표.

1927년(20세) 예과 수료 후 경성제대京城帝大 법문학부 영어영문학과 편입. 시 〈님이여 들로〉, 〈빨간 꽃〉, 〈6월의 아침〉, 단편 〈주리면……어떤 생활의 단편–〉, 제럴드 워코니시의 〈밀항자〉 번역판을 《현대평론》에 발표.

1928년(21세) 경성제대 재학 중 단편 〈도시都市와 유령幽靈〉을 《조선지광朝鮮之光》에 발표하며 문단의 주목을 받기 시작, 유진오와 함께 동반자작가同伴者作家로 불리게 되었으나 KAPF에 적극적으로 참여하지는 않았음.

1929년(22세) 단편 〈기우奇遇〉를 《조선지광朝鮮之光》에, 〈행진곡行進曲〉을 《조선문예朝鮮文藝》에 발표, 시나리오 〈화륜火輪〉을 《중외일보中外日報》에 발표.

1930년(23세) 경성제국대학 영어영문학과 졸업. 졸업논문은 〈The Plays of John Millington Synge, 1871~1909〉. 단편 〈마작철학麻雀哲學〉, 〈깨뜨려지는 홍등紅燈〉, 〈북국사신北國私信〉, 〈상륙上陸〉, 〈추억追憶〉 발표. 이효석, 안석영安夕影, 서광제徐光霽, 김유영金幽影 등은 조선시나리오작가협회를 결성하여 연작連作 시나리오 〈화륜〉을 바탕으로 침체의 늪에 빠진 조선 영화계에 활력을 줌.

1931년(24세) 시나리오 〈출범시대出帆時代〉를 《동아일보東亞日報》에 발표. 단편 〈노령근해露領近海〉를 《대중공론大衆公論》 6월호에 발표하고, 같은 달 최초 창작집 《노령근해》를 동지사同志社에서 발간. 이 단편집에서 자신의 프롤레타리아 문인적 성향을 보임. 함경북도 경성鏡城 출신의 미술작가 지망생 이경원李敬媛과 결혼.

1932년(25세) 장녀 나미奈美 출생. 부인의 고향인 함북 경성鏡城으로 이주. 경성농업학교鏡城農業學校에 영어 교사로 취직. 〈오리온과 능금林檎〉을 《삼천리》에 발표. 이 무렵 이효석은 순수한 자연을 배경으로 한 서정적 경향도 보이기 시작.

1933년(26세) 순수문학을 표방하는 문학동인회 구인회九人會를 창립함. 창립회원은 김기림金起林, 김유영金幽影, 유치진柳致眞, 이무영李無影, 이종명李鍾鳴, 이태준李泰俊, 이효석, 정지용鄭芝溶, 조용만趙容萬임. 〈약령기藥齡記〉, 〈돈豚〉, 〈수탉〉, 〈가을의 서정抒情〉(후에 〈독백獨白〉으로 개제), 〈주리야〉, 〈10월에 피는 능금꽃〉 발표.

1934년(27세) 〈일기日記〉, 〈수난受難〉 발표.

1935년(28세) 차녀 유미瑠美 출생. 〈계절季節〉, 〈성수부聖樹賦〉 발표. 중편 〈성화聖畫〉를 《조선일보》에 연재.

1936년(29세) 평양 숭실전문학교(현재의 숭실대학교) 교수로 부임. 평양시 창전리 48 '푸른집'으로 이사. 대표작 〈메밀꽃 필 무렵〉을 비롯하여 〈산〉, 〈들〉, 〈고사리〉, 〈분녀粉女〉, 〈석류柘榴〉, 〈인간산문〉, 〈사냥〉, 〈천사와 산문시〉 등을 발표하며 대표적인 단편소설 작가로서 입지를 굳힘.

1937년(30세) 장남 우현禹鉉 출생. 〈개살구〉, 〈거리의 목가牧歌〉, 〈성찬聖餐〉, 〈낙엽기〉, 〈삽화揷話〉, 〈인물 있는 가을 풍경風景〉, 〈주을의 지협〉 등을 발표.

1938년(31세) 숭실전문학교 폐교에 따라 교수직 퇴임. 〈장미薔薇 병病들다〉, 〈해바라기〉, 〈가을과 산양山羊〉, 〈막幕〉, 〈공상구락부空想俱樂部〉, 〈부록附錄〉, 〈낙엽을 태우면서〉 등을 발표.

1939년(32세) 평양 대동공업전문학교 교수 취임. 차남 영주煐周 출생. 장편 《화분花粉》을 인문사人文社에서, 단편집 《해바라기》를 학예사에서, 《성화聖畫》를 삼문사에서 발간. 〈여수旅愁〉를 《동아일보》에 연재.

1940년(33세) 부인 이경원과 사별(1940. 2. 22). 3개월 된 영주를 잃음. 장편소설 《창공蒼空》을 총 148회에 걸쳐 《매일신보》에 연재連載. 1941년 단행본으로 간행될 때에는 《벽공무한碧空無限》으로 개제改題. 〈은은한 빛〉, 〈녹색의 탑〉 등을 일본어로 발표.

1941년(34세) 《이효석단편선》과 장편소설 《벽공무한》을 박문서관博文書館에서 출간. 〈산협山峽〉, 〈라오콘 Lacoön의 후예後裔〉, 〈봄 의상衣裳(일본어)〉 〈엉겅퀴의 장(일본어)〉 등 발표. 부인과 차남을 잃은 슬픔과 외로움을 달래며 중국, 만주 하얼빈 등지를 여행.

1942년(35세) 5월 초 결핵성 뇌막염으로 진단을 받고 평양 도립병원에 입원 가료. 언어불능과 의식불명의 절망적인 상태로 병원에서 퇴원 후, 5월 25일 오전 7시경 자택에서 35세를 일기로 생을 마감. 임종은 부친과 친구 유진오 그리고 지인 왕수복이 함께 지켰음. 유해는 평창군 진부면에 부인 이경원과 합장됨.

1943년 유고 단편 〈만보萬甫〉를 《춘추春秋》에 게재. 단편선집 《황제皇帝》가 박문서관에서 간행됨. 〈향수〉, 〈산정山精〉, 〈여수〉, 〈역사〉, 〈황제〉, 〈일표一票의 공능功能〉이 함께 수록되어 발간됨. 5월 25일 서울 소재 부민관에서 가산可山의 1주기 추도식 열림.

1945년 부친 이시후 별세(1882~1945).

1959년 장남 우현에 의해 편집된 《이효석전집李孝石全集》 전5권 춘조사春潮社에서 발간.

1962년 모친 강홍경 별세(1889~1962).

1971년 차녀 유미에 의해 《이효석전집》 전5권 성음사省音社에서 재발간.

1973년 강원도 영동고속도로 건설로 진부면 논골에 합장되었던 가산可山 부부 유해를 평창군 용평면 장평리로 이장함.

1980년 강원도민의 후원으로 영동고속도로변 태기산 자락에 가산 이효석 문학비 건립.

1982년 10월에 열린 문화의 날을 맞아 대한민국 금관문화훈장이 추서됨.

1983년 장녀 나미에 의하여 《이효석전집》 전 8권 창미사創美社에서 발간.

1998년 영동고속도로 확장개발공사로 묘소가 경기도 파주시에 소재한 동화경모공원으로 이장됨.

1999년 강원도 평창군 주최로 봉평에서 지역민과 함께 하는 효석문화제 창시.

2000년 〈메밀꽃 필 무렵〉의 산실인 평창군 봉평에서 지역 주민을 중심으로 한 가산문학선양회와 평창군의 주관으로 "문학의 즐거움을 국민과 함께"라는 염원을 담은 효석문화제가 활성화됨. 이효석문학상 제정. 정부의 재정지원으로 이효석 문학기념관 건립 추진.

2002년 이효석문학관 건립.

2011년 제목 미상 〈미완未完의 유고遺稿—미발표 일본어 소설〉 장순하張諄河 번역. 2011년 9월에 발행된

《현대문학》(통권 제681권 220~224페이지)에 발표.

2012년 재단법인 이효석문학재단李孝石文學財團 설립.

2016년 이효석문학재단 주관 하에 텍스트 비평을 거친 정본定本 《이효석 전집》 전 6권 서울대학교출판문화원에서 발간.

2017년 2월 23일 가산 이효석 탄신 110주년 기념식 및 정본 전집 출판기념회 개최.

2019년 이효석문학재단, 강원도 평창군 진부면에 지부 설립

이효석
문학상
수상작품집 2021

초판 1쇄 2021년 9월 10일

지은이 이서수 김경욱 김멜라 박솔뫼 은희경 최진영 최윤
펴낸이 서정희
펴낸곳 매경출판㈜
책임편집 이현경
마케팅 강윤현 이진희 장하라
디자인 김보현 김신아

매경출판㈜
등록 2003년 4월 24일(No. 2-3759)
주소 (04557) 서울시 중구 충무로 2(필동1가) 매일경제 별관 2층 매경출판㈜
홈페이지 www.mkbook.co.kr
전화 02)2000-2632(기획편집) 02)2000-2636(마케팅) 02)2000-2606(구입 문의)
팩스 02)2000-2609 **이메일** publish@mk.co.kr
인쇄 · 제본 ㈜M-print 031)8071-0961
ISBN 979-11-6484-320-6(03810)